Ruth Lillegraven
Düsteres Tal

RUTH LILLEGRAVEN wurde 1978 in der Region Vestland in Norwegen geboren. 2005 debütierte sie mit einer Gedichtsammlung. Seitdem veröffentlichte sie Lyrik, Kinderbücher, ein Theaterstück und Romane. Ihre Bücher wurden mit zahlreichen Preisen ausgezeichnet, unter anderem erhielt sie den Brage-Preis und den Nynorsk Literaturpreis.

Von Ruth Lillegraven ist in unserem Hause bereits erschienen:

Tiefer Fjord
Dunkler Abgrund

RUTH
LILLEGRAVEN

DÜSTERES
TAL

Thriller

Aus dem Norwegischen
von Günther Frauenlob

List

Deutsche Erstausgabe im List Verlag
1. Auflage November 2025

Die norwegische Originalausgabe erschien 2021 unter dem Titel
Mitt neste liv im Aschehoug Forlag, Oslo.

Satz: Pinkuin Satz und Datentechnik, Berlin
Gesetzt aus der Adobe Caslon Pro
Druck und Bindearbeiten: CPI books GmbH, Leck
ISBN 978-3-471-36050-7

»Die satten Tage, die sind niemals groß,
Der Durst nur macht dich von den Fesseln los.«

Karin Boye »In Bewegung«

Prolog

»Mein Name ist Erik Heier«, sagt er und beugt sich zum Mikrofon vor. Er ist hoch konzentriert, will es beim ersten Versuch schaffen. »Liebe Hörer und Hörerinnen, ich stehe vor der schwierigsten Aufgabe meiner gesamten journalistischen Laufbahn. Was ich preiszugeben gedenke, ist so verrückt, dass Sie es nicht glauben werden, und doch werde ich Sie vom Gegenteil überzeugen. Die Informationen ändern unsere Geschichte und sagen uns etwas Wichtiges über unser Land, wie es guter Journalismus immer tun sollte. Die Arbeit von uns Journalisten soll uns heute die Augen für etwas öffnen, das auch morgen noch von Bedeutung ist. Aber lassen Sie mich ganz vorne anfangen, mit dem Ereignis, das uns dazu bewogen hat, diesen Podcast zu machen. Die Geschichte beginnt in den verstaubten Katakomben tief unter dem Fredensborgveien, mitten in Oslo. Früher lag hier einmal eine Brauerei, danach eine Wurstfabrik. Es wimmelte nur so vor Menschen und Leben. Dann wurde der Keller unter dem alten Industriegebäude für mehrere Jahrzehnte stillgelegt, bis zu diesem Frühjahr. Da nämlich fanden osteuropäische Gastarbeiter etwas Aufsehenerregendes tief unten im Keller in einer Tonne mit Salz. Mein Name ist Erik Heier. Ich danke Ihnen für Ihre Aufmerksamkeit.«

Teil 1

1 – *Clara*

Axel kommt zu mir in den Flur, als ich mir die Schuhe anziehe.

»Viel Glück, Clara«, sagt er lächelnd.

»Danke«, erwidere ich und hänge mir die Tasche über die Schulter. »Und du? Irgendwelche Pläne für heute?«

Er zuckt mit den Achseln.

»Ein paar Kleinigkeiten. Training. Vielleicht ein Essen mit den Frauen …«

Axel ist über eine Art Unterstützungsprogramm für Ehepartner mit nach Nairobi gekommen. Er passt auf das Haus und die Kinder auf, lebt aber auch das süße Leben als »Frau«, was ihm überraschend gut zu gefallen scheint.

Er kommt näher, legt mir die Hand auf den Rücken und zieht mich an sich. Er will mich küssen, will mir nahe sein. Ich tue so, als würde ich das nicht verstehen, drehe mich weg und rücke die große Tasche zurecht. Mein ganzer Körper kribbelt. Die Ungeduld, nach draußen in die Welt zu kommen, wo ich wirklich gebraucht werde, ist heute noch größer als sonst. Es ist Dienstag, der 26. März, ein Tag, der akribisch vorbereitet worden ist. Der norwegische Entwicklungshilfeminister ist mit einer Delegation auf offiziellem Besuch in Kenia und wird auch die Schule besuchen, die ich leite. Wir werden gemeinsam essen und die Weichen für die zukünftige Finanzierung meines Projekts stellen.

Ich wurde von der UNICEF nach Nairobi entsandt, um den kenianischen Behörden bei der Verbesserung ihres Schulsystems zu helfen; eine Aufgabe, die durch den Aufbau und die Leitung dieser Schule sehr schnell konkreter wurde. Die Arbeit ist hart und nervenzehrend, aber Hunderte von Kindern, die sonst nie eine Schulausbildung bekommen hätten, konnten im Laufe der letzten Jahre hier lernen. Auf lange Sicht muss diese Schule jedoch ohne mich zurechtkommen, und wenn die Finanzierung klappt, sollte das bald möglich sein.

Axel nähert sich wieder, und ich wende mich ein weiteres Mal ab.

»Du sorgst dafür, dass Andreas aufsteht, ja?«, frage ich.

Er nickt kurz. Ich weiß, dass er mich manchmal nervig findet, aber er ist ja freiwillig mitgekommen.

»Mein Einkommen finanziert uns alle hier. Die wenigen Aufgaben, die du hast, solltest du schon ernst nehmen.«

»Schon klar«, sagt er. »Sei doch nicht immer so schnippisch.«

»Dann mach's gut.«

Ich gehe durch die Tür und über die steile Treppe nach unten, genieße den Anblick des Hibiskus und der rosa Strohblumen, die jetzt neben der Treppe blühen.

Aus dem Wagen rufe ich Johannes an.

»Es sollte alles bereit sein«, sagt er. »Ich habe doppelt überprüft, dass das Essen um elf Uhr kommt. Die Präsentation ist fertig, aber …«

Er zögert und bricht dann ab.

»Was?«, frage ich. »Heute ist kein Tag für Rätsel.«

»Die Sicherheitsvorkehrungen, die sie für notwendig erachten, stressen mich einfach, und dann ist da diese Makena …«, sagt er.

»Was ist mit Makena?«

»Ihr Vater hat angerufen und gesagt, dass sie mit all dem nicht zurechtkommt.«

»Ich werde mich darum kümmern«, sage ich.

Seit ich Makena das erste Mal getroffen habe, nimmt sie in meinem Herzen einen ganz speziellen Platz ein. Das Mädchen ist vorsichtig, gleichzeitig aber auch klug und ideenreich. Sie erinnert mich an meinen Bruder, Lars. Er war genauso. Makena hat sich einverstanden erklärt, dem Entwicklungshilfeminister die Blumen zu überreichen und darüber zu sprechen, was die Schule für sie bedeutet. Sie hat eine sehr persönliche, berührende Rede geschrieben, ich habe sie üben gehört. Unsere Präsentation ist gut, aber wir brauchen Makena, ohne sie haben wir einfach zu wenig zu bieten.

Der Verkehr kommt wie üblich ins Stocken. Obwohl es von unserem Haus im Westen Nairobis bis zur Schule im Osten nur knapp zehn Kilometer Luftlinie sind, brauche ich nicht selten eine Stunde, manchmal sogar doppelt so lange. Die ewigen Staus in dieser Metropole sind das Schlimmste. Dass die Stadt so schön ist, hilft ein bisschen darüber hinweg. Es ist diese ganz besondere Kombination aus blauem Himmel, braunem Sand und der speziellen, reichhaltigen kenianischen Vegetation mit Akazien, Silbereichen, Duranta-Pflanzen, Wandelröschen und wie sie alle heißen. Von vielen kenne ich die Namen gar nicht, wenn sie denn überhaupt einen in meiner Sprache haben.

Es wäre besser, ich würde näher an der Schule wohnen, die Botschaft hat uns aber davon abgeraten, weil die Umgebung nicht sicher ist. Auch Axel war nicht gerade dafür. Manchmal gebe ich bei Punkten nach, die mir nicht so wichtig sind. Schließlich ist er mit mir auf die andere Seite der Erde gezogen, obwohl er dadurch seine eigenen Kinder nur ein paarmal im Jahr in den Ferien sieht. Dabei war er früher so engagiert, geteiltes Sorgerecht, Elternbeirat und Fußballtrainer. Es ist wichtig, ihn bei Laune zu halten.

Langsam rollen wir durch Eastleigh, einen Stadtteil, der auch Little Somalia genannt wird. Linker Hand sehe ich die Blechdächer des Slums Majengo. Verglichen mit dem Viertel, in dem wir wohnen, mit den breiten Straßen, den grünen Alleen und dem wohlorganisierten Leben, hat man hier das Gefühl, auf einem anderen Planeten zu sein. Vor mir fährt ein weißer Mitsubishi, jemand streckt einen schwarzen Arm aus dem Fenster.

Kenia gilt als der wohlhabende, friedliche und relativ gut funktionierende Bruder der problematischen Länder ringsum, aber in den paar Jahren, die wir jetzt hier sind, hat sich einiges in die falsche Richtung entwickelt. Es gibt immer mehr Unruhen.

Mein Handy gibt ein Piepen von sich, und ich werfe einen Blick auf das Display. Eine Nachricht von Agnes Lofthus, meiner Mutter. Ein Schauer läuft mir über den Rücken, und mein Hals wird steif. Ich habe ihre Nummer gespeichert, um nicht versehentlich dranzugehen, sollte sie auf die Idee kommen, mich anzurufen, was sie aber bisher nie getan hat. Sie hat mir auch nie zuvor eine SMS geschickt. Ich löse kurz den Blick von der Straße und öffne die Nachricht.

Ich wünsche dir viel Glück mit C. Helsing, Clara. Mama

Wieder fröstelt es mich. Warum schreibt sie das? Es klingt ja fast so, als stünden wir uns nahe und würden täglich miteinander reden. Dabei haben wir seit Jahren nichts voneinander gehört. Ich lasse das Handy wie eine tote Ratte fallen. Mir wird übel. Ein Effekt, den sie schon lange auf mich hat.

Ich wünsche dir viel Glück. Ebenso gut könnte sie mich bitten, für immer in der Hölle zu schmoren. Ich weiß, dass ihr das am liebsten wäre, wie ich auch weiß, woran sie mich erinnern will. Aber diese Wünsche beruhen auf Gegenseitigkeit.

Agnes ist auf dem Papier meine Mutter, aber sie hat unsere Familie zerrissen, als sie mit diesem Idioten von Magne zusammengezogen ist, der meinen kleinen Bruder zu Tode gequält hat. Lars ist tot, Papa ist tot. Agnes lebt und besitzt den Hof, was einfach unerträglich ist.

Da hilft nicht einmal die Distanz, die ich zwischen uns gebracht habe. Sie kann mich jederzeit erreichen, das hat sie mir gerade erst bewiesen.

Als Papa vor mehr als fünf Jahren gestorben ist, wollte ich eigentlich mit den Jungen nach Westen auf den Hof ziehen, sobald meine Zeit im Ministerium vorbei wäre. Ein Verkauf kam nicht in Frage, der Hof ist seit Generationen in unserer Familie. Ich wollte das Erbe übernehmen, wollte Vater ehren und den Hof ausbauen und bewirtschaften, doch nach der Beerdigung flatterten mir offizielle Dokumente ins Haus, die alles zunichtemachten.

Meine Eltern hatten seit 35 Jahren keinen Kontakt mehr, waren aber nicht geschieden, wie ich geglaubt hatte. Papa musste sich die Papiere seinerzeit nicht richtig angeschaut haben, wenn er sich denn überhaupt jemals darum gekümmert hatte. Das Resultat war, dass Agnes den Hof übernahm. Seitdem war ich nicht mehr dort.

Ich habe alles hinter mir gelassen, all die Geheimnisse, all das Dunkel und will auch jetzt nicht daran denken. Heute geht es um Makena, die Schule, den hohen Besuch und um das Geld, das ich beschaffen muss. Außerdem kann Agnes nicht noch mehr Schaden anrichten, als sie es bereits getan hat.

Makenas Adresse ist im Navi gespeichert, weil ich sie

schon mehrmals nach Hause gefahren habe. Sie wohnt allein mit ihrem Vater, die Geschwister sind erwachsen, die Mutter ist tot. Ich klopfe an die einfache Tür ihres Hauses, das am ehesten an einen Schuppen erinnert. Zum Glück macht mir Makena selbst die Tür auf. Ich habe ihren Vater zwar schon ein paarmal getroffen, habe aber kein gutes Gefühl bei ihm. Er erinnert mich irgendwie an Magne, wie Makena mich an Lars erinnert.

»Bist du bereit? Kommst du mit?«, frage ich energisch.

Makena schüttelt den Kopf. Sie ist vor ein paar Wochen neun Jahre alt geworden. Weiße Zähne, blitzende Augen. Ich sehe, dass sie sich chic gemacht hat. Einen Schmetterling an jedem Ohr. Sie ist hübsch, trotz der Brandwunde, die sich über die eine Seite ihres Gesichts zieht. Ich habe nie erfahren, was da wirklich passiert ist, nur dass sie sich diese Verletzung im Alter von vier Jahren zugezogen hat. Die Narbe hat ihr ein paar Schwierigkeiten mit den anderen Kindern eingebracht, es wurde aber besser, nachdem ich mir diese Kröten mal richtig vorgenommen hatte.

Mir sind auch andere Dinge aufgefallen. Ihre Schreckhaftigkeit und dass sie sich innerhalb von einem Jahr zweimal den Arm gebrochen hat. Johannes und ich haben darüber gesprochen, wir können aber nichts beweisen. Und sollten wir das Thema ansprechen, würde Makena vermutlich nicht mehr zur Schule kommen.

»Ich will nicht«, sagt sie.

»Warum nicht? Das wird ein fantastischer Tag.«

Sie schüttelt den Kopf.

»Papa sagt, dass es gefährlich ist. Er meint, eine böse Wolke läge über dem Ort.«

Mein Gott, dieser Idiot. Ich hätte wissen müssen, dass er dahintersteckt.

»Aber das ist doch Unsinn, Makena«, sage ich lachend.

Sie trägt einfache Kleider, nicht die Schuluniform, die alle an diesem Tag anziehen sollten. Ihre Haare sind zu zwei festen Zöpfen geflochten und an den Seiten des Kopfes hübsch zusammengesteckt. Sie hat ein Seidenband mit rotbraunem Muster hineingeflochten. Makena hat sich chic gemacht, sie wollte also eigentlich kommen.

»Ist es lange her, dass du an einem der großen Strände warst?«, frage ich.

»Ziemlich lange«, murmelt sie.

Vermutlich heißt das, dass sie noch kein einziges Mal da war.

»Wenn du mit zur Schule kommst, können wir am Samstag an den Strand fahren«, sage ich. »Was meinst du dazu? Nur sag den anderen nichts, sie sollen ja nicht neidisch werden.«

Sie ist noch immer still, das Glänzen in ihren Augen ist mir aber aufgefallen.

»Möchtest du gerne, Makena?«

Sie nickt, und dann lächelt sie breit.

»Vielleicht kannst du auch mal mit nach Norwegen kommen«, füge ich hinzu. »Wäre das nicht toll?«

»Oh ja«, sagt sie und strahlt über das ganze Gesicht.

»Aber zuerst fahren wir zur Schule. Da gibt es heute Kuchen und Eis. Zieh dich schnell um und hol deine Sachen, dann nehme ich dich mit.«

Sie nickt und stürmt davon. Ich muss lächeln, habe wirklich Lust, alles Mögliche mit ihr zu erleben, sie mit an den Strand zu nehmen und vielleicht einmal mit nach Norwegen. In vielerlei Hinsicht ist Makena mir näher als meine eigenen Söhne.

Auf dem Platz vor der Schule flattern die kenianische und

die norwegische Flagge im Wind. In diesem Moment fällt mir ein, dass heute auch der Geburtstag von Axel ist. Ich habe ihn komplett vergessen und muss später noch irgendetwas organisieren. Axel ist so etwas wichtig.

2 – *Axel*

Axel setzt sich draußen auf einen der neumodischen grünen Stühle. Das Kaffeeservice sieht aus wie aus einem Designerladen in Majorstua oder Frogner.

Auf dem Weg zum Wagen hebt Clara wie jeden Morgen die Hand, ohne ihn wirklich anzusehen. Dabei weiß sie ganz genau, dass er auf der Terrasse steht und ihr nachblickt. Sie trägt eine weite beige Leinenhose und ein dünnes weißes Merino-Shirt.

Clara. Die Liebe seines Lebens. Wie gut er sie nach diesen fünf Jahren in Nairobi kennt.

Mental ist sie immer schon weg, bevor sie durch die Tür geht. Ist angespannt und nervös, auch wenn man ihr das nicht ansieht. Vermutlich wird das besser werden, wenn dieser offizielle Besuch erst einmal vorbei ist. Vielleicht spielen er und die Jungs dann wieder eine größere Rolle.

Er trinkt den Rest Kaffee und isst noch ein Stückchen Apfelsine. Trotz der frischen Luft, dem blauen Himmel und der Schönheit ringsum spürt er die Unruhe in sich kribbeln. Wie ein Messer, das sich danach sehnt, etwas zu schneiden.

Gleich muss er Andreas und Nikolai wecken und sie zur Schule bringen. Eine ziemliche Herausforderung, danach kann er dann wieder die unerträgliche Leichtigkeit des Daseins genießen. Zum Glück hat er eine Verabredung mit den

Tennisdamen, denn die Tage, an denen er die ganze Zeit allein ist, fühlen sich leer und fahl an.

Er hört Zawadi in der Küche die Spülmaschine ausräumen, dann beginnt sie, die schwarze Arbeitsplatte in ihrer Diplomatenwohnung mit Blick auf einen Park und eine stille Seitenstraße zu putzen. Gleich wird sie ihm und den Jungs das Frühstück servieren. Clara ist um diese Uhrzeit für gewöhnlich auf der Arbeit, und da hat sie auch heute keine Ausnahme gemacht.

Nach dem Frühstück wird Zawadi den hellen Küchenboden putzen, die beigen Fliesen mit dem grünen Muster und die dunklen Platten im Flur. Es ist natürlich unnötig, dies jeden Tag zu tun, aber sie macht es trotzdem, und er lässt sie gewähren.

Zuerst haben sie sich eingeredet, weder Küchenhilfe noch Gärtner zu brauchen. Clara hat heftige Aversionen gegen Fremde im Haus, also hatten sie vereinbart, dass er diese Arbeiten übernimmt. Doch dann hatte Zawadi weinend vor der Tür gestanden und ihnen erklärt, wie fatal es für ihre Familie, ja für ihre ganze Sippe sei, dass sie ihre Arbeit und ihr Einkommen verloren habe. Sie hatte für den vorigen Mieter gearbeitet und ihr war zugesichert worden, dass die neuen Mieter sie übernehmen würden. Nach ein paar Diskussionen willigten sie ein, sie wollten kein Leben zerstören.

Tief in seinem Inneren findet er es eigentlich ziemlich angenehm, eine Hilfe zu haben, sonst wäre die gesamte Hausarbeit an ihm hängengeblieben. Nach fünf Jahren ist er es mittlerweile gewohnt, Personal zu haben, vollkommen normal wird sich das aber wohl nie anfühlen. Lediglich bei der Kleidung ist er hart geblieben. Die wäscht er selbst, und da Andreas und Nikolai schon nach einem Tag alle Klamotten in den Wäschesack stopfen – ebenso alle Handtücher –, ist das kein leichter Job.

»*Ist gestern Abend alles gutgegangen?*«, schreibt er an Olav. »*Hast du es hingekriegt?*«

Er sieht, dass sein Sohn die Nachricht liest, es kommt jedoch keine Antwort, was hoffentlich bedeutet, dass er auf dem Weg zur Schule ist. Caro hat gesagt, dass er nicht immer rechtzeitig das Haus verlässt und manchmal gar nicht gehen will.

Es ärgert ihn, dass er mit seinem Umzug nach Kenia jedes Recht, ihre Erziehung zu kritisieren, abgegeben hat.

Olav soll ihm die Hausaufgaben schicken, wenn er sie fertig hat, damit er einen Blick darauf werfen kann.

In der Praxis heißt das, dass er sie korrigiert, umschreibt und verbessert. Sicher ist das nicht erwünscht, aber das ist ihm egal. Außerdem hat er das Gefühl, dass so etwas heutzutage ziemlich normal ist. Noch dazu bereitet es ihm Freude, seinem Sohn helfen zu können. Ostern fällt in diesem Jahr auf einen späten Termin, Palmsonntag ist erst am 14. April, dann soll Olav zum ersten Mal allein nach Nairobi fliegen, sodass sie viel Zeit miteinander haben werden. Und im Sommer sollen dann auch die beiden Jüngsten kommen, Karin und Sigurd.

»Ja, ja«, sagt Nikolai, als Axel ihn auffordert, jetzt endlich sein Frühstück zu essen. Andreas liegt derweil noch unter der Decke und grunzt nur. Axel weiß, dass er mindestens einmal zurückkommen muss, vermutlich öfter, damit der Junge sich in sein Schicksal fügt. Nicht selten sind die beiden dann so spät dran, dass Axel sie zur Schule fahren muss. Das Problem ist, dass Andreas sich abends nicht von seinen Computerspielen oder Filmen trennen und ins Bett gehen will. Er ist morgens fast nie ausgeschlafen. Nikolais Tagesrhythmus ist etwas konventioneller. Er läuft gerne, trainiert und trifft Freunde, hat ein deutlich größeres Netzwerk als sein Zwillingsbruder.

Eigentlich sollten sie froh sein, dass die Jungs weitestgehend normal sind. Schließlich sind sie als Teenager kurz nach dem Tod ihres biologischen Vaters in ein komplett fremdes Land verfrachtet worden.

Er geht in die Küche. Alles steht bereit. Brot, Aufstrich, Milch und Tee.

»Good morning«, sagt er zu Zawadi, die butterweich antwortet und auf seinen Platz deutet. In einem knallgelben Eierbecher steht ein weich gekochtes Ei, vermutlich sechseinhalb Minuten, wie er es am liebsten mag. Er bedankt sich. Sein Handy vibriert unentwegt, immer neue Snapchats.

Maria, seine engste Freundin unter den Tennisdamen, hat ein Bild von einem grünen Morgensmoothie in die Gruppe geschickt.

»*Ganz herzlichen Glückwunsch zum Geburtstag, Axel. Hurra! Auf dein Wohl!*«, schreibt sie.

Gleich darauf kommt von einer anderen aus der Gruppe etwas Gelbrotes, Tropisches. Er muss lächeln. Diese Frauen haben wirklich keinerlei kritische Distanz zu ihrem Smoothiedasein. Ein paarmal hat er Clara diese Chats gezeigt, aber sie hat nur den Kopf geschüttelt.

Wenigstens leben sie gesund, sieht man einmal von den Alkoholmengen ab, die sie konsumieren. Sie schlafen nachts ihre acht Stunden, trinken ihre Supersmoothies, trainieren jeden Tag, und ihr Hautpflegebudget ist deutlich höher als Zawadis Monatslohn. Trotzdem klammern sie sich an ihre Sportwagen, Mojitos und den trockenen Weißwein.

Er sieht auf die Uhr. 07:45 Uhr. An der Zeit, Andreas noch einmal zu wecken.

3 – *Clara*

»Willkommen«, sage ich und nehme die Hand von Halldor Svartveits Schulter. Es ist jetzt genau 11 Uhr.

Der Entwicklungshilfeminister ist ein attraktiver Mann mit blauem Blick und dunklen, graumelierten Haaren. Er wird kaum älter als vierzig sein. Er erschien erst auf der Bildfläche, nachdem ich Oslo und Norwegen verlassen hatte. Ich habe von hier aus verfolgt, was er so macht. Sein Background ist der diplomatische Dienst, weshalb er eher wie ein internationaler Bürokrat als wie ein Politiker auftritt, er kommt bei den Leuten aber gut an. Etwas zu intellektuell, teure Anzüge und eine Ausbildung an einer der Elite-Unis in London. Ich bin mir ziemlich sicher, dass er es langfristig auf den Posten des Außenministers abgesehen hat.

Ich habe all die Zeit hart gearbeitet, um die Finanzierung auf anderen Wegen sicherzustellen, habe private Sponsoren und Stiftungen angefragt, doch das alles reicht nicht aus. Ich brauche zusätzliche, frische Mittel über das Budget der Entwicklungshilfe und bin bereit, zu Kreuze zu kriechen, um die Zukunft der Schule zu sichern.

Trotzdem erfüllt mich der Anblick der norwegischen Delegation mit Unbehagen, erinnert er mich doch an die zweitgrößte Niederlage meines Lebens. Dass ich den Gesetzentwurf in meiner Zeit als Ministerin nicht durchgebracht habe, kommt wirklich gleich hinter der Tatsache, dass es mir damals nicht gelungen ist, Lars' Leben zu retten. Ich hätte nicht gedacht, dass mir das noch immer zusetzt, aber so ist es. Mein Kinderschutzgesetz, wie ich es genannt habe, sollte Übergriffe und Gewalt gegen Kinder verhindern und für die Betroffenen wirklich einen Unterschied machen.

Das Beste an meiner Arbeit hier in Nairobi ist – neben dem Gefühl, etwas Wichtiges zu tun – die Tatsache, dass ich aus der Schusslinie bin, mich in einem toten Winkel befinde, in dem niemand mich sieht. Die Perspektive hat etwas Ironisches, denn als Weiße in Afrika sorgt man natürlich ständig für Aufsehen und wird nie in Ruhe gelassen. Aber diese Aufmerksamkeit ist eine ganz andere als zu Hause in Norwegen.

Der Schulchor beginnt das Willkommenslied zu singen, einen traditionellen Festgesang. Ich habe die Kinder wochenlang üben hören.

Zum Glück hat es in den letzten Tagen nicht geregnet, sodass man trockenen Fußes überall hinkommen kann. Noch vor ein paar Wochen war hier – wie auch an anderen Stellen des Landes – nur Matsch. In der Regel ist es in Nairobi warm und trocken, bis dann plötzlich so viel Wasser fällt, dass das Erdreich es nicht aufnehmen kann und alles zu einer roten Suppe wird.

Svartveit sieht die zwanzig Mädchen lächelnd an, die singend in der Morgensonne stehen. Alle tragen die gelb-rot-grüne Schuluniform.

Wir drehen eine Runde, begutachten die ganze Anlage und begrüßen die Angestellten. Heute sind wirklich alle an ihren Plätzen. Der Minister bleibt mehrmals stehen und unterhält sich auf Englisch mit den Leuten, die ihm vorgestellt werden, während seine anzugtragende politische Beraterin mit dem Pferdeschwanz immer wieder auf ihre blassrosa Apple Watch starrt. Wie viele PR-Manager lässt sie es an der angemessenen Höflichkeit fehlen. Svartveits Bodyguards sind konzentriert, professionell und gestriegelt. Sie erinnern mich an Stian, meinen Bodyguard, als ich Ministerin war. Vielleicht der einzige Freund, den ich jemals hatte, sieht man mal von Papa ab.

Nach Papas Tod hat Stian alles geregelt. Er hat mich in Todesangst erlebt, vollkommen außer mir, hat meine Haare gehalten, während ich mich übergeben habe, und mich vom Boden aufgehoben und ins Haus getragen. Er hat mir Schuhe und Kleider ausgezogen und mich gefüttert, hat Axel zu mir geholt, die Beerdigung organisiert und wirklich alles für mich getan, bis wir dann plötzlich nichts mehr miteinander zu tun hatten.

Stian ist überdies der Einzige, dem ich jemals meine Lügen anvertraut habe. Er weiß mehr über mich als jeder andere, wobei natürlich auch er nicht *alles* weiß.

Seit wir nach Nairobi gezogen sind, habe ich ihn nicht mehr gesehen. Ich war noch nie gut darin, Kontakte zu pflegen, aber auch von Stian ist nicht ein Lebenszeichen gekommen. Jetzt vermisse ich ihn.

Ich gehe gemeinsam mit dem Minister und seinem Gefolge zu einem Klassenzimmer und öffne die Tür. Makena sitzt allein an einem Pult, steht auf und reicht dem Minister die Hand. Blitzlichter leuchten auf. Dann folgt andächtige Stille.

»Wie lange gehst du schon auf diese Schule?«, fragt Svartveit auf Englisch.

Kein Wort. Verdammt.

Ich gehe zu ihr und lege den Arm um ihre Schultern.

»Drei Jahre«, sage ich. »Das stimmt doch, nicht wahr, Makena?«

Sie nickt, und ein Lächeln zeichnet sich auf ihren Lippen ab. Ich spüre, wie ihre Schultern zittern, und bereue für einen Moment, ihr das alles zugemutet zu haben. Auch Lars hat immer darauf gedrängt, weniger zu unternehmen, trotzdem habe ich immer wieder versucht, ihn tougher zu machen, mehr wie mich.

Svartveit scheint sich nicht wohl in seiner Haut zu fühlen, und seine Beraterin tritt unruhig von einem Bein aufs andere.

»Makena ist auch unsere Gärtnerin«, sage ich, um den Knoten zu lösen. »Makena, magst du dem Mann aus Norwegen erzählen, was du da so alles machst?«

Ein paar Sekunden Stille. Das alles wird nicht klappen. Dann räuspert sie sich.

»Ich jäte Unkraut, gieße und füge frische Blumenerde hinzu. Ich beobachte die Pflanzen, und wenn es einer nicht gut geht, suchen wir einen neuen Ort für sie. Manchmal brauchen sie mehr Sonne, manchmal weniger oder vielleicht sogar einen Platz im Schatten.«

»Das ist ja toll«, sagt der Minister.

»Haben Sie den weißen Busch draußen gesehen?«, fragt Makena. »Das ist ein Schmetterlingsflügelbusch. Den haben wir erst dieses Jahr gepflanzt, und an meinem Gedankenbaum haben wir ein ganz neues Beet angelegt …«

Sie hält inne, vielleicht ist ihr in den Sinn gekommen, dass der Mann ja nichts von ihrem Gedankenbaum wissen kann.

»Das habe ich gesehen«, sagt der Minister. »Du meinst doch das Beet mit den weißen und orangen Blumen rings um den schönen Baum?«

Sie nickt glücklich, und ihre Zöpfe tanzen. Der spontane Exkurs zu den Pflanzen hat das Mädchen entspannt. Sie spielt ihre Rolle gut, die Nervosität ist vollkommen verschwunden. Wie Lars ist sie offen, neugierig, wissensdurstig und ganz besessen von Blumen, Vögeln und Schmetterlingen.

Johannes kommt zu mir. »Svartveits Sicherheitsteam will schnellstmöglich weg«, flüstert er mir zu.

Ich hebe die Hand und schüttele ablehnend den Kopf.

»Die sollen sich mal in Geduld üben. Makena soll doch noch ihre Rede halten.«

Kurz vor 13 Uhr stehen wir zum Abschied bereit.

»Ich werde Ihr Projekt zu Hause mit den wärmsten Worten empfehlen«, sagt Svartveit.

»Das freut mich zu hören«, sage ich und ziehe bei all den Floskeln den Hals ein.

Wir sind draußen auf dem Schulhof. Der Chor soll noch ein Abschiedslied singen, während der Wagen des Ministers bereits parat steht. Wir sind zu der weißen Bank gegangen, auf der Makena so gerne sitzt, um nachzudenken. Sie unterbricht das runde Beet mit den weißen und orangen Blumen wie ein Komma.

Makena hat ihre Rede gehalten, es ist alles bestens gelaufen. Sie steht etwas abseits von uns, strahlt vor Stolz und Glück. Die zwei Zöpfe haben gehalten, auch wenn das Band aus einem davon gerutscht ist.

»Wie sehen Ihre Zukunftspläne aus?«, fragt Svartveit. »Es sind mehrere Botschafterposten neu zu besetzen, das wissen Sie, oder?«

»Danke, aber ich liebe diese Arbeit. Ich möchte gerne bleiben.«

»Und Ihrer Familie gefällt es hier?«

Ich nicke.

»Zum Glück, sie haben richtig Wurzeln geschlagen.«

Er lächelt, aber ich sehe ihm an, dass er in Gedanken bereits am nächsten Ort ist. Es gibt keinen Grund, die Frage zu kaschieren. »Wie sieht es mit der Finanzierung aus?«, frage ich und räuspere mich.

Svartveit sieht mich betroffen an und unterdrückt ein Seufzen.

»Ich kann nichts garantieren«, sagt er.

Es ist schon ironisch, dass ich hier aufgebrezelt stehe und mich einem norwegischen Politiker anbiedere, inklusive Obst- und Kuchenauswahl, die wir ihm in der Schule serviert haben. Ich verhalte mich exakt so, wie Menschen es tun, um bei einem Minister irgendetwas zu erreichen. So haben sich die Menschen auch mir gegenüber verhalten, als ich für kurze Zeit Justizministerin war. Vor der Katastrophe, vor Axel, vor Nairobi. Ich erinnere mich noch an die Verachtung, die ich für all diese Bittsteller empfunden habe. Vielleicht geht es Svartveit ebenso.

»Hören Sie«, sage ich. »Dieses Projekt trifft genau ins Herz der norwegischen Entwicklungspolitik. Genau so sollten wir operieren. Es ist lokal verankert, es funktioniert, gibt der Bevölkerung Arbeit und Rückhalt. Wir retten Leben. Wir geben den Menschen eine Zukunft. Es gibt keine würdigeren Empfänger für norwegische Entwicklungshilfe als diese Menschen hier.«

Der Minister fährt sich mit der Hand durch die Haare und lächelt blass.

»Mir gefällt, was ich heute hier gesehen habe, und ich werde mich dafür einsetzen, dass Ihnen diese Mittel zugesprochen werden.«

Ich nicke. Jetzt habe ich ihn am Haken, da bin ich mir sicher.

Ich stehe auf, und wir gehen zu dem Platz, auf dem sich

der Chor aufgestellt hat. Makena rennt zur freien Bank unter dem Baum und setzt sich, baumelt mit den Beinen. Sie hebt die Hand und winkt mir zu. Wenn die Delegation weg ist, werde ich mich zu ihr setzen. Vielleicht reden wir dann über unseren Ausflug zum Strand. Und auf dem Rückweg muss ich dann noch ein Geburtstagsgeschenk für Axel und eine Flasche Wein besorgen. Erst muss ich aber diesen Svartveit verabschieden.

Es ist ein guter Tag. Alles läuft nach Plan.

In diesem Moment bemerke ich die Vögel, die fluchtartig aus Makenas Baum auffliegen, und erkenne, dass hier etwas gar nicht stimmt.

4 – *Axel*

Die Sonne steht hoch am Himmel, und es ist brennend heiß, als Axel um 10:55 Uhr auf dem großen Parkplatz des Tennisclubs parkt, die Tasche aus dem Kofferraum nimmt und das Gelände betritt. Der Wachmann erkennt ihn wieder, seinen Ausweis hat er schon lange nicht mehr zeigen müssen.

Die anderen sind bereits da. Benedicte läuft an den Courts auf und ab und macht zwischendurch Kniebeugen. Auch Hege ist gekommen, sie ist noch relativ neu in ihrer Gruppe. Die Dritte im Bunde ist die immer nette, lebhafte Maria, eine Juristin und die Frau des Botschafters. Es überrascht ihn jedes Mal, wenn er sie bei offiziellen Anlässen in der Botschaft trifft und sie die Shorts gegen irgendwelche strengen Kostüme ausgetauscht hat. Diese drei Frauen sind für ihn so etwas wie Kolleginnen, sie bilden sein soziales Netzwerk, sieht man einmal von den regelmäßigen obligatorischen Empfängen in der Botschaft ab.

Anfangs dachte er, dass er dieses Partnerprogramm nicht aushalten und es nur mit verwöhnten, uninteressanten Diplomatengattinnen zu tun haben würde. Überdies war er davon ausgegangen, ohnehin genug zu tun zu haben. Aber das hat sich als falsch erwiesen. Seine eigenen Kinder sind in Norwegen, Nikolai und Andreas sind groß, und die Aufgaben im Haushalt werden von Zawadi erledigt. Deshalb hat er schließlich doch am Partnerprogramm teilgenommen, und nun sind diese Frauen seine Puffer gegen die große Einsamkeit.

Bei der Gruppe hat er wirklich Glück gehabt, die Frauen sind mehr als in Ordnung. Klug und humorvoll. Einige von ihnen trifft er auch zum Joggen oder für einen gemeinsamen Lunch außerhalb der offizielleren Ausflüge in Museen oder Konzerte. Im Grunde sind sie ihm richtige Freunde geworden, die jetzt einen Teil der Funktionen erfüllen, die sonst seine Kumpels zu Hause übernommen haben. Und dann kommt natürlich noch positiv hinzu, dass immer ein kleiner Flirt in der Luft liegt. Wenn Clara ihn nur gemeinsam mit diesen Frauen sehen und realisieren könnte, wie sehr er geschätzt wird.

»Axel, mein Freund, herzlichen Glückwunsch zum Geburtstag«, sagt Maria und küsst ihn auf beide Wangen.

Sie gratulieren ihm. Nicht so die Jungs am Frühstückstisch. Nicht einmal seine eigenen Kinder haben ihm Nachrichten geschickt. Dass Clara nichts gesagt hat, kann er ja noch nachvollziehen, schließlich haben an diesem Tag wichtigere Dinge auf sie gewartet. Nicht so schlimm. Er kann sich selbst um den Kuchen kümmern und Pizza backen, die Jungs lieben Pizza. Ja, sogar Clara, die sonst eine eher instrumentelle Beziehung zum Essen hat, mag Pizza. Wobei sie eigentlich nur isst, um die Energie zu sich zu nehmen, die sie für ihre Arbeitstage braucht.

Das Tennistraining ist gut und hart. Nach dem Duschen gehen sie gemeinsam in ein Restaurant in einem der großen Hotels. Sie haben einen Tisch reserviert, setzen sich aber trotzdem nach draußen. Er sieht auf die Uhr. 13:00 Uhr. In der klimatisierten Zone im Schatten ist es angenehm kühl, und auch hier sind die Tische ordentlich gedeckt. Er mag den Blick auf die Akazien außerhalb des Resorts. Nairobi ist viel grüner, als er es erwartet hat, und das trotz der Wärme und der Trockenheit. Die Frauen diskutieren über die Strände an der Küste: Südmombasa, Tiwi Beach, Shelly Beach. Sie alle hat es überrascht, wie schön es dort ist.

»Warst du hier schon mal am Meer?«, fragt Maria.

»Nur einmal«, antwortet er. »An diesem Ort, dessen Namen man nicht aussprechen kann …«

»Msambweni?«, fragt sie, und er nickt. Das Telefon vibriert.

Papa, ich hab' dir was geschickt. Wäre toll, wenn du dir das bald ansehen könntest.

»Clara kommt bei solchen Ausflügen sicher nicht mit, oder?«, fragt Maria.

Er schüttelt den Kopf.

»Dafür hat sie zu viel zu tun. Aber die Jungs begleiten mich manchmal.«

»Sie haben zwei Söhne?«, fragt Hege.

Er vergisst immer wieder, dass sie neu ist. Sie haben sie erst einmal zuvor beim Tennis getroffen und waren noch nie zusammen essen. Sie kennt weder ihn noch seine Geschichte.

Ein Kellner tritt an ihren Tisch, er ist ordentlich gekleidet und schenkt ihnen tiefroten Burgunder ein.

»Zusammen haben wir fünf Kinder«, antwortet er. »Aber meine drei sind zu Hause in Norwegen, hier habe ich nur Claras Jungs, und die sind beide fünfzehn.«

»Ah, dann sind Sie beide geschieden?«, fragt Hege.

Er unterdrückt ein Seufzen, redet nur ungern über ihre Familienkonstellation.

»Clara ist Witwe, ihr Mann, Haavard, war seit Kindertagen mein bester Freund, aber er ist vor einigen Jahren gestorben.«

»Woran denn? Krebs?«

Diese Hege ist wirklich neugierig. Er schüttelt den Kopf.

»Ein Badeunfall. Er war gemeinsam mit Clara im Gebirge unterwegs. Als die beiden in einem Bergsee schwimmen waren, wurde er von der Strömung erfasst und in einen Wasserfall gezogen.«

»Oh mein Gott«, sagt Hege, und er ärgert sich, so explizit gewesen zu sein. Die anderen Frauen kennen die Geschichten schon und sagen nichts.

Für einen Moment wird es still. Die leichte, fröhliche Stimmung ist getrübt, und er atmet tief auf, als er die Rettung in Form von zwei Kellnern mit dem Essen auf sich zukommen sieht. Sie schenken ihnen auch Wein nach.

»Erzählen Sie weiter«, sagt Hege, die ihn ganz offensichtlich noch nicht vom Haken lassen will. »Sie sind mit der Frau Ihres besten Freundes zusammengekommen?«

Er schluckt. Es hört sich schmutzig an, dabei war er sich auf seltsame Weise sicher, dass Haavard nicht eifersüchtig auf ihn wäre, sondern es begrüßen würde, dass er auf Clara und die Kinder aufpasst. Clara und Haavard haben als Paar eigentlich nie richtig funktioniert.

Er selbst hat damals nicht verstanden, wie Haavard, der doch mit Clara zusammen sein durfte, überhaupt untreu sein konnte. Und so geht es ihm noch heute. Haavard hatte immer irgendjemanden. Zuletzt Sabiya, eine Kollegin, in die er sich richtig verliebt hatte. Die Sache endete allerdings in jeglicher Hinsicht tragisch. Haavard ist tot und Sabiya seit vielen Jahren spurlos verschwunden. Bestimmt ist auch sie tot.

»Tja, irgendwie hat sich das alles so entwickelt. Ich habe sie geerbt«, sagt er und hebt das Glas an.

Zum Glück lachen sie, trotzdem fühlt er sich seltsam entlarvt und nackt.

»Es ist unglaublich, wie sehr du dich für Claras Söhne einsetzt, Axel. Das muss man dir wirklich lassen«, sagt Maria. »Aber ist es nicht schade, dass du deine eigenen Kinder kaum noch zu Gesicht bekommst?«

Ein dumpfes Gefühl im Bauch. Sie meinen es gut mit ihm, kennen aber nicht das ganze Bild.

»Sie sehen sie nicht?«, fragt Hege schockiert.

»Doch, natürlich!«, sagt er und versucht, Ruhe auszustrahlen. »Natürlich tue ich das. Diese Damen hier neigen mitunter zu Über- oder Untertreibungen.«

Er wirft Maria und Benedicte einen gespielt strengen Blick zu, der aber trotzdem ernst gemeint ist.

»Ganz ehrlich, das funktioniert gut«, fügt er hinzu. »Wir sind uns über alles einig geworden. Nicht jeder führt ein Standardleben, wisst ihr.«

Caro, seine Ex-Frau, hat bei seinem Umzug nach Afrika die Beleidigte gespielt und sich darüber beschwert, dass seine Kinder ihn nicht mehr sehen würden und dass sie und Didrik, ihr neuer Lover, die ganze Verantwortung tragen müssten. Verständlich genug, wobei er den Verdacht hat, dass Caro eigentlich ganz glücklich mit der Situation ist, schließlich hat er sich damit selbst in ein schlechtes Licht gerückt. Außerdem muss er so jede ihrer Entscheidungen respektieren – auch die falschen –, während sie sich anderen gegenüber als Märtyrerin aufspielen kann und die Kinder vor ihm in Sicherheit weiß. Auf dem Papier haben sie noch immer geteiltes Sorgerecht, doch in Wahrheit sieht es so aus, als hätte er jedwede Verantwortung abgeschoben.

Maria beginnt glücklicherweise mit einem längeren Vortrag über ihren untreuen Botschafter, der jetzt ein Verhältnis mit seiner Zahnärztin angefangen hat, worüber sie die anderen kontinuierlich auf dem Laufenden hält.

Bald darauf schallt wieder Gelächter über das Schwimmbecken.

»Wir lachen viel zu laut«, sagt Maria, als die älteren Touristen am Nebentisch sie zum zweiten Mal missbilligend anschauen.

Er sieht auf seine Uhr. Bald 14:00 Uhr. Ein paar Gläser hat er schon getrunken, trotzdem werden sie sicher noch eine Weile bleiben. Den Wagen muss er definitiv stehen lassen, dabei kommen gleich die Jungs aus der Schule nach Hause. Der Gedanke gefällt ihm nicht, aber Andreas und Nikolai sind ja nicht mehr klein. Sie werden in den wohlgefüllten Küchenschränken schon etwas zu essen finden, sollten sie Hunger haben. Wenn Clara nach Hause kommt, kann er im Kiosk um die Ecke anrufen und Essen bestellen. Sie liefern dort gute, afrikanische Gerichte aus. Die Idee, Pizza zu machen, ist im Laufe des feuchtfröhlichen Essens irgendwie geplatzt.

Eine undefinierbare Unruhe wächst in ihm. Irgendwie ist ihm das alles zu viel: die Kritik der Freundinnen, die Erinnerungen, die er sonst immer verdrängt, und die Tatsache, dass niemand aus der Familie an seinen Geburtstag gedacht hat. Außerdem muss er an Olav zu Hause in Norwegen denken. Er ist so verflucht weit weg, und die Aufgabe für ihn muss er auch noch erledigen.

Manchmal überkommt ihn das Gefühl, unendlich allein zu sein, dabei ist ja eigentlich alles gut. An solchen Tagen wird ihm bewusst, dass er in diesem Land keine alten Freunde hat, keinen Haavard, keine Familie, keinen Job, keine Kollegen und keine eigenen Kinder. Er hat nur Clara. Andererseits ist es nicht vielen vergönnt, ihre Tage wirklich mit der Liebe ihres Lebens zu verbringen.

Das Gespräch dreht sich mittlerweile um die neuesten politischen Skandale zu Hause in Norwegen. Die Regierung stürzt in den Meinungsumfragen geradezu ab, und der Justizminister, Anders Steen, ein Studienfreund von Benedicte, ist nach zahlreichen Skandalen kaum noch zu halten. Beim Zuhören spürt er wieder, wie erleichtert er darüber ist, dass die Regierung, der Ministerpräsident und die norwegischen Medien so weit weg sind.

»Ist dir da gerade ein Schauer über den Rücken gelaufen?«, fragt Maria, aufmerksam wie immer. »Vermisst du dieses Leben denn gar nicht?«

»Ich komm' nicht ganz mit«, sagt Hege verwirrt. »Sind Sie Politiker oder so, Axel?«

»Das ist er nicht«, sagt Maria gurrend. »Aber unser Freund hier ist der Partner der ehemaligen Justizministerin.«

»Hä? Von wem?«, fragt Hege, bevor sie eins und eins zusammenzählt. »Oh. Sie sind mit Clara Lofthus zusammen? Mit der hübschen Blonden?«

Ihre Stimme klingt triumphierend, als hätte sie eine wirklich schwierige Aufgabe gelöst.

»Richtig«, sagt er. »Aber damals waren wir Gott sei Dank noch nicht zusammen, nur befreundet.«

Das entspricht der Wahrheit, obwohl er sie bereits damals – zu Haavards Lebzeiten – angebetet hat. Die Antwort lässt trotzdem alle lachen.

Ein Kellner nähert sich ihrem Tisch mit ernstem Gesicht. Maria nimmt ihr Handy aus der Tasche und liest etwas.

»Shit«, sagt sie und sieht zu Axel. Bei ihrem Blick wird ihm noch unwohler. Sein Körper wird steif, und sein Herz schlägt schneller.

»Was ist denn los?«, fragt er.

Maria zögert ein paar Sekunden mit der Antwort.

»Der Botschafter hat mir gerade eine Nachricht geschickt …«

Sie zögert erneut, dann nimmt sie noch mal Anlauf.
»In Claras Schule soll es irgendeinen Zwischenfall gegeben haben.«

5 – *Clara*

Ich sehe die Vögel auffliegen und höre gleich darauf Geräusche, die nicht da sein sollten. Menschen und Fahrzeuge nähern sich. Eine schwarze Tsunamiwelle rollt durch das Tor, und eine Gewehrsalve zerreißt die Luft. Sieben oder acht Männer in Militäruniformen und mit Maschinengewehren in den Händen kommen angelaufen.

Im selben Moment ist es so, als schiebe sich eine Art Glaswand zwischen mich und all diesen Lärm, wobei mir nichts entgeht und ich alles extra scharf und deutlich sehe. Überraschenderweise spüre ich keine Angst, weder um mich noch um die Kinder, nur kalte, klare Handlungskraft.

Die Eindringlinge verteilen sich wie ein Fächer auf dem Schulhof.

Makena klettert in ihren Baum, sie hält ihn sicher für ein gutes Versteck und versteht nicht, dass sie gefangen ist.

Svartveits Bodyguards treten vor, gerade als einer der Terroristen ins Stolpern gerät und zu Boden geht.

Am Zaun zum Nachbargrundstück kauern sich ein paar Kinder zusammen. Die Terroristen haben es eindeutig auf den Minister und seine Wachmänner abgesehen, die sie eingekreist haben. Es gibt hier draußen keinen sicheren Rückzugsort. Ich muss die Kinder in die Schule bringen, nur drinnen gibt es ausreichend Verstecke: Verschläge, Dachböden, Klassenzimmerschränke und Zimmer, die verriegelt werden können. Ich will die Ersten gerade in Richtung Schule schieben, als eine Handgranate durch die Luft fliegt und vor der Tür landet, die schon eine Sekunde später in einem Inferno aus Rauch und Feuer explodiert. Der Weg in die Schule ist damit versperrt, und die beiden Seiteneingänge sind auf Geheiß von Svartveits Wachleuten von innen verriegelt worden.

Dann fällt mir der Geräteschuppen hinter der Schule ein. Auch dort kann man sich verstecken und die Tür mit einem Riegel verschließen. Ich muss es schaffen, die Kinder dorthin zu bringen, ohne dass die Terroristen es bemerken. Ich gehe langsam zu den Schülern am Zaun und beuge mich zu ihnen vor.

»Ihr müsst einer nach dem anderen laufen«, flüstere ich. »Rennt so schnell ihr könnt zur Rückseite der Schule und versteckt euch im Geräteschuppen. Ich komme mit euch. Los, lauft los, einer nach dem anderen.«

Es sind vielleicht fünfzig Meter vom Standort der Kinder bis zum Geräteschuppen. Keine Hindernisse, aber damit auch ein klares Schussfeld für die Terroristen.

Ein kleines Mädchen, ich glaube, sie heißt Lulu, bleibt wie festgefroren am Boden stehen und zittert vor Angst. Am liebsten würde ich sie auf den Rücken nehmen und losrennen, aber damit würde sie für die Terroristen nur eine noch bessere Zielscheibe abgeben. Einer der Eindringlinge geht zu Boden, vermutlich von einem der Bodyguards angeschossen, die die Aufmerksamkeit noch für eine Weile auf sich ziehen werden.

»Lauft, lauft, lauft«, flüstere ich den Kindern zu.

Lulu steht noch immer wie paralysiert da. Ich hebe sie hoch, drücke sie an meine Brust und sie schlingt ihre Beine um mich.

Ich werde als Letzte laufen und die anderen mit meinem Körper schützen. Die Kinder sind mit ihren farbenfrohen Uniformen ein leichtes Ziel, aber ich habe keine andere Wahl. Als Erstes verschwindet ein Junge hinter der Schule, dann der zweite, dritte, vierte, fünfte, sechste, siebte. Dann kommen Lulu und ich. Die Kinder bleiben vor der Tür des Schuppens stehen. Mein Gott, sie sollen reingehen! Ich bahne mir einen Weg und reiße die Tür auf.

»Rein da, los«, flüstere ich, und sie verschwinden im Schuppen.

Ich rede weiter leise auf sie ein. »Wenn ich jetzt rausgehe, schiebt ihr hinter mir den Riegel vor. Lulu, hörst du, das ist wichtig! Und wenn ihr könnt, schiebt noch etwas Schweres von innen vor die Tür. Danach legt ihr euch auf den Boden und bleibt ganz still liegen, bis einer von uns Erwachsenen kommt und euch holt. Alles wird gutgehen, versteht ihr?«

»Du bleibst nicht hier?«, flüstert Lulu.

»Ich bin gleich wieder da«, antworte ich. »In der Zwischenzeit passt ihr aufeinander auf. Und macht keine Geräusche, verstanden?«

Sie nicken. Ich drücke die Tür auf und höre gleich darauf, wie sie den Riegel vorschieben.

Der Geräteschuppen hat keine Fenster, sodass die Kinder nicht verleitet werden, nach draußen zu schauen, und Gefahr laufen, entdeckt zu werden. Außerdem kann man nirgends eine Handgranate hineinwerfen. Sie sollten weitestmöglich in Sicherheit sein, vorausgesetzt, sie tun, was ich gesagt habe.

Ich könnte zusammen mit ihnen dort sein und sie trösten, doch das wäre zu leicht. Es ist meine Schule, meine Verantwortung. Eine Gruppe habe ich in Sicherheit gebracht, so viele andere müssen noch gerettet werden. Und wenn ich dabei draufgehe, ist das in Ordnung.

Außerdem ist da noch Makena. Sie ist vor ein paar Minuten in den Baum geklettert, aber gibt ihr das Sicherheit? Mein Herz schlägt bis zum Hals, als ich um die Ecke biege und zurück zu dem Platz vor der Schule gehe.

6 – *Axel*

Nach den langsamen Stunden auf dem Tennisplatz und im Restaurant geht plötzlich alles rasend schnell, als hätten sie das trainiert. Benedicte ist sofort auf den Beinen.

»Ich bezahle. Wir müssen uns beeilen, bevor sie plötzlich eine Ausgangssperre verhängen und wir festsitzen.«

»Ich muss zu dieser Schule«, sagt Axel. »Wir müssen ein Taxi bekommen.«

»Ich rufe lieber den Chauffeur der Botschaft an«, sagt Maria. »Das geht schneller.«

Alle packen zusammen und rennen zum Ausgang des Hotels.

Ein Zwischenfall, hat Maria gesagt. Und dann folgten die Worte *Anschlag* und *Schüsse*, wodurch alle schlagartig in voller Alarmbereitschaft waren.

Axels Herz schlägt so schnell und hart in seiner Brust, dass er sicher ist, die anderen könnten es hören.

Er sieht die Schule vor seinem inneren Auge. Das Hauptgebäude und die verschiedenen kleineren Häuser. Alles ist offen. Es gibt einen Zaun und ein Tor, aber nichts davon hält Eindringlinge wirklich ab. Zur Falle werden kann dieser Zaun trotzdem. Er hat Clara sogar schon einmal gesagt, dass ihre Schule das perfekte Terrorziel sei. Außenministerium und Geheimdienst haben im Vorfeld des Besuchs alles Erdenkliche getan, um den Minister bestmöglich zu schützen, aber allem Anschein nach hat das nicht gereicht. Der Besuch muss diesen Anschlag ausgelöst haben.

Er denkt an Clara, wie sie am Morgen aufgebrochen ist. Klar und konzentriert. Jetzt steckt sie mitten in diesem Schlamassel.

Maria legt ihren Arm tröstend um seine Schulter.

»Atmen, Axel, atmen«, sagt sie ruhig und atmet tief in ihren Bauch. Wäre nicht alles so verrückt, hätte er sicher darüber gelacht. Stattdessen lähmt ihn Panik, er zittert. Die Angst tut physisch weh, als stecke er in einem Schraubstock, der immer weiter zugedreht wird.

»Wir beide können zur Schule fahren«, sagt Maria. »Es müssen nicht alle dahin.«

Sie setzt sich nach vorn und spricht mit dem Fahrer.

»Tut mir leid«, sagt sie nach einer Weile und dreht sich zu Axel um. »Der Fahrer weigert sich, zur Schule zu fahren. Das Risiko ist zu groß.«

»Wir müssen dahin«, sagt er und spürt, wie es ihm den Hals zuschnürt.

Maria spricht wieder auf den Fahrer ein.

»Axel«, sagt Benedicte, die draußen vor dem geöffneten Fenster steht. »Ich verstehe, dass du zu Clara willst, aber was willst du da machen? Die Situation auf eigene Faust lösen? Außerdem wird die Zufahrt abgesperrt sein. Ihr kommt da niemals hin. Fahr zu den Jungs nach Hause. Es muss jemand für sie da sein.«

Er bringt kein Wort über die Lippen, ist paralysiert vor Angst.

Maria dreht sich noch einmal zu ihm um und legt ihm die Hand aufs Knie.

»Sie hat recht, Axel. Wir haben in der Schule nichts verloren, und ich bezweifle, dass wir jemanden finden, der bereit ist, uns dorthin zu fahren. Der Fahrer kann uns zu euch nach Hause bringen. Ich komme mit und helfe dir mit den Jungs. Alles wird gut. Aber du musst jetzt atmen.«

7 – *Clara*

Vor der Schule liegen mehrere Personen am Boden, darunter ein paar der Terroristen, aber auch einige Norweger. Ich erkenne einen der Wachleute und einen Journalisten. Kein Schüler und auch keiner der Lehrer. Viele müssen schon vor der Explosion im Schulgebäude gewesen sein, und ich habe sicher zwanzig Schüler in den Schuppen gebracht.

Svartveit liegt am Boden, es sieht so aus, als hätte ihm jemand ins Bein geschossen. Zwei der Angreifer zielen auf ihn, während ein Dritter Fotos mit einem Handy macht. Wollen sie dokumentieren, wie sie ihn erschießen?

Neben einem der toten Terroristen liegt seine Waffe. Ich nähere mich langsam, greife danach und versuche, mich an das Waffentraining zu erinnern, das ich als Justizministerin bekommen habe. Ich lade, ziele auf die Gruppe, die den am Boden liegenden Minister umringt. Sie haben mich noch nicht gesehen. Ich kann einen oder mehrere von ihnen erschießen und dann in vollem Tempo hinter das Haus rennen.

Wo ist Makena? Ich sehe zu ihrem Baum hinüber. Keine Makena. Dann schaue ich wieder auf die Körper am Boden. Auch da ist sie nicht. Schließlich erblicke ich sie am Zaun kauernd, während einer der Terroristen mit dem Gewehrkolben auf sie einschlägt. Ich muss eine Entscheidung treffen. Erschieße ich ihn, habe ich keine Chance, die Männer rings um Svartveit zu attackieren. Die Wahl fällt mir trotzdem nicht schwer. Wenn ich die Chance habe, nur einen Menschen zu retten, dann Makena. Ich würde sie dem Minister immer vorziehen. Immer. Ich hebe das Gewehr an, ziele auf den Teufel, schieße und spüre die Überraschung, als der Schuss sich löst.

Das Letzte, was ich sehe, ist Makenas Vater, der durch das Tor kommt. Er trägt dieselben Sachen wie die Terroristen und hält ein Gewehr in der Hand. Erst jetzt verstehe ich, dass er zu ihnen gehört. Deshalb also sollte Makena heute nicht in die Schule gehen. Dann werde ich von etwas getroffen, das alle Gedanken und Wünsche auslöscht und meinen Kopf in einem weißen Inferno aus Schmerz explodieren lässt.

8 – *Heier*

»Meine Freitagabendsendung ist kein Programm, in dem irgendwelche Promis recycelt werden, die man nur aus anderen Fernsehsendungen kennt«, sagt Erik Heier und wirft der blonden, engagierten Produktionsassistentin ein betont warmes und geduldiges Lächeln zu. Sie hat ihm gerade vorgeschlagen, den frisch gekürten Sieger von Big Brother gemeinsam mit zwei Influencern einzuladen, da die drei sich so gut ergänzen würden.

Heier lässt den Blick über die Anwesenden schweifen. Die meisten starren auf die Tischplatte. Vermutlich finden sie die Idee der Assistentin gut, wissen aber, dass er der Chef ist und die Entscheidungen fällt, auch wenn er ein alter Moralist ist.

Der ökonomische Rahmen der Produktion ist in den letzten Jahren enger geworden, und weniger Geld führt zu schlechterem Fernsehen. Dies wiederum führt zu geringeren Einschaltquoten, wodurch der Teufelskreis nur noch weiter angetrieben wird. Das ist einfache Mathematik. Influencer sind billige, leicht verfügbare Gäste.

»Übernimmst du ab hier?«, fragt er die Redaktionschefin, die nickend die Liste für die Sendung am 29. März durchgeht. Der große, überraschende Komet am Langlaufhimmel, ein 22-Jähriger von einem Gestüt in Selbu. Eine beliebte Sängerin mit ihrem Partner, die beide an Krebs erkrankt sind. Es sollte eine gute Sendung werden, wenn auch ohne Knalleffekte, aber das ist ja auch nicht sein Ziel.

»Seid ihr dazu gekommen, euch meinen Vorschlag zu Olli anzuschauen?«, fragt die Assistentin.

Heier seufzt. Olli ist einer dieser Influencer. Er hat einen Energiedrink auf den Markt gebracht, der bei Kindern zu einem Sammelobjekt geworden ist.

»Wir könnten ihn einladen, um mit ihm über seine fragwürdige Marketingkampagne zu reden. Immerhin zielt die voll auf Kinder ab«, sagt sie und lächelt breit und falsch, aber er beißt nicht an.

»Nein«, sagt er. »Wir sind doch kein Debattierclub.«

»Außerdem würde das den Hype um ihn nur noch stärken. Und genau das will er ja«, sagt Tobias Beumann, ein Assistent, der weniger auf diese Influencer abfährt.

Dieser Beumann hat etwas ganz Besonderes an sich. Erik kann sich nicht daran erinnern, dass er in der laufenden Saison auch nur ein einziges Mal gefehlt hat. Beumann ist immer schon da, wenn Erik kommt, und er verlässt die Redaktion erst nach ihm. Als Freelancer ist er voll engagiert, gehört noch nicht zu denen, die ständig zu spät kommen oder früher zu irgendwelchen Kindergärten wegmüssen, und er ruft auch nicht an, weil sein Kind krank ist, um dann angeblich von zu Hause aus zu arbeiten.

Heier ist sie so leid, diese charakterlosen, halbjungen Menschen mit ihren Ringen unter den Augen und ihrer Unfähigkeit, nicht einmal bei Sitzungen ihr Gähnen zu unterdrücken. Natürlich ist auch er für Sozialgesetzgebung und volle Gleichstellung, trotzdem ist er mehr als glücklich über kinderlose Mitarbeiter wie diesen Tobias. Sie retten buchstäblich die ganze Show.

»Wir sollten damit beginnen, Podcasts systematisch zu

folgen«, sagt Beumann. »Das ist das neue, große Medium. Podcaster schießen wie Pilze aus dem Boden.«

»Gibt es zwischen Podcastern und Influencern nicht eine Überlappung?«, fragt Heier.

»Bis zu einem gewissen Grad«, erwidert Beumann, sein Gesicht zeigt aber, dass er eigentlich anderer Meinung ist.

»Wie läuft es mit dem Justizminister?«, fragt Heier, um das Thema zu wechseln, den Blick auf die Redaktionschefin gerichtet.

»Tja, gute Frage«, sagt sie trocken. »Es sieht nicht gut für ihn aus, aber er scheint wirklich zu uns kommen zu wollen, um seine Sicht der Dinge zu präsentieren.«

»Gut«, sagt er. »Der Mann ist in jedem Fall aktuell, auch wenn er dann schon zurückgetreten sein sollte.«

Um 14:00 Uhr geht die Sitzung nach anderthalb Stunden zu Ende, trotzdem fühlt es sich so an, als hätten sie den ganzen Tag diskutiert. Heier geht zur Kantine, braucht eine Pause vor den weiteren Stunden im Großraumbüro.

Er hat sich seinerzeit selbst bereit erklärt, auf ein eigenes Büro zu verzichten, hat sogar betont, wie selbstverständlich es für ihn sei, gemeinsam mit den anderen zu arbeiten. Jetzt fühlt es sich klaustrophobisch an. Es gibt keinen Rückzugsort, keine Tür, die man hinter sich schließen kann, einmal abgesehen von den Klos und diesen idiotischen kleinen, gepolsterten Boxen, in denen man vertieft arbeiten soll. Als könnte man in einem Raum von der Größe einer Telefonzelle die Gedanken schweifen lassen! Blödsinn!

Draußen auf dem Flur überkommt ihn plötzlich eine Art Glücksgefühl, wie er es manchmal erlebt, wenn er in einer sicheren, schönen Umgebung ist. Verzierte Wände, glatte Türen, alles aus Teak. Ruhe, Eleganz, Würde. In diesen

Räumen wird schon seit Generationen guter Journalismus gemacht. Und guter Journalismus bedeutet Bildung, das Einzige, was eine in Schieflage geratene Gesellschaft noch retten kann, eine Kulturinstitution, in der er noch sein eigenes Freitagsprogramm hat. Was mehr kann er sich wünschen?

Die Euphorie ist nur von kurzer Dauer, denn an der Treppe stößt er auf den Finanzchef.

»Erik! Genau der Mann, den ich suche«, sagt er. »Hast du Zeit für ein kurzes Gespräch?«

Er nickt, spürt aber, wie seine Brust sich zusammenzieht. Gespräche mit dem Finanzchef sind immer irgendwie niederschmetternd, denn nicht selten geht es um Kürzungen, Transparenz oder generelle Systematisierung.

»Es gibt zwei Dinge, über die wir reden müssen«, beginnt der Finanzchef, als sie in seinem Büro sitzen. »Zum einen wird es in Zukunft ein kleineres Budget geben. Wir müssen den Gürtel enger schnallen.«

Der Finanzchef schaut auf seine gefalteten Hände und räuspert sich.

»Eigentlich sollte ich direkt zur Sache kommen. Wir müssen deine Sendung einstellen. Es wird keine weitere Saison geben.«

Das Blut weicht ihm aus dem Kopf, und seine Finger kribbeln.

»Was? Die Einschaltquoten sind aber doch gut?«, sagt er nach einigen Sekunden.

Der Chef schneidet eine Grimasse.

»Sie sind gut, aber rückläufig, und die Zukunftsaussichten sind – gelinde gesagt – düster. Außerdem ist die Produktion zu teuer.«

Erik war selbst etwas skeptisch, was dieses Format und

seine Entwicklung angeht. Ein derart abrupter Schluss fühlt sich trotzdem brutal an.

»In dem Zusammenhang ist wichtig, dass du nur projektbasiert angestellt bist. Den Vertrag müssen wir erneuern, denn wir wollen dich natürlich weiter im Team haben. Wir müssen nur herausfinden, welche Aufgaben du übernehmen kannst. Die Situation ist derart prekär, dass wir überlegen müssen, auch schon die letzten Sendungen dieser Saison abzusagen.«

»Was?«, unterbricht er ihn, gegen alle Vorsätze, den Mund zu halten. »Im Ernst? Das wäre komplett idiotisch, und wir haben doch kein Alternativprogramm. Außerdem schulden wir den Zuschauern einen stilvollen Abschluss.«

»Mal sehen«, sagt der Finanzchef vage. »Bis auf Weiteres behältst du das aber für dich.«

Mit Schmerzen in Bauch- und Herzgegend verlässt er das Büro seines Chefs. Hätte er dieses beklemmende Gefühl nicht schon einmal gehabt, würde er glauben, einen Infarkt zu haben, aber vermutlich ist es auch dieses Mal nur wieder eine psychische Reaktion.

Erneut überkommt ihn das Gefühl, dass sich alles um ihn herum auflöst. Seine Karriere hat ihn vom *Dagbladet* zu TV2 und schließlich zum NRK geführt. Er hat immer geglaubt, dass es einen Platz für ihn gibt, wo auch immer er arbeitet, egal ob als investigativer Journalist, als Moderator oder als Programmchef. Er hat an eine Zukunft geglaubt, wenn auch mit kleinen Justierungen.

Jetzt scheint alles um ihn herum auseinanderzufallen und Stück für Stück zu verschwinden. Weltordnung, Medien, Bildung und da insbesondere die Fähigkeit, zu lesen, zu lernen und zu reflektieren. Seine Töchter sagen immer, dass er mit dieser Schwarzmalerei aufhören muss. So alt sei er noch nicht. Vermutlich haben sie recht, aber das ist leichter gesagt als getan. Was, wenn alles so hoffnungslos ist, wie der Finanzchef es ausgemalt hat? Und wozu hätte er überhaupt noch Lust? Zurück zu den Nachrichten?

Sicher ist nur, dass er nichts sagen wird. Nichts ist weniger verlockend, als diese Nachrichten an die anderen weiterzugeben. Er sieht auf die Uhr. 14:45 Uhr. Am liebsten würde er einfach in die Stadt gehen oder nach Hause, aber pflichtbewusst wie immer geht er zurück in die Redaktion. Seine Kollegen haben sich rund um Beumanns PC versammelt.

»Was ist denn los?«, fragt er, als er sich zu ihnen stellt.

»Es gab einen Terroranschlag in Nairobi. Ein Angriff auf die Schule, in der der Entwicklungshilfeminister zu Besuch ist.«

Er setzt sich und schaltet seinen eigenen PC ein. Geht auf NRK.no. Auf der obligatorischen Startseite stößt er auf ein Foto von Svartveit in einer exotischen, savannenähnlichen Umgebung. Die Überschrift lautet »Attentat in Nairobi: Entwicklungshilfeminister ist unter den Gefangenen«. Er überfliegt die Zeilen. Es ist noch nicht gesichert, ob der Anschlag sich gegen den Minister richtet oder andere Ziele hat. Auch die aktuelle Situation ist unklar.

Auf den Seiten von Außen- und Entwicklungshilfeministerium finden sich nur kryptische Informationen über die Reise, bestimmt aus sicherheitstechnischen Gründen. Heier geht auf X und dann auf Breaking News und findet schließlich den Namen der Schule.

»Ui!«, platzt er hervor und sieht zu Beumann. »Erinnerst du dich an Clara Lofthus, die frühere Justizministerin?«

»Ich mag ja jung sein, so jung aber nun auch wieder nicht«, sagt Beumann. »Was ist mit ihr?«

»Sie arbeitet bei UNICEF und ist hier als Gastgeberin des Schulbesuchs aufgeführt.«

Ein amtierender Minister und eine ehemalige Ministerin als Opfer eines Terroranschlags in Nairobi? Wer steht dahinter? Was wollen die Attentäter? Ist der Besuch der Auslöser für den Anschlag, oder gibt es andere Gründe?

Wenn sie überleben – sollte alles gut gehen –, will er sie im Studio haben. Und zwar beide, Svartveit und Lofthus. Er öffnet seine Mailbox, sieht die E-Mail vom Finanzchef und hat mit einem Mal wieder Schmerzen in der Brust. Der Mann verweist auf das Gespräch, das sie gerade geführt haben, und auf die Notwendigkeit für Kürzungen und Stellenabbau. Bla, bla, bla. Und er beruft ein neues, vertrauliches Treffen ein.

Heier seufzt. Heute würde er gerne wieder in der Nachrichtenredaktion arbeiten und dichter an den Geschehnissen sein, weit weg von Influencern, Aufziehpuppen und talentlosen Schaumschlägern.

9 – *Axel*

Drei Tage nach dem Anschlag sitzt Axel an Claras Bett und geht die Geschehnisse in Gedanken noch einmal durch.

Alles wird gut werden, sagt er sich selbst wieder und wieder, ohne dass es hilft. Die Illusion der Sicherheit, vorgegaukelt durch schöne Häuser, große Autos, Haushaltshilfen, Tennisclub, Freunde und klimatisierte Einkaufszentren, ist brutal zerrissen worden. Jetzt empfindet er nur noch Unsicherheit.

Drei Tote in der norwegischen Delegation, ein Bodyguard, ein Journalist und der Entwicklungshilfeminister, alle drei gleich zu Beginn des Anschlags erschossen. Erstaunlicherweise ist nur ein Angestellter der Schule erschossen worden. Clara hat geistesgegenwärtig reagiert und die Kinder aus der Gefahrenzone gebracht, nur Makena, das Mädchen, das sie so ins Herz geschlossen hat, liegt noch irgendwo hier im Krankenhaus. Von Claras Kollegen weiß er, dass Makena noch nicht außer Lebensgefahr ist. Er hofft, dass sie es schafft und er Clara nicht erzählen muss, dass ihr kleiner Augenstern nicht überlebt hat.

Der Angriff hat großes Aufsehen erregt und die norwegische Botschaft stark gefordert. Es ist nicht gerade alltäglich, dass ein norwegischer Minister im Dienst getötet wird, und dasselbe gilt auch für Journalisten.

Zwei unterschiedliche Gruppen haben sich zu dem Anschlag bekannt. Laut Maria, die vergleichende Politikwissenschaften studiert und auch einige Jahre als politische Beraterin gearbeitet hat, ist das nicht außergewöhnlich. Nicht selten besteht große Unsicherheit, wer hinter solchen Anschlägen steht und was damit bezweckt werden soll. In Kenia sind es häufig islamistische Gruppierungen, unter anderem aus Somalia.

Clara wird Rache wollen, wenn sie aufwacht, er kennt sie gut genug, um das zu wissen, doch die Chance, die Schuldigen für einen solchen Angriff zu finden, ist mikroskopisch klein. Die Drahtzieher tauchen in der Regel unter oder verlassen das Land. Kenia ist im Vergleich zu den anarchistischeren Nachbarländern gut organisiert und zivilisiert, trotzdem aber unübersichtlich. Die norwegischen Behörden haben versichert, dass sie alles tun werden, um die sinnlose Liquidierung ihres Ministers aufzuklären, er zweifelt jedoch am Gewicht dieser Worte.

Er hat immer gewusst, dass hinter Nairobis freundlicher Fassade die Gefahren lauern. Trotzdem hat er natürlich nie damit gerechnet, dass Clara einmal Opfer eines Terroranschlags werden und bewusstlos in einem Krankenhausbett liegen würde.

Die Ärzte antworten nur mit ausweichenden Phrasen. Sie sagen, dass sie wieder aufwachen wird, wenn sie sie aus dem künstlichen Koma holen, aber was, wenn das nicht klappt? Wenn irgendetwas in ihr kaputtgegangen ist?

Er streichelt ihr vorsichtig über die Finger. Aus dem Handrücken ragen Schläuche, deren Anblick er nicht erträgt. Es ist still im Raum, nur das gleichmäßige Ploppen des Tropfs dringt durch das leise Rauschen des Verkehrs draußen.

»Clara«, flüstert er und betrachtet das von Hämatomen übersäte Gesicht mit den geschlossenen Augen.

Ihr wurde in die Schulter geschossen. Hätte der Schütze sie etwas tiefer getroffen, würde auch sie zu den Toten gehören. Der Gedanke ist unerträglich.

»Du hättest das sehen sollen, Axel, es war unglaublich«, sagte Johannes hinterher. »Ich hatte Todesangst, aber sie war eiskalt und ruhig, hat die Kinder in Sicherheit gebracht und ist dann zurückgekommen, hat eine Waffe genommen und versucht, die Situation unter Kontrolle zu kriegen. Deine Frau ist echt tough. Ich hätte das niemals geschafft, und du auch nicht.«

»Da magst du recht haben«, hat er geantwortet und über die Beschreibung lächeln müssen. Clara ist, wie sie ist, tough und rein.

Zusätzlich zu der Schusswunde hat sie eine schwere Gehirnerschütterung und einige gebrochene Rippen, aber sie *lebt*.

Andreas und Nikolai setzt die Situation sehr zu, sie haben in den letzten Jahren schon so viel durchgemacht. Nikolai weint oft, er will immer wieder hören, dass alles gut werden wird, während Andreas mit kalter, abweisender Aggression reagiert. Beides ist anstrengend. Jetzt sind sie zum Lunch bei Maria, die ihn in den letzten Tagen wirklich sehr unterstützt hat.

Clara liegt mit geschlossenen Augen da. Er selbst sitzt auf dem Besucherstuhl, die Hände im Schoß. Es fühlt sich unpassend an, das Handy herauszuholen, er tut es trotzdem, braucht etwas Abwechslung, und sieht, dass er eine Mail von Caro bekommen hat.

Ich rechne damit, dass du verstehst, dass ich Olav jetzt nicht mehr nach Nairobi kommen lassen kann. Außerdem will er das selbst nicht mehr. Ihr müsst euch hier zu Hause treffen. – Caroline.

Enttäuschung brennt in seiner Brust. Warum muss Caro immer alles kaputt machen?

Es ist extrem ärgerlich, aber nachvollziehbar, dass sie zu Hause im sicheren Norwegen davon ausgeht, dass es lebensgefährlich ist, nach Kenia zu reisen. Und in gewisser Weise hat sie recht. Das angenehme Leben mit Tennisclub und *laissez-faire* ist vorüber. Er will nach Hause, will Sicherheit, will zurück zu seinen eigenen Kindern. Wie konnte er nur fünf Jahre freiwillig darauf verzichten, seine Kinder aufwachsen zu sehen?

Der Terroranschlag auf die Schule hat ohne jeden Zweifel gezeigt, wie gefährlich es hier sein kann. Sie können nicht an einem Ort bleiben, an dem so etwas geschieht. Es ist vollkommen inakzeptabel, sich einer solchen Gefahr auszusetzen, während seine Kinder auf einem anderen Kontinent wohnen. Er sieht zu Clara. Erst muss sie aufwachen, und dann muss er ihr sagen, dass sie hier nicht bleiben können, dass sie nach Hause müssen.

10 – *Clara*

Ich bin zu Hause in Norwegen auf dem Hof. Alles ist grün, so grün, wie das nur im Frühjahr möglich ist. Ich spüre das Gras unter den nackten Füßen. Die Wiesenblumen blühen und verströmen einen betörenden Duft. Die Sonne scheint, es ist Frühling, und Papa kommt lächelnd auf mich zu und will mir etwas erzählen. Ich will es hören, bin aber so müde und werde vom Hof wieder in den Schlaf getrieben. Dabei will ich in das Grüne, in das Blaue, ich will nach Hause, muss nach Hause. Ich habe keine Kraft mehr.

Dann kommt mir in den Sinn, dass ich nicht mehr nach Hause kann, dass Papa tot ist und Mutter den Hof geerbt hat.

Danach erinnere ich mich an die Maschinengewehrsalven, die Schreie, die Männer, das Chaos, den Entwicklungshilfeminister, Makena. Das Maschinengewehr in meinen Händen, ich spüre es an der Schulter. Sind alle davongekommen? Die Kinder im Geräteschuppen sollten es geschafft haben, aber was ist mit Makena? Dem kleinen Mädchen mit den Zöpfen und dem strahlenden Lächeln. Meinem Schmetterling.

Papa kommt für einen Augenblick zurück. Ich laufe auf ihn zu, will mich in seine Arme werfen, und er beugt sich vor, um mich aufzufangen. Doch als ich seine Arme spüren sollte, ist es Svartveit, der auf mich zukippt und zu Boden geht. Hinter ihm kommt Agnes mit wehendem Kleid und ihrem breiten, falschen Lächeln.

Ich zucke zusammen, schreie, doch es kommt kein Laut über meine Lippen. Ich versuche zu atmen. Ich liege in einem Bett, überall Instrumente, meine Zunge ist ganz rau. Ich will schlucken, aber mein Mund ist zu trocken. Noch einmal versuche ich, die Augen zu öffnen. Sie sind irgendwie verklebt, schließlich gelingt es mir trotzdem. An der Decke brennt ein grelles, weißes Licht.

Ich wache richtig auf, erinnere mich, wer ich bin und dass dies der Tag ist, an dem ich aus dem Krankenhaus entlassen werden soll, dabei bin ich so müde und will nur schlafen, nur ausruhen.

»Hallo, Liebes«, sagt Axel freundlich. »Wie geht es dir? Bist du bereit, nach Hause zu kommen?«

»Was ist heute für ein Tag?«, frage ich.

»Es ist Dienstag«, sagt er. »Der 2. April. Der Anschlag ist jetzt eine Woche her. Vor drei Tagen haben sie dich aus dem künstlichen Koma geholt. Du hast nur ein bisschen geschlafen. Sie wollen dich heute entlassen, erinnerst du dich?«

»Richtig«, sage ich leise. »Gibt es Neuigkeiten von Makena?«

Ein Schatten legt sich auf sein Gesicht.

»Wir können über alles reden, wenn wir zu Hause sind.«

Ich schüttele schwach den Kopf.

»Wenn du etwas weißt, musst du es mir sagen.«

Er zögert, räuspert sich und befeuchtet seine Lippen. Der Anblick erfüllt mich mit Verachtung. Was für ein Idiot.

»Makena hat es leider nicht geschafft«, sagt er zögernd. »Sie ist heute Nacht gestorben. Es tut mir sehr, sehr leid, Clara.«

»Mir auch«, sage ich und blicke an ihm vorbei, ertrage sein

Mitgefühl nicht. »Gibst du mir deine Hand? Ich muss mal ins Bad.«

Ein hässlicher Anblick begegnet mir im Spiegel. Wunden, Kratzer, Beulen und Hämatome.

Makena ist tot. Ich bin zurückgekommen und habe den Mann erschossen, der sie gequält hat und sie sicher erschossen hätte, und trotzdem war das nicht genug.

Ich habe es nicht geschafft, Lars zu retten, ich habe es nicht geschafft, Makena zu retten.

Es gibt in dieser Welt keine Gerechtigkeit, habe ich immer zu Haavard gesagt. Es war fast lächerlich, wie besessen er von diesem Thema war. Aber es stimmt. Es gibt keine Gerechtigkeit, trotzdem muss man immer danach streben. Auge um Auge, Zahn um Zahn. Ich höre Lars' Stimme. Sie war all die Jahre da und mischt sich nun mit einer neuen Stimme, der Stimme von Makena.

Gemeinsam flüstern sie: *Räche mich, räche mich, räche mich.*

»Clara«, sagt Axel, als ich zurück in den Raum komme. »Du hast so vielen Menschen das Leben gerettet. Zum Beispiel der kleinen Lulu.«

Ich nicke nur.

»Ich will, dass wir nach Hause zurückkehren. Für immer«, fährt er fort. »Es ist gefährlich hier, und ich vermisse meine Kinder.«

»Ich werde nicht wegziehen«, sage ich. »Ich bleibe hier und baue die Schule wieder auf.«

Er schließt die Augen, vermutlich zählt er bis zehn.

»Lass uns später noch einmal darüber reden«, sagt er schließlich. »Jetzt müssen wir erst einmal hier raus.«

Wieder zu Hause, falle ich erschöpft ins Bett. Liege unter der Decke in dem klimatisierten Raum und denke nach. Irgendwann stehe ich auf, gehe in die Küche und koche Kaffee. Ich habe Johannes gebeten, mir Fotos von der Schule zu schicken, die direkt nach dem Angriff aufgenommen wurden. Die Tische mit Decken, Gläsern und Getränken liegen umgestürzt am Boden, und da, wo der Eingang war, klafft ein großes Loch. Überall sind Einschusslöcher. Makenas Beet ist total zertrampelt. Ich muss schlucken.

Axel macht einen Spaziergang, worüber ich nur froh bin. Die klamme Liebe, die er mir entgegenbringt, erstickt mich nur und lässt mich schaudern.

Ich checke die Mails. Es sind unglaublich viele. Eine ist vom Außenministerium. Sie bitten um einen Bericht über den Anschlag, am liebsten persönlich in Oslo, sobald dies möglich ist. Ich muss ihnen antworten, dass das unmöglich ist und ich nicht nach Oslo kommen werde.

Auf dem Tisch stapelt sich die Post, die in den Tagen gekommen ist, in denen ich im Krankenhaus war. Axel hat nichts geöffnet, er weiß, dass ich das nicht will. Ich gehe sie langsam durch. Bei dem meisten handelt es sich – wie erwartet – um Rechnungen. Ein Brief lässt mich stutzen. Er wurde in Norwegen abgestempelt. Mein Name steht auf dem Umschlag. Ich erkenne die Handschrift, werde sie immer erkennen, und erstarre. Nach kurzem Zögern öffne ich den Umschlag, nehme den Zettel heraus und lese. Es kribbelt in meinen Armen und Beinen.

Der Brief ist von Agnes Lofthus. Sie beschmutzt noch immer unseren Namen, kann nicht damit aufhören.

Liebe Clara mit C, schreibt sie, und ein Zittern geht durch meinen Körper.

11 – *Heier*

Erik Heier überfliegt die Onlinezeitungen.

»Oh«, platzt er hervor. »Die haben eine Leiche im Fredensborgveien gefunden. In der alten Wurstfabrik von Axel Jensen.«

»Hab ich gesehen«, murmelt Tobias Beumann.

»Die Identität der Toten steht jetzt fest. Erinnerst du dich an Sabiya Rana, oder bist du zu jung dafür?«

»Diese verschwundene Ärztin?«

»Ja«, sagt er. »Anscheinend haben sie sie jetzt gefunden. Ich erinnere mich gut an die Sache. Eine wirklich hübsche Frau. Fachärztin. Verheiratet, drei Kinder, ein ganz normales Leben, bis sie dann plötzlich unter dem Verdacht, drei Morde begangen zu haben, ins Gefängnis gekommen ist. Das allein war schon aufsehenerregend genug, doch als sie endlich entlassen wurde, war sie mit einem Mal weg. Sie wird jetzt schon seit ein paar Jahren vermisst.«

»Ui«, sagt Beumann. »Das mysteriöse Verschwinden der Sabiya Rana. Könnte der Aufmacher für eine spannende Doku sein.«

Heier liest weiter. Die Zeitungen schreiben auch an diesem Tag wieder über das Chaos rund um den Justizminister, dass die Ministerpräsidentin die Kontrolle verloren hat und die Regierung in den Umfragen immer schlechter dasteht, obwohl man eigentlich gedacht hatte, den Tiefpunkt mittlerweile erreicht zu haben. Des Weiteren wird über den Anschlag in Nairobi berichtet, den ermordeten Minister und die schwer verletzte frühere Justizministerin.

»Nachrichten aus Afrika bekommen selten so viel Aufmerksamkeit«, sagt Beumann, der hinter ihn getreten ist und über seine Schulter mitliest. »Ist aber auch kein Wunder«, schlussfolgert er selbst. »Ein toter Minister und eine schwerverletzte ehemalige Justizministerin. Noch dazu eine bildhübsche Frau. Brutale, sinnlose Gewalt auch gegen unschuldige Kinder. Und dazu fantastisches Bildmaterial.«

Die norwegische Ex-Ministerin, die als Entwicklungshelferin in Nairobi auch noch zur Actionheldin wurde, ist seit dem Anschlag auf jedem Titelblatt. »Lofthus trotzt Lebensgefahr und rettet Kinder!«, »Ex-Ministerin in Terrordrama« oder »Herzensprojekt der Justizministerin brutal zerbombt« lauten die Überschriften. Immer wieder wird spekuliert, wo Clara Lofthus sich aktuell befindet und wie es ihr geht.

»Wie schwer ist ihre Verletzung wirklich?«, fragt Heier mit Nachrichtensprecherstimme. »Wissen wir, dass sie lebt? Könnte sie gekidnappt worden sein, ohne dass wir es erfahren haben?«

Er hat Claras Werdegang seit der plötzlichen Ernennung zur Staatssekretärin im Justizministerium genau verfolgt. Damals war sie wirklich eine Unbekannte ohne politische Erfahrung. Sie bekam reichlich Aufmerksamkeit, und ihr Aussehen und ihr Wesen machten sie schnell zum Liebling der Medien. Hohe Wangenknochen, große Augen, breiter Vestlandsdialekt, gleichsam urnordisch und elegant. Lofthus strahlte Intelligenz aus, war vertrauenswürdig, ehrlich, raffiniert und hob sich damit von den meisten Politikern mehr als deutlich ab.

Die Vergabe eines Ministerpostens findet in der Regel

wenig Medieninteresse, doch bei dieser Frau, die quasi über Nacht zur Politikerin wurde, war das anders. Sie faszinierte und nahm die Menschen gefangen. Als die Trockenheit im Sommer so schlimm wurde, dass überall im Land die Wälder brannten, nahm sie sich der Aufgabe an und beschaffte Löschhelikopter. Seither gilt ihr Name als Inbegriff der Tatkraft. Helikopter-Clara.

Zwanzig Helikopter, die hin- und herflogen und Wasser auf die Brandherde regnen ließen. Wasser, der einzige Segen, wenn Moore und Heiden vor den Augen der Menschen zum Opfer der Flammen wurden. Clara brachte die Erlösung und sagte abends in den Nachrichten, dass die Regierung das Problem erkannt und gelöst habe.

Erik Heier hat sie einmal bei einem Essen im Schloss getroffen, als sie noch frisch ernannte Staatssekretärin war. Der damalige Minister hatte sich von ihr vertreten lassen. Damals hatte Heier zum ersten Mal erkannt, dass die Frau ganz anders war, als sie in den Medien wirkte. Viel eckiger, unsympathischer und deutlich weniger liebenswert. Um den Small Talk hatte er sich selbst kümmern müssen.

Nach dem Essen hatte er sie umworben, um ein ausführliches Interview mit ihr zu bekommen. Nach dem Tod ihres Mannes hatte sie dann unter zahlreichen Bedingungen zugesagt. Er durfte sie interviewen, hatte anschließend aber das Gefühl, getäuscht und irgendwie fremdbestimmt worden zu sein. Trotzdem war seine Faszination für diese Frau nur noch gestiegen. Er witterte etwas, wusste aber nicht, was.

Es war eine Sensation, als Clara Lofthus dann plötzlich die neue Justizministerin wurde. Sie erfüllte die Erwartungen und war der Liebling aller Umfragen, und dies auch noch nach dem tragischen Tod ihres Vaters auf dem heimatlichen Hof. Als die Regierung zurücktreten musste, zog

Clara mit ihren Söhnen und dem neuen Mann ausgerechnet nach Nairobi. Wer zieht denn freiwillig dorthin?

»Die Frau möchte ich gern im Studio haben, wenn es irgendwie geht. Ich habe sie als ziemlich scheu in Erinnerung, und das war noch, bevor sie sich nach Nairobi verdrückt hat.«

»Versuchen kannst du es doch trotzdem«, sagt Beumann.

»Das werde ich, da kannst du dir ganz sicher sein.«

Er sagt ihm nicht, dass ein Gast wie Clara Lofthus jetzt wichtiger wäre als jemals zuvor. Clara Lofthus könnte die nächste Saison retten.

Nach der Arbeit fährt er mit dem Fahrstuhl nach unten, geht an der lang gezogenen Rezeption vorbei und nach draußen auf die Straße. Ein paar Sekunden bleibt er stehen und atmet tief durch. Sieht in den blauen Himmel und spürt den Kies unter den Joggingschuhen. Es ist April geworden, und der Frühling ist endlich gekommen. Der milde Föhnwind lässt ihn sogar an den Sommer denken.

Alles wäre gut, gäbe es da nicht die Pläne, seine Sendung einzustampfen, von denen nur er weiß. Der Gedanke an Clara Lofthus im Studio geht ihm nicht aus dem Kopf. Ein Besuch von ihr wäre der perfekte Saisonabschluss. Er darf die Kontaktaufnahme keinem anderen überlassen, das muss er selber machen.

Er sucht Claras Nummer heraus, die er schon lange gespeichert hat, und schreibt eine ausführliche und sichtlich interessierte Nachricht. Dann schickt er sie ab und geht zum Fahrradständer.

Er weiß, dass er nicht mehr der Jüngste ist, zu viel verdient und in einem viel zu großen, abbezahlten Haus in einem viel zu guten Viertel wohnt. Aber er radelt im Kapuzenpulli und mit Jeans und Turnschuhen zur Arbeit und hat auch nicht vor, das jemals zu ändern. Er geht zum Fahrrad, ist wie immer erleichtert, dass es noch da ist, und schließt es auf.

Clara Lofthus im Studio. Das wäre der Knaller der Saison, der größte Scoop in der Geschichte seiner Sendung.

Es könnte ihm die Saison retten und damit auch seinen Ruf als Moderator und Programmchef.

Bleibt noch die Frage, wie die neue Ausgabe von Erik Heier aussehen muss und ob er sich selbst ein weiteres Mal neu erfinden kann.

12 – *Clara*

Ich habe eine Nachricht von Erik Heier bekommen, der mich in seine Fernsehsendung einlädt. Seine Nummer habe ich gespeichert, trotzdem dauert es eine Weile, bis ich mich daran erinnere, dass Erik Heier der Journalist ist, den ich seinerzeit im Schloss kennengelernt habe und der mich kurz nach Haavards Tod interviewt hat.

Danke, aber das kommt im Moment nicht in Frage, antworte ich.

Seit dem Terroranschlag häufen sich die Anfragen, bisher habe ich alle abgelehnt.

Noch einmal lese ich den Brief meiner Mutter. Sie habe gerade von dem Anschlag gehört, schreibt sie. Und dass sie sich freut, dass es mir gut geht, auch wenn sie das nicht überrascht, weil sie immer schon gewusst habe, dass ich in der Lage sei, alles zu überleben. Sie selbst genieße das Leben auf dem Hof, schreibt sie, und obwohl sie wisse, dass sie nicht mehr die Jüngste sei, habe sie den Blick nach vorn gerichtet und sei bereit, mit der Zeit zu gehen. Zuletzt schreibt sie, dass ich die Jungs grüßen soll, die ja nun bald erwachsen sind und die sie sehr vermisst. Es sei ein großer Verlust für sie, keinen Kontakt mehr zu ihnen zu haben.

Abgesehen von der Nachricht im Auto, am Tag des Terroranschlags, ist das seit fünf Jahren der erste Kontakt mit ihr. Ich habe Agnes seit meinem 12. Lebensjahr nur zweimal gesehen.

Das erste Mal im Heim, in dem sie dreißig Jahre verbracht hat. Das war kurz vor dem Tag, an dem Haavard in den Wasserfall gezogen wurde. Damals war sie eine benebelte Patientin in einem Sessel, in Jogginghose und mit fettigen Haaren. Ich dachte, diese Benommenheit sei ein Teil ihrer Krankheit. Später habe ich dann realisiert, dass das alles nur die Medikamente waren, die sie bekam.

Nachdem Agnes zu meiner großen Überraschung aus dem Heim entlassen worden war, wirkte sie überraschend lebensfähig. Sie hat es sogar geschafft, nach Oslo zu reisen und heimlich meine Jungs zu treffen – mehrmals, ohne dass ich es mitbekommen habe. Beim zweiten Mal habe ich sie gemeinsam mit den Jungs auf unserer Alm gesehen. Meine Söhne saßen links und rechts neben ihr. Die Jungs waren tagelang vermisst worden. Ich war damals in erster Linie erleichtert darüber, sie wiedergefunden zu haben, aber natürlich auch stinkwütend auf Agnes.

Dann sind wir nach unten zu unserem Hof zurückgekehrt, und als ich Papa erhängt im Stall gefunden habe, ist meine Welt in tausend Stücke zerbrochen. Eigentlich ist das die einzige Erinnerung, die ich an diesen Tag habe. Später hat mir Stian erzählt, dass jemand aus dem Heim gekommen ist, um Agnes zu holen. Danach habe ich sie glücklicherweise nie mehr gesehen.

Auch Papas Grab, den Hof und das Dorf nicht.

Beaf, ein alter Freund von Papa, der seit Jahren sein Auto geliehen hatte, hat mir neulich geschrieben, dass er den Toyota jetzt gerne zurückgeben würde. Ich habe ihn gebeten, den Wagen unten am Weg etwas abseits der Straße zu parken, wo Agnes ihn hoffentlich nicht gleich sieht. Den

Schlüssel soll er auf das rechte Vorderrad legen. Ich muss irgendjemanden bitten, den Wagen abzuholen, bevor Agnes sich auch den unter den Nagel reißt.

Ihr Brief wirkt unschuldig, wenn man sie nicht kennt. Ich weiß aber ganz genau, dass sie ihn geschrieben hat, um mich zu quälen. Wenn sie schreibt, dass ich in der Lage bin, alles zu überleben, heißt das nur, dass sie Dinge weiß, die sie gegen mich nutzen kann. Dass das, was Magne zugestoßen ist, kein Unfall war, wusste sie von Anfang an. Sicher glaubt sie, dass auch Haavards Tod kein Unfall war, aber warum kommt sie jetzt damit? Und auch in dem Satz, dass sie bereit ist, mit der Zeit zu gehen, schwingt irgendetwas mit, das mir Sorgen bereitet. Was hat sie vor? Was ist so groß und hässlich, dass es sie derart drängt, mich davon wissen zu lassen?

Ich laufe ruhelos durch das Haus und habe zum ersten Mal seit Jahren wieder Lust auf einen Joint. Mit dem Rauchen habe ich aufgehört, als ich mit Axel zusammengezogen bin. Es ist eine der Sachen, die er gar nicht mag und mit der ich leicht aufhören konnte. Ich habe es eine Weile vermisst, dann aber nicht mehr daran gedacht – bis jetzt. Aber hier gibt es ohnehin nichts zu rauchen.

Ich durchsuche das Internet und finde schließlich ein paar Hinweise auf Agnes Lofthus in der Lokalzeitung in unserem Dorf. Nichts davon ist gratis zugänglich. Ich richte ein Probeabonnement ein, rufe die Seiten erneut auf und lese. Es fühlt sich an, als würde ich den Deckel von einem Jauchefass nehmen und all das Hässliche unter mir krabbeln sehen. Am liebsten würde ich den Deckel gleich wieder darauflegen.

Meine Mutter hat einen Antrag gestellt, einige Parzellen zwischen dem Hof und der Straße verkaufen zu dürfen. Es ist zum Kotzen. Papa ist so oft gefragt worden, ob er nicht ein paar Grundstücke verkaufen möchte, aber er hat das immer abgelehnt. Für ihn war so ein Teilverkauf wie ein Todesurteil für den Hof.

Ich lese weiter, und mein Gefühl wird immer schlechter. Eine neu gegründete Firma will eine Seilbahn vom Fjord bis zu unserer Alm bauen, die Strecke soll dabei direkt über unseren Hof führen. Die Gemeinde ist positiv eingestellt. Touristen bringen Arbeitsplätze und spülen Geld in die Kassen. Das Projekt hat schon lange in der Schublade gelegen, bisher hatte sich aber niemand gefunden, der bereit war, seinen Grund und Boden für so etwas herzugeben. Die Auftraggeber sind deshalb mehr als dankbar, dass Agnes Lofthus so positiv eingestellt ist. Und dann soll auch noch vom Trollfjell bis hinunter zur Alm eine Seilrutsche gebaut werden.

Mir ist mehr als übel. Das wäre die totale Katastrophe, ein unwiederbringlicher Verlust.

Gondel und Seilrutsche, Menschen, die grölend über unseren Köpfen schweben. Das wäre kein Hof mehr, keine Natur, kein Frieden – alles zerstört. Unter solchen Bedingungen könnte ich niemals mit einer Tierhaltung beginnen. Dann wäre eine Rückkehr für mich ausgeschlossen.

Jemand hätte mich warnen müssen, denke ich, aber wer sollte das sein? Wir haben weder Verwandte noch Freunde in der Gemeinde, und ich habe auch sonst zu niemandem Kontakt.

Bisher habe ich gedacht, dass eigentlich nichts passieren kann, sollte Mutter den Hof nicht abfackeln. Dass ich, wenn ich eines Tages den Hof übernehme, schon alles richten kann. Und das ist nur eine Frage der Zeit. Ich bin die einzige Erbin meiner Mutter. Außerdem habe ich ein Vorkaufsrecht, sollte sie auf die Idee kommen, den Hof zu verkaufen.

Doch wenn sie das Land Stück für Stück verkauft, kann Agnes mich wirklich ganz legal ausbooten.

Ich habe versucht, sie und die Situation zu ignorieren, und gehofft, dass sich schon alles regeln wird. Trotzdem ist es ihr gelungen, einen Weg zu finden, sich an mir zu rächen. Die Schule und das alles hier haben mich so mit Beschlag belegt, dass ich mein Zuhause aus den Augen verloren habe.

»Ich habe einen Vorschlag«, sage ich zu Axel, als er zurückkommt. »Sollen wir Ostern nach Oslo fliegen, jetzt, da Olav doch nicht kommt? Es ist so lange her, dass du deine Kinder gesehen hast.«

Er sieht überrascht aus. Ich weiß, wie enttäuscht er ist, dass er nun doch keinen Besuch aus Norwegen erhält, obwohl er das nie direkt gesagt hat.

»Natürlich will ich das. Glaubst du denn, dass du das schaffst?« Er sieht mich fragend an.

»Bis dahin sind noch zehn Tage. Ein paar Stunden im Flieger werde ich schon schaffen«, sage ich.

Seine Augen werden blank, er freut sich maßlos. Das alles geht fast zu leicht. Die unerwartete Reise nach Hause lässt ihn glauben, dass ich ihm entgegenkomme. Es besänftigt ihn, dabei muss *ich* nach Hause.

Und wenn ich schon in Oslo bin, kann ich mich auch mit Vertretern des Außenministeriums treffen und mich erkundigen, wie sie zu dem Anschlag auf die Schule und Svartveits Tod stehen. Ich muss sichergehen, dass die Schule doch noch die zugesagte Unterstützung bekommt.

»Hast du eigentlich das über Sabiya Rana gelesen?«, fragt Axel.

Ich sehe ihn überrascht an. Axel und ich haben nie über die Affäre zwischen Haavard und Sabiya gesprochen. Ich glaube, ich habe ihren Namen noch nie aus seinem Mund gehört, und ich selbst habe versucht, nie wieder an diese Frau zu denken.

»Wie meinst du das?«

»Man hat sie gefunden. Tot«, sagt er. »Habe ich gerade gelesen.«

Er reicht mir sein Telefon, auf dem er eine norwegische Online-Zeitung aufgerufen hat. Ich beginne zu lesen. Bauarbeiter haben einen Leichnam in einer alten Fabrik im Fredensborgveien gefunden. Durch einen DNA-Test ist bestätigt worden, dass es sich bei der Toten um die seit fünf Jahren vermisste Ärztin Sabiya Rana handelt.

Ich gebe ihm das Telefon zurück.

»Ist ja nicht gerade überraschend, dass sie tot ist, aber sicher gut für die Familie, endlich Klarheit zu haben«, sage ich.

Zum ersten Mal seit Langem spüre ich den Ruck des Sicherheitsgurtes, als der Wagen von der Straße abkommt und knallend auf dem Wasser aufschlägt. Mein Kopf wird hart nach vorn und dann wieder zurückgeschleudert, bevor das Wasser ins Wageninnere schießt.

Alles beginnt aufs Neue. Wieder und wieder. Innerlich brenne ich. Lars. Makena. Sabiya. Agnes. An all dem kann ich nichts ändern.

Später am Abend wird mir bewusst, dass es wenigstens *ein* Unrecht gibt, das ich aus der Welt schaffen kann, bevor ich nach Hause fahre.

Ein Terrorist lebt noch, ich kenne seine Identität, und er ist der Schlimmste von allen.

Makenas Vater hat seiner Tochter an jenem Tag verboten, zur Schule zu gehen. Ich habe das Mädchen überredet, habe gelacht, als sie die Worte ihres Vaters wiederholt hat, dass über der Schule eine dunkle Wolke hänge. Wie dumm von mir. Ich hätte erkennen müssen, dass es einen Grund dafür gab, dass sie an diesem Tag zu Hause bleiben sollte. Die Szene hat sich mittlerweile in meinem Hirn eingebrannt.

Er wollte Makena aus allem raushalten, hat aber trotzdem einen Anschlag auf die Schule geplant, die seiner Tochter so gutgetan hat. Wer tut so etwas?

Makenas Vater trägt die Schuld an ihrem Tod und an all dem, was er ihr schon vorher angetan hat. Er verdient all die Trauer, die er möglicherweise fühlt. Er verdient es nicht, weiterzuleben.

13 – *Heier*

Erik Heier klopft an, öffnet die Tür und will gleich zur Sache kommen.

Der Finanzchef sieht ihn überrascht an.

»Mit ganz viel Entgegenkommen kann ich notfalls akzeptieren, dass die Sendung mit dieser Saison endet«, sagt Heier.

»Das ist gut«, beginnt der Finanzchef, »es freut mich, dass du …«

»Wenn wir nach der Saison aufhören, verspreche ich, nicht allzu viele Probleme zu machen, aber solltet ihr dumm genug sein, den Freitagabend vor Saisonschluss einzustellen, beschädigt ihr auch meinen guten Ruf. Das werde ich nicht akzeptieren, dagegen werde ich mich zur Wehr setzen. Und das würdet ihr bereuen. Also vergesst diese Idee, wir machen bis zum Saisonende weiter.«

Der Finanzchef starrt ihn an.

»Und noch etwas. Weißt du, wen ich uns für den Saisonabschluss gesichert habe?«, fragt er, ohne den Triumph in seiner Stimme unterdrücken zu können. »Clara Lofthus, die mit Abstand beliebteste Politikerin des Landes. Sie will in meine Sendung kommen. Das ist ein würdiger, stilvoller Abschluss.«

»Ich muss schon sagen«, beginnt der Finanzchef. Er kennt sich mit Journalismus nicht aus, versteht aber trotzdem, welche Reichweite das hätte. »Wir müssen das natürlich mit der Chefetage besprechen, aber es könnte gehen.«

»Das muss es«, sagt Erik und geht ohne ein weiteres Wort. Jetzt kann er nur zu Gott beten, dass Lofthus doch noch zustimmt.

Tags zuvor hat sie ihm abgesagt, aber so schnell will er nicht aufgeben. Immerhin hat er sie schon einmal überreden können. Er könnte damit argumentieren, wie gut es für sie wäre, ihre Geschichte zu erzählen. Außerdem würde er ihr die Entscheidung überlassen, worüber sie reden will. Und das wird ihr gefallen, schließlich ist die Frau der reinste Kontrollfreak.

»Das ist echt der Tag für die wildesten Tipps«, murmelt Tobias Beumann, als Erik zurück in die Redaktion kommt und sich an seinen Tisch setzt. »Heute sind schon drei Sachen hier eingegangen, unter anderem eine E-Mail von irgendeinem hasserfüllten Freak aus dem Vestland, der meint, falls wir diese falsche Heldin aus Nairobi einladen würden – er hat sie wirklich so genannt –, sollen wir sie bitte auch mit ihrer Vergangenheit konfrontieren. Er meint, sie hätte mindestens ein Leben auf dem Gewissen.«

»Mehr nicht?«, fragt Erik mit einem Grinsen und schüttelt den Kopf.

Inzwischen sind derart wilde Tipps zur Regel geworden. Immer mehr Menschen scheinen an die absurdesten Verschwörungstheorien zu glauben.

»Die Mail ist wirklich verrückt«, sagt Tobias. »Ich les dir das mal vor: *Als Zwölfjährige hat Clara Lofthus ihren Stiefvater getötet. Sie hat seinen Wagen in den Fjord gesteuert, sich selbst gerettet und ihn ertrinken lassen …*«

»Mein Gott«, stöhnt Heier. »Es gibt echt verdammt viele Spinner. Was wohl als Nächstes kommt?«

14 – *Clara*

Mein Körper ist noch immer steif, und meine Rippen brennen. Vor einer Woche wäre das, was ich vorhabe, noch vollkommen unmöglich gewesen, aber jetzt geht es, zumindest mit Hilfe von Schmerzmitteln. Ich habe mir für den Abend den alten Wagen von Johannes und seiner Lebensgefährtin geliehen und parke in einer Seitenstraße unweit von Makenas Elternhaus. Ich steige aus dem Wagen, einen Schal um die blonden Haare gewickelt, damit ich niemandem auffalle. Mit etwas Glück treffe ich auf dem Weg dorthin ohnehin niemanden. Die Straße ist leer, es ist längst dunkel geworden.

Ruhig gehe ich zu der kleinen Sackgasse, in der Makena bis zu ihrem Tod gewohnt hat. Ich schleiche mich in den Garten, wenn man die kleine Fläche vor dem Haus denn als Garten bezeichnen kann, und verstecke mich zwischen einem kleinen Schuppen und einem Lattenzaun hinter ein paar Büschen.

Die nächste Stunde sitze ich zusammengekauert da. Jeder Muskel schmerzt, aber so kann mich niemand sehen. Drinnen bellt ein Hund. Sollte der rauskommen, habe ich kaum eine Chance. Es gibt keine Garantie dafür, dass Makenas Vater zu Hause ist oder nach draußen kommen wird, aber Makena hat einmal gesagt, dass er abends immer zu Hause ist. Außerdem ist der Hund da. Kommt der Vater nicht von allein, muss ich ihn irgendwie nach draußen locken oder selbst ins Haus gehen.

Wenn ich mich nicht eingemischt hätte, würde Makena noch leben. Ich habe sie mit meinem Gerede über die großen Strände erst dazu gebracht, in die Schule zu kommen. Andererseits wäre sie auch noch am Leben, wenn ihr Vater sich nicht eingemischt hätte. Er wusste, was geschehen würde. Ich nicht. Ich habe seiner Tochter Bildung und Sicherheit gegeben. Er hat das alles kaputtgemacht.

Außerdem muss Makena schon vorher etwas zugestoßen sein. Die Narben in ihrem Gesicht und all die anderen Zeichen, die ich gesehen, aber verdrängt habe, weil ich so froh darüber war, dass sie zu uns in die Schule gekommen ist.

Ja, dieser Mann verdient den Tod. Makena muss gerächt werden.

Nach einer Stunde geht die Tür auf, und im Licht des Flures sehe ich einen dünnen Mann mit einer Mülltüte in der Hand. Er schiebt die Füße in ein Paar Schuhe, die draußen vor der Tür stehen, und geht zur Mülltonne.

Ich darf mich erst bewegen, wenn er ganz nah ist und ich ihn überraschen kann.

Die Garotte liegt kühl in meiner Hand. In Spanien wurden damit bis 1974 Straftäter hingerichtet, die Methode ist gut. Erst habe ich erwogen, ein Messer zu nutzen, aber das erfordert mehr Muskelkraft und wäre viel blutiger. So reicht mir ein kleines Küchenmesser, um seine Halsschlagader zu öffnen, wenn der Drahtring sich geschlossen hat.

Der Boden ist uneben, ich muss mich konzentrieren. Als der Mann den Deckel von der Mülltonne nimmt, trete ich aus den Schatten, lege ihm den Draht um den Hals und ziehe mit aller Kraft zu. Es ist überraschend schwer und doch auch irgendwie leicht.

Dann hole ich das Messer heraus, finde den richtigen Ort und steche zu. Nur nicht nachdenken, einfach tun.

Der Mann sackt zu Boden. Ich fühle seinen Puls. Nichts. Schließlich löse ich die Schlinge, lege sie und das Messer in eine Tüte, werfe einen letzten Blick auf den Körper am Boden und schleiche mich aus dem Garten. Wenn ich den Stadtteil erst hinter mir gelassen habe, bin ich in Sicherheit.

Dieser Mord wird mit großer Wahrscheinlichkeit nicht gründlich untersucht werden, und selbst wenn, würde ich nicht zu den Verdächtigen zählen.

Irgendwo unterwegs halte ich an und entsorge die Tüte in einem Container. Die Sachen werden nie in Zusammenhang mit dem Mord gebracht werden. Dann bringe ich Johannes seine Schrottkarre zurück. Ich habe ihm gesagt, dass ich eine kenianische Freundin besuchen und sie nicht mit einem teuren Auto in Verlegenheit bringen will. Danach fahre ich nach Hause. Axel ist unterwegs. Er verabschiedet sich heute von seinen Tennisdamen, ich habe das selbst angeregt, um ihn aus dem Haus zu haben.

Meine Hände schmerzen, meine Arme, Schultern, ja, der ganze Körper. Zum ersten Mal habe ich meine eigenen Hände genutzt und damit eine Grenze überschritten. Ich spüre eine seltsame Freude.

Es gibt keine Gerechtigkeit, aber manchmal kann man etwas tun, um das Gleichgewicht wiederherzustellen.

Anderthalb Tage später sind wir auf dem Weg zurück nach Norwegen. Seit der Aktion in Makenas Garten schmerzt mein Körper noch mehr.

Ich versuche, nicht daran zu denken, dass ich über Stunden angeschnallt sitzen bleiben muss und wir ausgerechnet in Paris den Flieger wechseln müssen. Charles de Gaulle ist ein schrecklicher Flughafen mit endlosen Wegen zwischen den Terminals.

Axel hat den Fensterplatz genommen, damit ich leichter zur Toilette gehen kann. Auf der anderen Seite des Ganges sitzen Andreas und Nikolai, beide mit AirPods in den Ohren. Andreas schläft mit leicht geöffnetem Mund, der strenge Ausdruck auf seinem Gesicht ist dabei wie immer verschwunden. Nikolai ist wach und sieht sich etwas auf seinem Handy an.

Die Menschen haben mich angestarrt. Auf der Straße, im Terminal, auf dem Weg ins Flugzeug und vom Mittelgang aus. Die meisten scheinen über den Terroranschlag Bescheid zu wissen, ob sie nun hier wohnen oder nur zu Besuch sind. Ich habe seit den Geschehnissen keine Nachrichten mehr gelesen, Axel hat mir aber von dem gewaltigen Interesse erzählt.

Aus den Lautsprechern kommen die üblichen Ansagen. Das Handy muss im Flugmodus oder abgeschaltet sein. Als ich meines herausnehme, sehe ich eine neue Nachricht von Heier. Er gibt noch nicht auf, will mich unbedingt in der nächsten Woche im Studio haben.

Aber die Idee, geschminkt, frisch frisiert und elegant gekleidet im Studio bei Heier zu sitzen und in kurzen, wohlüberlegten Sätzen über den Terroranschlag zu reden, ist nicht gut. Sowas macht man nur, wenn man etwas zu verkaufen hat oder Stellung zu etwas beziehen möchte, und ich will im Moment weder das eine noch das andere. Oder vielleicht doch?

Ohne zu antworten, schalte ich das Handy in den Flugmodus und drehe mich zu Axel.

»Habe ich dir schon erzählt, wer mich …«, beginne ich und halte gleich wieder inne.

Axel ist bereits eingeschlafen. Ich stecke das Handy in die Tasche, schließe die Augen und versuche zu entspannen.

Dann höre ich Lars. *Kommt ein Vogel geflogen* … flüstert er. Ich freue mich. Seit dem Anschlag habe ich ihn nicht mehr gehört. Dabei höre ich immer auf Lars, ich bin ihm das schuldig, schließlich musste er sterben, während ich weiterleben konnte. Außerdem tue ich das gern.

Das Flugzeug rollt in Richtung Rollbahn, gleich wird es abheben.

Kaum in der Luft, beginnt die Maschine zu rütteln, und das Gefühl, eingesperrt zu sein, ruft in mir Erinnerungen an den Anschlag wach. Vielleicht ging es auch Papa nach den achtzehn Monaten im Libanon so, die sein Leben zerstört und zu Hause alles ins Ungleichgewicht gebracht haben. Ich höre das Brüllen, das Knattern der Maschinengewehre, die Schreie der Kinder. Sehe das Blut im Sand. In nur wenigen Sekunden haben die Terroristen all das zerstört, was ich über Jahre aufgebaut habe. Mir ist übel, und ich überprüfe, ob in der Tasche am Vordersitz eine Papiertüte steckt. Dann schließe ich erneut die Augen und versuche, ruhig zu atmen.

Ich konnte die Schule und Makena rächen. Das darf ich niemals vergessen. Den ganzen Angriff habe ich damit nicht vergolten, aber der größte Verbrecher hat seinen Preis bezahlt.

»Willst du einen Kaugummi, Mama?«, fragt Nikolai von der anderen Seite des Ganges. Er sieht mich besorgt an – wie so oft seit dem Anschlag. Mir ist noch immer übel.

»Danke«, sage ich und nehme eines, um ihm eine Freude zu machen. Dann erwidere ich sein Lächeln. Die Jungs sind großartig, trotz all dem, was um sie herum geschieht.

Der Mord an Makenas Vater hat mir geholfen, nicht den Verstand zu verlieren, denn ich hätte es nicht ertragen, wenn die Terroristen ungestraft davongekommen wären. Ich habe die Tür zu den Geschehnissen an jenem Tag geschlossen. Außerdem warten bereits genug andere Probleme auf mich, besonders das mit Agnes.

Meine sogenannte Mutter hat mir erst Lars, dann meinen Vater und schließlich den Hof genommen. Alles Schlechte in meinem Leben habe ich ihr zu verdanken. Ich muss einen Weg finden, sie auszuschalten und mir zurückzuholen, was mein ist.

Und dann ist da noch der Fund von Sabiyas Leiche. Ich kann nur hoffen, dass die Polizei ihre alten Gangsterfreunde verdächtigen wird. Schließlich hatte sie sich von denen schon vor Jahren eine Pistole besorgt, wie bürgerlich sie auch zu wirken versucht hat. Ich habe diese Waffe für drei Morde genutzt, weshalb der Verdacht auf sie gefallen ist. Bestimmt hat sie im Gefängnis neue, fragwürdige Freunde gefunden, die jetzt natürlich unter Verdacht geraten werden. Und nicht die frühere Justizministerin.

Eine alte Leiche, ein alter Fall, bei dem niemand weiß, wonach er suchen soll. Kein Grund zur Sorge.

Trotzdem schwebt über allem ein Aber, denn es gibt *eine* Person, die Bescheid weiß: Stian, mein früherer Bodyguard. Als Einziger auf der ganzen Welt weiß er, was damals in der alten Wurstfabrik passiert ist, weil ich es ihm in einem Augenblick der Schwäche erzählt habe. Ich erinnere mich daran, wie erleichtert ich war, mich endlich jemandem anvertrauen zu können.

Ich habe ihn seit fünf Jahren nicht mehr gesehen, habe keine Ahnung, wo er lebt oder was er jetzt tut. Auch das ist ein Grund, nach Oslo zu fahren. Ich brauche Klarheit.

Sollte ich diesem Heier doch zusagen? Ich könnte mich dadurch unverwundbar machen, eine Geschichte erzählen, die mich vorsorglich von allem freispricht. Außerdem ist der Entwicklungshilfeminister tot, und der Justizminister wie seine ganze Regierung eine Katastrophe. Vielleicht wäre es gar nicht so dumm, mich in all diesem Chaos zurückzumelden und zu zeigen, dass ich wieder auf dem Markt bin?

15 – *Axel*

»Ich weiß nicht«, sagt Olav ausweichend auf Axels Frage, ob sie am nächsten Tag eine Skitour zum Tryvann machen sollen. Sie könnten mit dem Zug bis Stryken fahren und von dort mit den Skiern aufbrechen. Das Wetter soll gut sein. »Ich wollte eigentlich wieder zu Mama fahren.«

Axel spürt die Enttäuschung wie einen Stich.

»Aber nur für kurz, oder?«, fragt er. »Musst du was holen?«

»Nein, ich denke, ich bleibe zu Hause«, sagt er und zuckt mit den Schultern. »Das ist viel einfacher. Mama will uns morgen beim Essen alle dahaben, außerdem bin ich noch mit ein paar Freunden verabredet.«

Axel räuspert sich, versucht, nichts zu sagen, was er bereuen könnte.

Es ist Osterdienstag. Eigentlich hätte Olav die ganzen Osterferien bei ihnen in Nairobi verbringen sollen. Stattdessen ist Axel jetzt hier in Oslo. Trotzdem will sein Sohn schon nach zwei Nächten zurück zu Caro. Aber er muss ruhig bleiben, darf nicht schimpfen. Es ist nicht die Schuld der Kinder, dass sie sich getrennt haben und er auch noch nach Nairobi gezogen ist. Oder dass Caro eine egoistische Ziege ist, die ihm die Zeit mit seinen eigenen Kindern nicht gönnt.

»Apropos Essen«, sagt Axel. »Ich hatte eigentlich vor, an

einem der Tage Opa und Oma einzuladen. Sollen wir das dann heute machen?«

»Okay«, sagt Olav und zuckt mit den Achseln.

»Hast du keine Lust, sie zu treffen?«

So langsam hört man ihm seine Verärgerung wohl an.

»Doch«, sagt der Junge. »Aber die sehe ich doch ständig.«

Ein Einwand, den er akzeptieren muss. Axel hat seine Eltern in den letzten Jahren kaum gesehen, Olav besucht sie regelmäßig. Er resigniert, will nicht mehr argumentieren.

Vor ihrem Umzug nach Nairobi hat er von einer großen Familie geträumt, von gemeinsamen Pizzaabenden, langen Spaziergängen und angeregten abendlichen Gesprächen vor dem Kamin. Wie naiv man sein kann! Als Kinder waren Olav, Nikolai und Andreas beinahe unzertrennlich, aber ihre Freundschaft ist deutlich abgekühlt, als Clara und er ein Paar wurden. Ob die Entfernung sie entzweit hat oder dass sie jetzt Stiefbrüder sind, weiß er nicht.

»Dann schauen wir mal, was sich ergibt«, sagt er.

Olav nickt, ist aber sichtlich nicht bei der Sache. Seine Teenagermanieren wären kein Problem, hätte Axel nicht so hohe Erwartungen, weil sie sich so lange nicht gesehen haben. Noch schlimmer ist, dass er seine beiden anderen Kinder nur ganz kurz und dann auch noch im Beisein von Caro gesehen hat. Und dass seine Ex behauptet, dass sie ihn nicht allein treffen wollen. Er ist sich ziemlich sicher, dass Caro ihnen das eingeredet hat, trotzdem ist ihm schmerzlich bewusst geworden, dass er einen großen Teil der Leben seiner Kinder verpasst hat. Sie kennen sich kaum noch.

»Wie geht es Clara?«, fragt Olav plötzlich.

Das Interesse überrascht ihn. Normalerweise begegnet Olav Clara mit großer Distanz und etwas steifer Höflichkeit, was auf Gegenseitigkeit beruht.

»So ganz genau weiß ich das nicht«, sagt er ehrlich. »Ich glaube, die Reise hat sie ziemlich mitgenommen. Und der Anschlag, natürlich. Sie wurde ja schwer verletzt.«

Clara ist in den letzten Tagen wortkarg und reserviert gewesen, redet kaum ein Wort mit ihm und den Kindern. Er versucht, ihr alles Mögliche abzunehmen, und erinnert sich immer wieder daran, was sie durchgemacht hat. Sie ist körperlich noch nicht fit und leidet sicher auch irgendwie unter posttraumatischem Stress.

»Und dann schafft sie es, im Fernsehen aufzutreten?«, fragt Olav.

»Was?«, platzt er hervor.

Der Sohn zuckt mit den Achseln.

»Ich habe sie telefonieren gehört. Es hat sich so angehört, als wäre sie in irgendeine Sendung eingeladen worden, aber ich kann mich natürlich auch irren.«

Sieht er da den Anflug eines schadenfrohen Lächelns? Freut sein Sohn sich darüber, dass es Dinge gibt, über die die beiden Erwachsenen im Haus offensichtlich nicht reden?

»Das kann schon stimmen«, sagt er. »Wenn es darauf ankommt, kann Clara immer alle Kräfte mobilisieren.«

Olav steht auf, und Axel folgt ihm auf den Flur.

»Wie läuft es denn in der Schule?«, fragt er, während Olav sich die Schuhe anzieht. Der Junge ist mittlerweile größer als er selbst. Er hat sich verändert. Er ist nicht mehr das Kind, mit dem Axel früher Tag für Tag zusammen war. »Sag Bescheid, wenn ich dir bei etwas helfen kann, solange ich hier in Norwegen bin, ok? Wenn du willst, können wir uns die Mathesachen gemeinsam anschauen.«

»Ausgerechnet du?«, antwortet Olav grinsend. »Dass ausgerechnet *du* dabei helfen willst, ist doch Bullshit.«

»Wieso?«, fragt er und versucht, sich nicht provozieren zu lassen. Olav richtet seinen Blick auf ihn.

»Denk doch mal an die Aufgabe, die du dir ansehen wolltest, als du in Nairobi warst. Du hast immer wieder versprochen, zu helfen, und dann hast du mich einfach geghostet. Du hast dir das nicht mal angeschaut.«

Aha, das also war der Grund.

»Olav, wir haben doch darüber geredet. Kurz nachdem du diese Aufgabe geschickt hast, wurde die Schule attackiert. Clara war lebensgefährlich verletzt. Das war ein Ausnahmezustand, da konnte ich nicht … Das musst du doch verstehen.«

»Ja, tue ich ja auch«, sagt Olav in einem Tonfall, der das Gegenteil zum Ausdruck bringt. »Der Punkt ist einfach, dass es keinen Sinn macht, dich irgendetwas zu fragen.«

»Olav.« Seine Stimme wird lauter. »Das ist ungerecht.«

Er hört selbst, dass er jetzt wie eine jüngere Ausgabe seines Sohns klingt.

»Mach's gut«, sagt Olav und öffnet die Tür. »Bis bald.«

Er weiß selbst, wie schlecht der Besuch gelaufen ist, trotzdem setzt es ihm zu, dass sie nicht einmal diese wenigen gemeinsamen Tage haben und dass Olav ihm Vorwürfe wegen dieser Matheaufgabe macht. Das ist selbst für einen egozentrischen Jugendlichen unter der Würde.

Er geht zu Clara auf die Veranda.

»Stimmt es, dass du einen Fernsehauftritt hast?«

Sie sieht von ihrem Handy auf, starrt ihn eine Sekunde überrascht an und nickt.

»Freitagabend bei Heier. Erst habe ich Nein gesagt, mich dann aber doch umentschieden.«

»Was?«, fragt er ungläubig. »Ich dachte, du magst den Typ nicht?«

»Die Einschaltquoten sind in Ordnung«, sagt sie mit einem Achselzucken. »Und das ist gut, weil ich über die Schule reden will. Es fühlt sich richtig an, meine Perspektive zu schildern und zu erklären, warum wir als Nation den Wiederaufbau finanzieren sollten.«

Sie führt sich noch immer so auf, als wolle sie zurück nach Nairobi, und er lässt sie gewähren, weiß aber ganz genau, dass er diesen Kampf irgendwann führen muss.

»Und du glaubst, dass du die Gelegenheit bekommst, darüber zu sprechen?«, fragt er.

»Na klar. Ganz Norwegen spricht über den Anschlag.«

»Glaubst du nicht, dass Heier auch die Sache mit Haavard ansprechen wird? Deinen Witwenstatus?«

Sie schüttelt den Kopf, er sieht ihr aber an, wie sehr ihr der Gedanke missfällt.

»Das ist doch ein alter Hut. Außerdem kann ich ihn bitten, keine solchen Fragen zu stellen. Er hört auf mich.«

»Und was ist mit Leif?«, fragt er.

Sie zieht eine Grimasse, als täte es ihr physisch weh, den Namen ihres Vaters zu hören. Er hat schon länger den Verdacht, dass Haavards Tod ihm selbst nähergeht als ihr. Der Verlust ihres Vaters ist aber definitiv ein wunder Punkt.

»Ich stelle die Bedingungen für diesen Auftritt«, sagt sie, sieht jedoch etwas verunsichert aus.

Er zuckt mit den Achseln. Sie hat ihre Entscheidung allem Anschein nach längst getroffen.

»Okay. Ich bin einfach nur überrascht, dass du so einen Auftritt annimmst, ohne mit mir und den Jungs darüber zu reden oder uns wenigstens zu informieren.«

Sie seufzt tief und demonstrativ.

»Hab ich vergessen. Nimm das bitte nicht persönlich.«

»Eine andere, viel wichtigere Sache«, sagt er und nimmt

Anlauf. »Ich habe das schon einmal gesagt, muss aber noch mal darüber sprechen. Ich möchte, dass wir hierbleiben, vor allem, damit ich wieder täglichen Kontakt mit meinen Kindern habe und nicht nur zweimal im Jahr für ein paar Tage Papa spielen darf.«

Sie sieht ihn an, antwortet aber nicht.

16 – *Clara*

Junge, professionelle und irgendwie alle auf die gleiche Weise gestriegelte Produktionsleute schwirren um mich herum und reden unaufhörlich, während mir eine weitere Portion Puder aufgetragen und dann meine Frisur korrigiert wird. Ich habe gesagt, dass ich nicht stark geschminkt werden möchte, aber das wurde nur zum Teil respektiert. Markanter Lidschatten, knalliger Lippenstift und kräftiges Rouge sind mir erspart geblieben, aber an Mascara ging kein Weg vorbei, außerdem haben sie mich mit etwas eingesprüht, das sie Airbrush nennen. Eine Art Foundation aus einer Sprayflasche, angeblich die effektivste Art, Unreinheiten zu überdecken.

Die Sofas sind hart und mit einem roten Stoff bezogen, der vermutlich Energie und Tatkraft vermitteln soll. Auf einem Teller liegen Kekse, Trauben und etwas Schokolade. Daneben stehen Mineralwasserflaschen und Tee- und Kaffeekannen, umrahmt von gelber Osterdeko. Nichts davon spricht mich an. Ich glaube nicht, dass sich hier irgendjemand vor einer Sendung bedient. Ich gieße mir kühles Wasser ins Glas und trinke einen Schluck.

Meine Anspannung ist so groß, dass mir ein bisschen übel wird, was mich überrascht. Ich war schon oft im Fernsehen, ohne etwas Vergleichbares gefühlt zu haben. Liegt das an meinem angeschlagenen körperlichen Zustand? Oder bin ich einfach aus dem Training?

Ich habe deutlich gemacht, dass ich keine Fragen zu Haavard oder Papa will, das sollte also geklärt sein. Ich gebe die Rahmenbedingungen vor. Schließlich ist es das erste und einzige Mal, dass ich zu den Geschehnissen interviewt werde. An Anfragen hat es nicht gemangelt.

Ich habe diesen einen Auftritt zugesagt, um der Schule die nötigen Mittel für den Wiederaufbau zu sichern, genau wie ich es Axel gesagt habe. Es gibt aber noch andere Gründe.

Ich will mich auch für den Kampf gegen meine Mutter rüsten. Manifestieren, dass ich als frühere Justizministerin noch immer Macht habe. Vielleicht liebt ein Teil von mir sogar das Rampenlicht, obwohl ich immer geglaubt habe, dass das nicht so ist. Außerdem ist da noch etwas, das ich erzählen will. Eine Art Ankündigung.

Trotzdem bereue ich es, zugesagt zu haben. Auch dieses Hin-und-her-gerissen-Sein ist eigentlich ganz untypisch für mich. Ich schaffe es nicht, mich irgendwo hinzusetzen, und trabe nervös durch den Raum. Ich bin nicht der einzige Gast, aber ich kenne die anderen nicht, und sie schauen auch alle nur auf ihre Handys. Wie jeder hier in diesem Land. Dann betritt eine kleine blonde Frau mit schwarzem T-Shirt und schwarzer Jeans den Raum und stellt sich als Redaktionschefin vor.

»Wir sind so froh darüber, dass Sie heute bei uns sind«, sagt sie, legt mir die Hand auf den Unterarm und blickt zu einem Bildschirm, auf dem man sieht, was im Studio vor sich geht, wie in einem Goldfischglas.

Und da bin ich. Der tote Winkel, in dem ich mich hätte verstecken können, ist weg.

Nach diesem Abend wird jeder im Land wissen, dass ich zurück bin. Auch meine Mutter.

Noch könnte ich das gut versteckte Mikro abnehmen,

meine Sachen einsammeln und von hier verschwinden. Sie könnten mich dafür nicht zur Rechenschaft ziehen, aber ändern würde es nichts – und schließlich gibt es ja einen Grund, warum ich hier bin.

»Clara, dann können wir reingehen«, sagt die Redaktionschefin.

Ich öffne die Augen und atme tief durch.

»Alles okay?«, fragt sie. »Wir sollten …«

»Ja«, antworte ich. »Ich bin bereit.«

17 – *Heier*

»Herzlich willkommen, Clara Lofthus!«, sagt Erik Heier und reicht Clara die Hand, bevor er sie klassisch umarmt und sogleich spürt, wie sie sich zur Wehr setzt. Er zieht sie fester an sich, hört sie ein Au fauchen und realisiert, dass ihre Verletzungen noch nicht ganz verheilt sind. Es war dumm von ihm, nicht daran zu denken, aber damit darf er sich jetzt nicht aufhalten. Er muss sich konzentrieren, jeden Augenblick hellwach sein. Im Vorfeld der Sendung hatten sie so gut wie keinen Kontakt zu Lofthus, sodass sie improvisieren müssen, was ihm eigentlich gar nicht liegt. Natürlich kann das gut gehen, es gibt aber auch ein gehöriges Risiko für ein schreckliches Fiasko.

Er lässt sie los, legt ihr stattdessen die Hand auf die Schulter, schiebt sie etwas von sich weg und mustert sie, wie man einen Freund mustert, den man nach langer Zeit überraschend auf der Straße trifft. Als ihre Blicke sich begegnen, zuckt er innerlich zusammen.

Clara lächelt ihn an, aber das Lächeln erreicht nicht ihre Augen. Das Bild mag ja ein Klischee sein, trifft in diesem Fall aber mehr als zu. Er muss sich zusammenreißen. Schließlich ist es seine letzte Sendung, auch wenn das fast niemand außer ihm weiß.

»Dies ist die Frau, die in den letzten Wochen mehr Tapferkeitsmedaillen erhalten hat als jeder andere noch lebende

Norweger. Willkommen im Studio, Clara Lofthus. Bitte, nehmen Sie Platz.«

»Danke«, sagt sie und setzt sich, legt die Beine übereinander und zupft das dunkelgrüne Kleid zurecht, ehe sie ihn ansieht. Ihre Haut ist braun gebrannt, was ja kein Wunder ist. Die Haare sonnengebleicht, ihr Gesicht sanft geschminkt, sie sieht vollkommen natürlich aus.

»Es ist wirklich schön, hier zu sein«, fügt sie mit einem Lachen hinzu, das auf das Publikum überspringt.

Die Bilder aus Nairobi waren auf allen Titelseiten. Die Menschen haben sie gesehen und wissen, was sie durchgemacht hat. Niemand zweifelt daran, welch große psychische und physische Belastung das gewesen sein muss.

Im Studio ist es mucksmäuschenstill, die Luft knistert vor Spannung. Jetzt liegt alles in seinen Händen. Die erste Frage ist klar. Danach muss er improvisieren und zuhören. Das Gespräch so nehmen, wie es kommt. Eine Riesenchance und eine gewaltige Fallhöhe.

»Clara Lofthus, vor einigen Jahren waren Sie eine vielversprechende Politikerin, ein frischer Wind im Parlament. Ihre Karriere verlief kometenartig. Dann musste die Regierung abtreten, und Sie haben sich komplett zurückgezogen und sind nach Nairobi in Kenia gegangen …«

Sie nickt und hält seinen Blick fest.

»Erzählen Sie uns, was Sie dort gemacht haben.«

Sie nickt noch einmal, sieht ihn offen und treuherzig an. Von dem feindlichen Ausdruck, den er noch eben gespürt hat, ist nichts mehr da.

»Es stimmt, für eine Zeit habe ich mich in der Politik engagiert … weil ich … die Welt wirklich ändern wollte. Mein Ziel war es, den Schwächsten der Gemeinschaft, den Kindern, einen besseren Alltag zu sichern. Das hatte ich vorher schon in diversen Ämtern und als Staatssekretärin versucht.«

Sie hält inne, schluckt. Er wartet.

Nicht unterbrechen, nicht versuchen, sie zu drängen, wie es viele andere tun würden. Zeit geben. Dann wirft sie ihm einen melancholischen, verwundeten und gleichzeitig doch auch schelmischen Blick zu.

»Die Zeit war gut, nur leider musste die Regierung dann ja zurücktreten. Aber mein Drang, einen konkreten Beitrag zu leisten, war noch immer da. Ich musste einfach etwas tun. Wollte Kindern, die es nötig haben, die Chance auf ein besseres Leben geben. Deshalb bin ich nach Nairobi gegangen.«

Sie redet darüber, wie sie nach einer Weile in den Aufbau der Schule involviert wurde. Einfach und pointiert erzählt sie, wie sie in die fremde Großstadt gekommen ist, wo sie buchstäblich an allem beteiligt war, vom Kauf der Tafeln und Pulte über das Wischen der Böden bis hin zum Suppekochen für Kinder und Angestellte. Sie hat alle kennengelernt und dabei immer die Fäden in der Hand gehalten und die Schule geleitet.

»Wir haben diesen Kindern nicht nur Bildung und Wissen vermittelt. Wir haben dafür gesorgt, dass sie ein Zuhause und eine Zukunft haben, einen Ort, an dem sie geliebt werden …«

Sie erzählt von Makena, der Gallionsfigur und dem Sonnenschein des ganzen Projekts, von ihrer ganz besonderen Beziehung zu ihr und von dem Tod des kleinen Mädchens im Krankenhaus.

»Unmittelbar vor dem Anschlag habe ich ihr versprochen, sie mit ans Meer zu nehmen, an die großen, weißen Strände«, sagt Clara. Sie hält inne, und dann passiert es wirklich.

Clara Lofthus, die Frau aus Stahl, hat plötzlich Tränen in den Augen.

Das ist mehr, als er zu hoffen gewagt hatte. Sie fährt sich mit den Händen über die Augen und reißt sich wieder zusammen, die Geschichte über Makena und die Schule hat damit aber nur noch mehr Gewicht bekommen.

»Können Sie uns sagen, woher dieses Engagement kommt, Clara?«

Sie zögert, dann scheint sie Anlauf zu nehmen.

»Ich habe als Kind meinen Bruder verloren, Lars, und habe schon damals verstanden, dass das Leben danach nie mehr dasselbe sein würde. Ich habe mich schon damals entschlossen, mich jeden Tag meines Lebens dafür einzusetzen, dass Kinder nicht durch die Grausamkeit der Erwachsenen sterben oder unnötig leiden müssen, wo auch immer ich bin oder was ich sonst tue.«

Im Studio hätte man eine Nadel fallen hören können.

Er will sie fragen, was damals in ihrer Kindheit geschehen ist, was das alles ausgelöst hat, aber sie wendet den Blick ab und sieht in den Saal, nein, in die Kamera, und übernimmt damit die Regie selbst. Diesen Augenblick darf er nicht kaputt machen.

»So etwas können wir nicht zulassen, das verstehen Sie doch?«, sagt sie und streckt die Arme in Richtung Kamera aus.

Ein Raunen geht durch das Publikum. Es ist einfach nur perfekt.

»Sie alle müssen jeden Tag Courage zeigen und einen Beitrag leisten, nicht nur für die eigenen Kinder, sondern auch für andere, insbesondere für die, denen es nicht so gut geht. Wir müssen das tun, auch wenn es nicht einfach ist. Das ist unser aller Pflicht.«

Es könnte nicht besser laufen. Dann sieht er die Produzentin winken, dass sie bereits überzogen haben.

»Clara Lofthus«, sagt Erik. »Sie haben recht. Das ist wirklich unser aller Pflicht. Ich kann Ihnen nur danken, dass Sie hierhergekommen sind und uns daran erinnert haben. Und danke, dass Sie diese aufwühlende Geschichte in unserer Freitagssendung mit uns geteilt haben.«

Die Zeit ist eigentlich um, aber das ist seine Sendung, sein Reich, das er nun für immer verlassen soll. Und wie ein Pokerspieler, der seine letzte Karte legt, stellt er noch eine Frage in den Raum, obwohl die Produzentin an der Seitenlinie wild mit den Armen winkt.

»Wie sehen Ihre Zukunftspläne aus, Clara?«

Ein paar Sekunden bleibt sie still, dann lächelt sie verschmitzt.

»Ich habe in Nairobi getan, was ich tun konnte. Jetzt müssen andere den Staffelstab übernehmen.«

Eine kleine Kunstpause folgt, ehe sie fortfährt.

»Jetzt bin ich wieder bereit, hier zu Hause meinen Beitrag zu leisten, wenn jemand mich brauchen kann.«

18 – *Axel*

Auf dem Bildschirm sehen sie, wie Clara sich von Heier verabschiedet und das Studio verlässt.

»Und, was meint ihr?«, fragt Axel und wendet sich an die Jungs auf dem Sofa.

»War wohl okay«, sagt Andreas. »Den Leuten scheint es gefallen zu haben.«

Das ist richtig. Die Leute haben jeden von Claras Scherzen dankbar angenommen, haben geklatscht und geraunt und gespannt die Luft angehalten, wenn es dramatisch wurde. Die Kamera hat auf den Gesichtern einiger Zuschauer sogar Tränen eingefangen. Und schließlich hat Clara das Studio unter stehendem Applaus verlassen.

»Ziehen wir dann wieder nach Oslo?«, fragt Andreas. »Warum hat mir das keiner gesagt?«

»Ich wusste davon auch noch nichts«, sagt Axel.

Beide Jungs sehen ihn verblüfft an.

»Es freut mich aber, das zu hören«, fügt er schließlich hinzu.

Er dachte, seine Wünsche wären Clara egal, wie sehr sie auch von Herzen kämen, und dann macht sie ihm live und vor der Kamera ein solches Geschenk. Elegant und überraschend romantisch. Er ist ganz gerührt.

»Ich fand das irgendwie auch beklemmend«, sagt Andreas. »Man hat ihr angemerkt, dass sie eine Rolle spielt.

Echt creepy. Genau wie damals, als sie sich als Ministerin als die beste Freundin aller Kinder ausgegeben hat. Im Alltag habe ich davon ziemlich wenig bemerkt.«

»Stimmt«, sagt Nikolai.

Axel räuspert sich, er hat es nicht gerne, wenn die beiden hinter Claras Rücken über sie reden.

»Dieser Bruder, Lars«, sagt Andreas. »Im Fernsehen redet sie über ihn, aber uns hat sie kein Wort von ihm erzählt. Als wir klein waren, dachten wir, er wäre bei einem Autounfall ums Leben gekommen.«

Auch Axel ist aufgefallen, dass sie nie über ihren Bruder oder über ihre Kindheit redet. Jedes Mal, wenn er das Thema angesprochen hat, hat sie total dichtgemacht.

»Habt ihr eigentlich noch Kontakt zu eurer Großmutter?«, fragt er.

»Nein, und das ist auch gut so«, sagt Andreas. »Sie macht immer nur Schwierigkeiten. Eigentlich ziemlich schade, ich vermisse den Hof.«

»Ich auch«, sagt Nikolai. »Ich würde da gerne wohnen, das ist der schönste Ort der Welt.«

Clara hat den Hof nach dem Tod ihres Vaters gemieden. Sie war damals am Boden zerstört. Ihr Bodyguard hat Axel erzählt, dass sie, nachdem sie Leif tot in der Scheune gefunden hatte, nur reglos am Boden lag, sodass sie sie schließlich ins Haus tragen mussten. Und danach sei sie wie ein Zombie herumgerannt. Es grenzt an ein Wunder, dass sie ihren Job als Ministerin danach noch meistern konnte. Um die Jungs hatte sich aber er kümmern müssen, und das ist noch heute so.

»Ich geh nach oben in mein Zimmer«, sagt Nikolai, der den ganzen Abend kaum etwas gesagt hat.

»Du hast dich eben ziemlich wütend angehört«, sagt Axel zu Andreas, als sein Bruder gegangen ist.

Andreas zuckt mit den Achseln.

»Ich mag es nicht, wenn sie im Fernsehen verkündet, dass wir jetzt hierbleiben. Das hätte sie uns wirklich vorher sagen können. Das ist echt scheiße, aber Mama hat wirklich zwei total unterschiedliche Gesichter. Eins, das sie uns zeigt, und ein anderes, das nur dann zum Vorschein kommt, wenn es ihr Vorteile bringt.«

»Ich glaube, das gilt für viele Menschen«, sagt Axel zögernd.

»Ach, du hast doch keine Ahnung, wie sie wirklich ist«, schnaubt Andreas. »Als Papa …«

»Was?«, fragt Axel, als Andreas nicht weiterspricht. »Sag es, ich rede gern über Haavard.«

Der Junge zögert, und sein Blick beginnt zu flackern.

»Ich kann das nicht«, sagt er, steht auf und geht.

Axel bleibt mit einem beklemmenden Gefühl in der Brust sitzen. Irgendetwas an Haavards Tod ist seltsam. Weder Clara noch die Jungs reden darüber, eigentlich reden sie nie über ihn.

19 – *Heier*

Nach der Sendung ist Erik Heier richtiggehend glücklich. Das Interview ist super gelaufen. Clara Lofthus war einfach fantastisch. Gibt es in diesem Land auch nur einen Menschen, der ihr das Wasser reichen kann, der ebenso wortgewandt, charismatisch und klug ist, fragt er sich, ohne dass ihm jemand in den Sinn kommt.

An der Party nach der Sendung nimmt er nicht teil. Er will nicht so tun, als gäbe es eine neue Saison, wenn er als Einziger in der Redaktion weiß, dass dies ihre letzte große Nummer war. Die Kollegen sollen in der kommenden Woche informiert werden, wenn Ostern überstanden ist. Das Schiff sinkt, ein Glück nur, dass er die letzte Folge wie ersehnt durchziehen konnte. Von jetzt an muss er nach vorn schauen, er darf sich nicht an das Alte klammern.

Während er durch die Stadt nach Hause radelt, geht ihm ein quälender Gedanke durch den Kopf. Ist er letzten Endes wie eine Fliege, die immer wieder ans Fenster fliegt und einfach nicht aufgeben will?

Außerdem spürt er ein Kribbeln im Bauch, das er nur zu gut kennt. Die Angst, etwas Großes übersehen und einen Zusammenhang nicht erkannt zu haben, obwohl er wichtig sein könnte.

Clara hatte klare Richtlinien vorgegeben. Sie würde keine Frage zu ihrem verstorbenen Ehemann beantworten. Trotzdem hat er seine Gesprächspartnerin vor dem Interview gründlich unter die Lupe genommen, insbesondere die Jahre, die seit ihrem letzten Gespräch vergangen sind. Dabei ist ihm aufgefallen, dass ihr verstorbener Ehemann, Haavard Fougner, Kinderarzt am Ullevål-Krankenhaus war. Er muss dort in derselben Abteilung gearbeitet haben wie Sabiya Rana, die erst kürzlich tot aufgefunden wurde. Und die drei Morde, wegen derer man Rana angeklagt hatte, standen damals in engem Zusammenhang mit der kinderärztlichen Abteilung.

Zu Hause schaltet er das Licht im Flur ein. Seine Scheidung vor zwei Jahren ist einvernehmlich vonstattengegangen, trotzdem hat er sich noch nicht daran gewöhnt, dass niemand auf ihn wartet, wenn er nach Hause kommt. Er geht direkt in das Büro mit Aussicht auf die Rhododendren und Fliederbüsche, die bald zu blühen beginnen werden. Draußen ist es noch nicht ganz dunkel. Aus alter Gewohnheit wirft er einen Blick in den Garten, um nach den Rehen Ausschau zu halten. Heute ist keines zu sehen. Er schaltet den Mac ein, liest alles, was ihm vor die Augen kommt, bevor er sich in die Nachrichtendienste einloggt, die der Sender abonniert hat.

Eine Stunde später glaubt er, sich einen guten Überblick verschafft zu haben. Die wohlintegrierte, so perfekt funktionierende Superfrau, Sabiya Rana, war Fachärztin und mit einem Zahnarzt verheiratet. Beide waren pakistanischer Abstammung, lebten aber ein westliches Leben.

Im Netz findet er reichlich Spuren von ihr. Natürlich war sie sportlich, lief Halbmarathon, engagierte sich sozial, war Leiterin einer Bürgerinitiative in ihrem Wohnviertel und setzte sich für sicherere Schulwege ein. Alle Fotos zeigen eine hübsche pakistanische Frau, eine Stütze der Gemeinschaft, die alles richtig machte.

Dann kam der Bruch. Sabiya wurde unter dem Verdacht, drei Menschen ermordet zu haben, verhaftet. Der erste Mord war an ihrem Arbeitsplatz verübt worden, in einer warmen Sommernacht, als sie Dienst hatte. Der zweite in Lysebu an einem ähnlich warmen Abend, während sie und ihre Kollegen dort auf einem Seminar weilten. Beide Opfer waren Immigranten. Das letzte Opfer war eine gebürtige Norwegerin, die in ihrer Badewanne gefunden wurde. Ihnen allen war gemein, dass sie ihre Kinder misshandelt hatten.

Monatelang saß Sabiya in Untersuchungshaft, bis sie plötzlich entlassen wurde, weil es nicht genug Beweise gegen sie gab. Und kurze Zeit nach ihrer Entlassung war sie dann verschwunden. Was war damals wirklich passiert? Stand ihr Verschwinden in Zusammenhang mit den drei Morden im Sommer davor, oder gab es einen anderen Hintergrund? War die Familie vielleicht doch nicht so westlich eingestellt, schämten sie sich für sie, konnte es eine Art Ehrenmord gewesen sein?

Die Polizei hatte nichts herausgefunden. Die drei Todesfälle im Sommer blieben unaufgeklärt.

Je mehr Bilder von Sabiya er sieht, desto mehr überkommt ihn das Gefühl, dass sie zu ihm spricht und ihn anfleht, ihrem Fall nachzugehen.

Er muss die Redaktionsleitung irgendwie dazu bringen, ihn als investigativen Journalisten an dem Fall arbeiten zu lassen. Das wäre im Vergleich zu seiner jetzigen Produktion deutlich weniger kostenintensiv, und vielleicht kann er ja einen der jungen Kollegen mitnehmen. Beumann, zum Beispiel. Der hat doch erst neulich gesagt, dass Podcasts sich als einziges journalistisches Medium im Aufwind befänden. Er wäre sicher positiv überrascht, wenn Erik ihm vorschlagen würde, einen investigativen Podcast zu diesem Thema zu machen.

Sabiyas tragische Geschichte erfüllt ihn mit einem ganz seltsamen Gefühl, einer Spannung und Erwartung, wie er sie schon lange nicht mehr empfunden hat, weil er in den letzten Jahren eigentlich nie so arbeiten konnte, wie er sich das gewünscht hätte.

Er muss alle Puzzlesteinchen finden und richtig zusammensetzen, damit das Rätsel gelöst werden kann. Nur das ist in seinen Augen wahrer Journalismus. Er muss Geheimnisse ergründen, herausfinden, was wirklich geschehen ist, sich auf die Jagd nach der Wahrheit machen.

20 – *Clara*

Am Samstagmorgen um 07:45 Uhr klingelt das Telefon. Ich erkenne die 22er-Nummer sofort. Das ist das Büro der Ministerpräsidentin. Die Stimme am anderen Ende bedauert den frühen Anruf an einem Samstagmorgen, kommt dann aber direkt zur Sache.

»Die Ministerpräsidentin hat Sie gestern im Fernsehen gesehen und würde gerne mit Ihnen sprechen. Hätten Sie die Möglichkeit, bereits heute um 14:00 Uhr zu kommen? Die Ministerpräsidentin wird trotz des bevorstehenden Osterfests einige Stunden im Büro sein. Wenn es für Sie passt …?«

Die Ministerpräsidentin will sich sicher in meinem Glanz sonnen, Fotos schießen und in den sozialen Medien posten. Andererseits besteht auch eine kleine Chance, dass sie mir einen Job anbieten will.

»Das kommt ein bisschen plötzlich, ich werde aber versuchen, es zu ermöglichen«, sage ich.

Ich lege auf und gehe in die Küche. Axel sitzt mit einer Kaffeetasse in der Hand da.

»Lief gut bei Heier gestern Abend, oder?«, fragt er.

Ich nicke. Der Fernsehauftritt war gut, aber trotzdem unangenehm.

»Und was war das, was du da am Schluss gesagt hast? Ich dachte, du wärst noch nicht bereit, wieder nach Hause zu ziehen?«

Ich hole tief Luft, bereite mich vor.

»Ich war da mit dir nicht ganz ehrlich«, sage ich. »Ich weiß nicht, ob ich es schaffe, zurück nach Nairobi zu gehen. Mit dem Kopf will ich zurück, aber irgendwie geht es nicht. Mein Körper sperrt sich total, wenn ich an Nairobi denke.«

»Clara«, sagt er butterweich. »Du brauchst nicht mehr zu sagen. Alles wird gut. Und natürlich musst du nicht zurück. Du weißt, dass ich hier sein will, und die Jungs werden sich auch freuen.«

»Glaubst du?«, frage ich und sehe ihn unsicher an.

»Natürlich«, sagt er. »Die passen sich schnell an.«

»Aber dann müssen wir hier Jobs finden«, sage ich.

»Kommt Zeit, kommt Rat«, erwidert er. »Vergiss nicht, du bist die meistgefragte Frau Norwegens. Die Menschen sind verrückt nach dir, erst recht nach diesem Fernsehauftritt.«

Im Büro der Ministerpräsidentin steht noch immer der alte Eisbär, der früher zusammen mit einem anderen Bären im Justizministerium stand. Damals hatte der Ministerpräsident darauf bestanden, die Bären in seine Räumlichkeiten zu verlegen. Ich hatte die beiden komplett vergessen. Sie sind so hässlich, dass mir bei ihrem Anblick ein Schauer über den Rücken läuft.

»Clara«, sagt die kleine, schmächtige Ministerpräsidentin, als wir in der Lounge ihres Büros Platz genommen haben. »Was Sie gestern im Fernsehen gesagt haben, hat großen Eindruck auf mich gemacht. Ihr Einsatz in Nairobi imponiert mir, und zwar sowohl Ihre Arbeit in dieser Mädchenschule als auch Ihr Einsatz während des Terroranschlags. Sie haben da etwas Beispielloses getan. Sie haben Ihr Leben aufs

Spiel gesetzt, um andere zu retten. Hatten Sie denn keine Angst?«

»Eigentlich nicht«, sage ich wahrheitsgemäß.

»Wie geht es Ihnen? Haben Sie das alles schon hinter sich gelassen?«

»Nicht ganz, ich bin aber auf gutem Wege.«

Sie räuspert sich.

»Wie Sie wissen, hat die Regierung gerade mit einigen Widerständen zu kämpfen. Wir brauchen einen Aufschwung, neuen, frischen Wind. Anders Steen ist keine Option mehr, er muss gehen, und damit ist der Posten des Justizministers vakant. Ich hätte mich früher darum kümmern müssen, war aber unsicher, wen ich dafür vorschlagen könnte. Jetzt weiß ich es. Ich würde den Ministerposten gerne schon nächsten Freitag neu besetzen.«

Es passiert wirklich. Die Sache läuft fast zu glatt. Ich kontrolliere mein Gesicht, zwinge mich zur Ruhe.

»Sie hatten nur wenig Zeit als Ministerin, Clara, und konnten nicht alles umsetzen, was Sie sich vorgenommen hatten. Ich möchte Ihnen gerne eine zweite Chance geben. Ich will eine Regierung, die etwas umsetzt, die Spuren hinterlässt, und ich weiß, dass auch Sie das wollen. Ich möchte Sie als neue Justizministerin.«

»Sind Sie sicher, dass ich die Richtige bin?«, frage ich. Ich will, dass sie das alles noch einmal und mit noch mehr Nachdruck sagt.

Sie nickt.

»Ich bin mir zu hundert Prozent sicher. Sie haben solide Arbeit geleistet, als Sie Ministerin waren, und Sie waren sehr populär. Ihre Arbeit in Nairobi hat Eindruck gemacht, wie auch Ihr Verhalten während des Terroranschlags. Und Sie haben im Fernsehen eine gute Figur gemacht. Die Menschen lieben Sie. Sie sind die neue Heldin des Landes. Wir brauchen Sie.«

Ich lache entwaffnend.

»Ich hoffe, das Angebot ist für Sie von Interesse?«, fügt sie hinzu.

»Ich bin mir nicht ganz sicher«, sage ich, was auch stimmt. »In erster Linie, weil ich all die Aufmerksamkeit, die dieser Job mit sich bringt, eigentlich nicht mag.«

Sie starrt mich an, scheint die Verhandlungstaktik zu erkennen.

»Aber natürlich ist das Angebot auch verlockend. Und Sie haben recht, ich habe bei Weitem nicht alles umsetzen können, was ich mir als Ministerin vorgenommen hatte. In dem Bereich gibt es große Herausforderungen, insbesondere, was den besseren rechtlichen Schutz von Kindern und Jugendlichen angeht. Und die verdienen unseren Schutz ja nun wirklich.«

Ich erkläre den Gedanken hinter meinem geplanten Kinderschutzgesetz, das ich in der kurzen Zeit, die ich Ministerin war, nicht umsetzen konnte. Sollte es möglich sein, das Gesetz jetzt, nach all diesen Jahren, doch noch umzusetzen? Ich habe damals Tag und Nacht dafür gearbeitet, bin aber bei meinen unfähigen Kollegen und deren Mitarbeitern immer nur auf taube Ohren gestoßen.

Unter anderem enthielt der Gesetzentwurf eine verstärkte Meldepflicht bei Verdacht auf Gewalt gegen Kinder oder mangelnde Fürsorge. Für mich kommt die Meldepflicht vor der Rücksicht auf die Eltern. Außerdem habe ich mich für verstärkte elektronische Überwachung eingesetzt.

Ich habe damals alles für diesen Gesetzentwurf getan. Erst als Sachbearbeiterin, dann als Staatssekretärin für den vollkommen unbrauchbaren Minister Anton Munch und schließlich als Ministerin. Eigentlich habe ich mich nur wegen dieses Gesetzes in die Politik locken lassen, doch noch immer gibt es starke Widerstände.

»Die verstärkte Meldepflicht hätte längst eingeführt werden sollen«, sage ich schließlich. »Die Menschen sollten Angst haben, wenn sie nichts sagen. Viele Kinder sind gestorben, weil man gezögert und zu viel Rücksicht auf die Eltern genommen hat. Unsere Gesellschaft, die sich als derart zivilisiert ansieht, schützt ihre Kinder viel zu wenig.«

»Da sind nicht alle Ihrer Meinung«, wirft sie ein.

Ich zucke mit den Achseln.

»Natürlich ist es für die Angestellten der Kindergärten unangenehm, eine Kamera im Nacken zu haben, wenn sie die Windeln wechseln, aber noch unangenehmer ist es, wenn ein einjähriges Mädchen den Finger irgendeines Perversen in der Scheide hat.«

Die Ministerpräsidentin zieht eine ihrer gepflegten Brauen hoch.

»Sie reden Klartext, das muss ich sagen.«

»Warum nicht«, antworte ich. »Ich passe mich an, wenn es nötig ist, aber hier bei Ihnen fühle ich mich frei. Hier zählt doch wohl die Wahrheit.«

Sie nickt und lächelt zufrieden.

Will ich das? Der Fernsehauftritt war doch schon unangenehm genug. Mich freiwillig in ein System zu begeben, in dem ich rund um die Uhr von meinem Arbeitgeber überwacht werde und noch dazu fürchten muss, dass irgendeine Zeitung plötzlich auf die Idee kommt, mein Privatleben unter die Lupe zu nehmen, wäre noch viel schlimmer.

Das Leben war in den letzten Jahren relativ friedlich. Bis zum Terroranschlag. Will ich es wirklich gegen einen Terminkalender mit 20 bis 30 unterschiedlichen Treffen pro Tag eintauschen? Gegen langwierige, zähe Regierungssitzungen, in denen jeder seine Schäfchen ins Trockene zu bringen versucht? Gegen Bodyguards und Kameras und gegen Medien, die einem jederzeit an die Kehle gehen können? Nein danke. Gleichzeitig haben der Terrorangriff und der Fernsehauftritt längst dafür gesorgt, dass die zerbrechliche Blase aus Vergessen und Anonymität geplatzt ist. Da wäre es schon besser, die Gunst der Stunde zu nutzen.

»Der Gesetzesvorschlag ist wirklich kontrovers«, sagt die Ministerpräsidentin. »Trotzdem werde ich Ihnen helfen, ihn durchzubringen, Clara, wenn Sie zu mir kommen. Zu uns.«

Wenn wir im Land bleiben, wird es leichter sein, meine Mutter zum Stolpern zu bringen, damit sie all ihren Unfug nicht umsetzen kann. Es muss irgendwo Papiere geben, irgendetwas, womit ich sie aufhalten kann, nur dass ich die von Nairobi aus nicht finden werde.

Außerdem ist da auch noch die Sache mit Sabiya. Und Stian. Sollte ich zusagen, muss ich dafür sorgen, ihn zurückzubekommen. Wir können dann wieder in einer Art Symbiose leben. Und wer kommt schon auf die Idee, einer populären, erfolgreichen Ministerin einen alten Mord vorzuwerfen?

Wegzulaufen, wie ich es vor fünf Jahren getan habe, wäre viel einfacher, aber ich muss bleiben, den Gesetzentwurf durchbringen, meine Mutter zu Fall bringen und Stian unter meine Kontrolle bringen. Im Grunde ist das alles wie ein Kinderschokoladenei.

»Ich tue es«, sage ich.

»Wunderbar«, sagt die Ministerpräsidentin mit ihrer falschen Politikerstimme.

»Aber ich habe drei Bedingungen«, sage ich. »Und davon weiche ich nicht ab.«

»Clara«, sagt sie, nun etwas kühler. Offensichtlich hatte sie das Gespräch mental bereits abgeschlossen. »Ich habe Ihnen die Unterstützung für den Gesetzesvorschlag doch bereits zugesichert.«

»Das ist gut«, sage ich. »Darüber hinaus will ich, dass das Kinderschutzgesetz auf einer großen Pressekonferenz angekündigt wird, an der auch Sie teilnehmen.«

»Das können wir uns anschauen«, sagt sie und schneidet eine Grimasse. Will es mir ganz eindeutig nicht versprechen.

Ich lasse mich nicht verunsichern und mache stur weiter.

»Ich muss wissen, dass die Schule in Nairobi die Unterstützung bekommen wird, die der Entwicklungshilfeminister in den Sekunden vor seinem Tod zugesichert hat. Falls nicht, muss ich zurück und die Schule auf andere Weise retten.«

Sie denkt einen Moment nach und nickt dann.

»Das können wir sicher arrangieren.«

»Und dann noch ein Punkt«, sage ich. »Beim letzten Mal ist mir ein Fahrer zugeteilt worden, Stian. Es hat sich später herausgestellt, dass er ein Bodyguard ist, obwohl ich explizit darum gebeten hatte, keine Sicherheitsbeamten zugewiesen zu bekommen. Wie auch immer, dieser Mann hat mich sehr unterstützt. Ich hätte ihn gerne wieder an meiner Seite.«

Keep your friends close, keep your enemies closer, heißt es, und Stian ist beides.

»Das kann ich nicht so ohne Weiteres garantieren, Clara. Das wissen Sie.«

Ich höre, dass sie jetzt wirklich ungeduldig wird.

»Ich denke, Sie können ziemlich viel bewirken, wenn Sie es wirklich wollen«, erwidere ich einschmeichelnd.

Ein vernehmbares Seufzen. Sie macht eine Pause und sagt dann:

»Die Unterstützung für die Schule in Nairobi und den

Gesetzentwurf. Und das Comeback für den Bodyguard. Dann wären Sie bereit?«

Sie sagt es mit ironischer Miene, als wollte sie mir klarmachen, wie viel ich fordere, dass sie aber bereit ist, mich trotzdem zu unterstützen. Die Wahrheit ist, dass sie und die Regierung mich mehr brauchen als ich sie, weshalb ich all diese Bedingungen stellen kann. Und das ist ihr bewusst.

»Ja«, sage ich. »Dann bin ich bereit.«

21 – *Heier*

Vor dem Lorry stehen zwei Männer und rauchen. Der Anblick erfüllt Erik Heier mit einer gewissen Wehmut. Einen Moment überlegt er, ob sie sich draußen hinsetzen sollen, er hat die Tische im Freien immer geliebt. Die Gerüche, die Lichter und die Häuser ringsherum. Er muss dabei immer irgendwie an Paris denken und natürlich auch an all die Abende, die er im Laufe der Zeit in dieser Kneipe verbracht hat. Aber draußen ist alles voll, drinnen ist es sicher leichter, einen Platz zu finden. Sie ergattern eine Nische mit einem Tisch mit weißer Tischdecke und einem alten Messingkerzenständer.

Er mag das Lorry, die spezielle Stimmung irgendwo zwischen altehrwürdig und heruntergekommen, und Beumann hat seine Einladung auf ein Bier gleich angenommen. Ein echtes, richtiges Bier, nicht diese Plörre, die sie in den Bars servieren, die im Umfeld des Redaktionsgebäudes förmlich aus dem Boden geschossen sind. Überdies ist das allemal besser als ein Cortado in den langweiligen Cafés von Majorstua. Beumann freut sich über die Einladung. Obwohl es Ostersamstag ist, hatte er angeblich noch nichts vor.

»Was möchtest du in Zukunft eigentlich so machen?«, fragt Erik, als sie Platz genommen haben.

Beumann zuckt mit den Achseln.

»Tja, mein Engagement ist ausgelaufen, aber ich hoffe natürlich auf eine Vertragsverlängerung.«

Noch vor Kurzem hätte er dem jungen Mann versichert, dass sich das garantiert deichseln ließe. Jetzt weiß er, dass Beumann keinen neuen Vertrag bekommen wird, wie gut er auch ist – jedenfalls nicht für die Freitagssendung.

Er hat der Chefetage versprochen, nichts zu sagen, bis die anderen über die Einstellung des Programms informiert sind. Er schuldet diesen Leuten eigentlich nichts, hat sich aber trotzdem vorgenommen, sein Wort zu halten.

»Hör mal«, sagt er. »Ich habe eine Art Vision. Podcasts sind im Moment ja ziemlich angesagt. Hast du selbst neulich erst gesagt. Stell dir mal einen Podcast vor, der nicht nur cold cases thematisiert, sondern sie auch löst.«

Beumann sieht ihn abwartend an.

»Ich glaube, dass es da enormes Potential geben könnte. Man muss nur an all die großen Fälle denken, die in den letzten Jahren wieder aufgenommen wurden. Das sind genug Beispiele dafür, dass die Polizei Fehler mit katastrophalen Folgen gemacht hat. Unschuldige haben im Gefängnis gesessen, und Menschen, die weggesperrt gehören, sind einfach so davongekommen. Wir brauchen eine Instanz, die so etwas näher unter die Lupe nimmt. Ich würde gerne einen solchen Podcast aufbauen.«

Beumann sieht ihn nachdenklich an.

»Das ist interessant und ziemlich ambitioniert.«

»Journalismus muss ambitioniert sein, oder nicht?«

Er hebt das Glas ein oder zwei Sekunden an, bevor er trinkt und den herben Geschmack des Biers genießt. »Die Aussichten für lineare Fernsehproduktionen wie unsere Sendung sind gelinde gesagt ziemlich düster. Der Zeitpunkt ist günstig, um etwas Neues zu beginnen.«

Beumann lächelt.

»Ich habe mir deine alten Sachen beim *Dagbladet* angeschaut. Du hast dreimal den Scoop-Preis bekommen. Du warst der beste investigative Journalist des Landes.«

»Na ja«, sagt Erik und lächelt.

Er ist stolz auf diese Zeit, auch wenn er häufig über Leichen gegangen ist, um zu bekommen, was er wollte. Und der Kontrast zur Arbeit der letzten Jahre ist ihm schmerzlich bewusst.

»Stell dir das mal vor«, fährt er fort. »Du und ich, vielleicht noch ein Polizeiermittler, sollten wir einen finden, der passt. Wir wären eine Art journalistisches Ermittlerteam, das alle Steine umdreht und weitergräbt, wo andere aufhören. Und dann machen wir einen Podcast, der nicht nur aufdeckt, wie unzulänglich die polizeiliche Arbeit ist, sondern auch noch Fälle löst, die die Polizei längst zu den Akten gelegt hat.«

Beumann lächelt.

»Hört sich gut an, aber willst du wirklich deine Sendung aufgeben? Und den festen Job beim NRK?«

Er denkt nach. Bald wird die Sache ja ohnehin offiziell. Vermutlich wissen es jetzt bereits manche. Der Moment wäre eigentlich nicht schlecht, um das Vertrauen zwischen ihnen zu stärken.

»Es ist noch bis nächste Woche geheim, aber die Tage unserer Sendung sind gezählt.«

»Was?«, platzt Beumann hervor.

»Der Entschluss kommt von ganz oben. Du musst das noch für dich behalten, bis es offiziell ist.«

Beumann zieht die Augenbrauen hoch und sieht ihn ernst an.

»Das tut mir leid«, antwortet er. »Ich dachte, wir hätten noch mindestens eine Saison, bis die neue Zeit uns einholt.«

Erik nickt. »Ich auch. Ich habe etwas gebraucht, um das alles zu verdauen, bin jetzt aber bereit für die Revanche. Ich glaube nicht, dass wir beim NRK aufhören müssen. Das alte Schlachtschiff braucht doch ein gesellschaftliches, investigatives Vorzeigeprojekt. So ein Podcast, wie ich ihn skizziert habe, ist beinahe gratis zu produzieren, das glaubt auf jeden Fall der Finanzchef. Interesse?«

»Natürlich«, sagt Beumann mit einem Grinsen.

»Dann wirst du als Erster erfahren, was unser erster Fall sein wird.«

»Du weißt es bereits?«, fragt der junge Mann.

»Na klar«, antwortet Heier.

Dann erzählt er, und er beginnt mit dem Leichenfund in der alten Wurstfabrik.

22 – *Clara*

Als ich das Büro der Ministerpräsidentin verlasse, bleiben mir noch drei Stunden bis zur Lammkeule zu Hause bei Axels Eltern. Die Sonne scheint, und ich habe Lust, zu Fuß zu gehen. In der nächsten Zeit werde ich dafür kaum noch Gelegenheit haben. Ich entschließe mich, bis ganz nach Hause zu laufen. Ich verlasse das Festungsareal und das Viertel, in dem das Büro der Ministerpräsidentin jetzt schon seit ein paar Jahren provisorisch untergebracht ist, und folge der Tordenskioldsgate, bevor ich die Karl Johan überquere und durch den Park Studenterlunden zur Rosenkrantzgate gehe.

Die Straßen fühlen sich fremd an.

Das ist nicht meine Stadt. Es war Haavards Stadt, und es ist Axels Stadt und die Stadt ihrer Mütter und Väter. Ich selbst sehne mich nach einem anderen Ort.

Ich werde eine Justizministerin werden, die etwas bewirkt und Spuren hinterlässt. Danach kann ich wieder nach Hause ziehen, in das Dorf und auf den Hof inmitten der Natur. Nur muss ich dafür erst einmal Agnes, die Seilrutsche und die Gondel stoppen.

Ich gehe über den Fredensborgveien, anschließend schräg über den Akersbakken nach Westen, und versuche zu rekapitulieren. Ich muss mich daran erinnern, was an jenem Morgen mit Sabiya passiert ist.

Das Laufen tut mir gut, mein Körper funktioniert besser, wenn ich mich bewege. Gleich hinter der alten Deichman'schen Bibliothek liegt der Pestfriedhof. Ich will hineingehen, bleibe stattdessen aber am Tor stehen.

Das Pestkreuz. All das Laub. Ich auf den Knien, wie ich die Handys verstecke. Was geschieht dann? Die Erinnerungen kommen nur zögerlich aus der dunklen Ecke, in der ich sie versteckt habe. Der Keller. Die Pistole. Meine Hände. Ihr Hals, der zusammensackende Körper und das Salzfass.

Sabiya ist gefunden und identifiziert worden, und die Geschichte prangt auf den Titelseiten.

Sie hatte mich dorthin gelockt, hatte mich in eine Situation gebracht, in der ich ihr nur das Leben nehmen konnte. Es war dumm, sie in diesem Keller liegen zu lassen, aber was hätte ich tun sollen? Ich konnte sie ja nicht da raus und durch die Straßen ziehen, um sie im Fjord zu versenken. Der Keller wirkte auf mich wie ein sicherer Ort, das perfekte Versteck für eine Leiche. Das Untergeschoss war riesig, und es sah wirklich so aus, als wären Sabiya und ich dort seit Jahren die ersten Menschen gewesen. Außerdem standen da noch die Salzfässer von der früheren Wurstproduktion. Ich konnte sie komplett darin verstecken, sodass sie eigentlich nicht zu sehen war.

Natürlich hätte ich mich nicht in ihr Versteck locken lassen müssen. Oder ich hätte sie treffen, aber nicht töten können, doch dann hätte sie aller Voraussicht nach mich getötet. Es stimmt, dass ich mich selbst verteidigt habe, genau wie ich es Stian gesagt habe. Es stimmt aber auch, dass Sabiya eine tickende Zeitbombe war, die ich eliminieren musste.

Angenehm war es jedenfalls nicht. Die Frau hatte Kinder, die sie vermissen würden.

Diesem verräterischen Terroristen in Nairobi das Leben

zu nehmen war mir hingegen eine Freude, von der ich noch immer zehre.

Am Abend gehe ich zu Nikolai, um ihm gute Nacht zu sagen. Er liegt unter der Decke, sein langer, schlaksiger Körper der eines jungen Mannes irgendwo zwischen Kind und Erwachsenem.

Beide Jungs sind mittlerweile größer als ich. Beide müssen sich rasieren. Den Stimmbruch haben sie längst hinter sich, und die jungen Männer, die sie geworden sind, kenne ich kaum. Sie sind klug, vielleicht sogar klüger als ihre Eltern.

Andreas sagt immer nur »Nacht« und geht in sein Zimmer, während Nikolai noch möchte, dass ich an seinem Bett sitze, mit ihm über den vergangenen Tag spreche und über den, der kommen wird. Und beim Gehen bittet er mich jedes Mal, noch ein bisschen zu bleiben. Das ist schön. Wir sind einander näher als vor ihrem Verschwinden, vor dem Tod ihres Vaters, vor Nairobi.

Mit Andreas habe ich mehr Probleme. Er ist widerspenstig, kühl und still, fordert immer Abstand ein.

»Mama«, sagt Nikolai. »Warst du bei der Ministerpräsidentin?«

»Woher weißt du das?«, frage ich so neutral wie nur möglich.

»Wegen der Sachen, die du heute Morgen getragen hast, und auch wegen der Art, wie du gelaufen bist. Du hattest wieder deinen Ministergang.«

»Du bist ein guter Beobachter«, sage ich mit einem Lächeln.

Er erwidert das Lächeln nicht.

»Als du damals Justizministerin wurdest«, beginnt er. »Oder schon vorher, als du Staatssekretärin warst … Zuerst war da die Sache mit Papa. Dass er festgenommen wurde und dann gestorben ist. Und dann Opa. All dieser Mist … Das hat damit angefangen, dass du in die Politik gegangen bist.«

»Ja«, sage ich. »In der Zeit sind wirklich viele schreckliche Sachen passiert. Ich weiß aber nicht, ob das damit zu tun hat, dass ich Politikerin war. Und eigentlich spielt das doch auch keine Rolle.«

Sein Blick ist unangenehm. So dunkel, so durchdringend.

»Ich ertrage es nicht, wenn es noch einmal so wird. Wenn sie dich in diesem schwarzen Auto abholen und ständig Bodyguards und Fernsehleute vor der Tür stehen. Wenn sie wieder anfangen, allen möglichen Mist über dich zu schreiben …«

»Junger Mann«, unterbreche ich ihn und streichele ihm über die Wange.

Ich kann ihm nicht sagen, dass es nicht so kommen wird.

Ich kann ihm aber auch nicht sagen, dass es genau so kommen wird. Noch geht das nicht.

Noch bevor ich richtig nachgedacht habe, rutscht mir etwas über die Lippen, das ich noch nie zuvor zu jemandem gesagt habe.

»Ich will nach Hause ins Vestland, auf den Hof. Dafür arbeite ich.«

»Wirklich?«, fragt er, und sein Gesicht leuchtet auf. »Das will ich auch. Tiere haben, im Winter Skitouren machen und einen Fahrradweg von der Alm bis zum Hof bauen. Können wir das machen, Mama?«

Ich schlucke, bin ganz gerührt von seinem Eifer und kann ihm jetzt nichts von dem Ausverkauf und der geplanten Gondel sagen.

»Ich muss eine Lösung mit Agnes finden«, sage ich. »Ich

will mich um den Hof kümmern, wir wollen das. Andreas und du seid später dann die rechtmäßigen Erben.«

Eigentlich Andreas, weil er der Ältere ist, so will es die Tradition, und das Erbrecht für Bauernhöfe gilt auch für Zwillinge. Der Erste ist der Erste, aber darüber müssen wir uns jetzt noch keine Gedanken machen. Nikolai nickt.

»Gute Nacht«, sagt er.

Ein großer kleiner Junge. Eine Welle der Zärtlichkeit spült durch mich.

»Gute Nacht«, sage ich und lege ihm die Hand auf die Schulter. Ich habe ihm nichts versprochen. Ich war vielleicht nicht ganz ehrlich, aber versprochen habe ich ihm nichts.

Ich sehe auf die Uhr. 22:10 Uhr. Ich gehe nach unten und sage Axel, dass ich um 22:20 Uhr einen Anruf aus dem Büro der Ministerpräsidentin erhalten soll.

»So spät noch? Dann kann es ja eigentlich nur um eine Sache gehen«, sagt er, und ich sehe das Blitzen in seinen Augen. »Sie wollen dich wieder als Ministerin? Die Regierung braucht nach all den Skandalen frischen Wind und jemanden, der nicht schon Dreck am Stecken hat. Sie brauchen dich.«

»Das glaube ich nicht«, sage ich und lache.

Ich gehe ins Büro im ersten Stock, bleibe dort eine Viertelstunde, lese den Entwurf der Pressemitteilung, den ich bereits per E-Mail erhalten habe, und gehe zurück nach unten zu Axel.

»Du hast recht. Sie will mich als Justizministerin.«

»Dachte ich mir«, antwortet er triumphierend. »Und was hast du gesagt?«

»Ich habe abgelehnt. Das heißt, ich habe mir Bedenkzeit bis morgen früh auserbeten, aber eigentlich kommt das ja nicht infrage.«

»Warum nicht?«, fragt er.

»Zum einen, weil es verdammt viel Arbeit wäre.«

»Das ist ja nichts Neues«, sagt er lächelnd. »Die Jungs sind groß, Clara.«

»Dann meinst du, ich soll zusagen?«

»Wir haben uns entschieden zu bleiben, und das Land braucht eine Justizministerin wie dich. So kannst du all die Aufmerksamkeit wenigstens für etwas nutzen. Sag ja. *Go for it, girl.*«

»Danke«, sage ich und lächle ihm zu. »Wenn du darauf bestehst.«

Teil 2

23 – *Clara*

»Hat lecker geschmeckt«, sagt Andreas und schiebt den Stuhl nach hinten.

»Wäre nett, wenn du noch einen Moment warten könntest«, sage ich und räuspere mich. »Ich muss euch was sagen.«

Die Jungs sehen mich erwartungsvoll, aber auch ziemlich distanziert an. Ich habe mit Absicht damit gewartet, es zu sagen, und rechne mit schlechter Stimmung.

Es ist Osterdienstag, und unser Flug zurück geht in zwei Tagen.

»Ich habe noch nicht viel darüber gesprochen, aber ihr habt ja vielleicht trotzdem etwas mitbekommen. Axel und ich haben uns entschlossen, nicht nach Nairobi zurückzukehren. Axel möchte näher bei seinen Kindern wohnen. Und ich bin seit dem Angriff auf die Schule irgendwie angeknackst. Ich schaffe es nicht, nach Nairobi zurückzukehren.«

Niemand sagt etwas, sie erwidern nicht einmal meinen Blick.

»Mir ist klar, dass das jetzt ziemlich plötzlich kommt, aber so ist es. Vielleicht freut ihr euch ja auch, dass ihr jetzt eure alten Freunde wieder öfter sehen könnt?«

»Und ihr habt nicht mal in Erwägung gezogen, mit uns darüber zu sprechen?«, fragt Andreas mit finsterem Blick.

»Das hätten wir vielleicht tun sollen«, sage ich. »Aber wie

auch immer, die Entscheidung fühlt sich richtig und notwendig an.«

Andreas schnaubt.

»Mein Gott. Jetzt habe ich gerade angefangen, mich da unten wohlzufühlen und zu vergessen, wie es war, hier in Norwegen zu leben.«

Nikolai nickt. Es läuft schlechter, als ich gehofft habe, und trotzdem muss ich noch einen draufsetzen.

»Außerdem bin ich von der Ministerpräsidentin gefragt worden, ob ich bereit wäre, wieder den Posten der Justizministerin zu übernehmen, und ich habe zugesagt. Ich werde kommenden Freitag als Ministerin vereidigt.«

Ein paar Sekunden ist es bedrohlich still.

»Das ist nicht dein Ernst«, sagt Nikolai. »Verdammt!«

»Nikolai«, sagt Axel warnend.

»Ist schon in Ordnung«, werfe ich ein. »Ich verstehe ihn.«

»Das ist verdammt noch mal nicht in Ordnung!«, schimpft Nikolai. »Nichts davon ist in Ordnung. Du hast mir erst neulich versprochen, dass das nicht geschehen wird, Mama.«

»Ich weiß nicht, ob ich etwas versprochen habe, außerdem war das da ja noch gar nicht aktuell. Sie haben mich erst gestern Abend gefragt.«

»Das ist mir so was von egal«, sagt Nikolai. »Du hast mir versprochen, dass ich mir deshalb keine Sorgen machen muss, und dann sagst du direkt danach zu. Wenn du es nicht schon vorher getan hast. Das ist echt zum Kotzen!«

»He!«, sagt Axel. »Ihr versteht doch wohl, dass Mama so ein Angebot nicht ablehnen kann. Das ist eine einmalige Chance. Sie will wichtige Sachen durchsetzen, außerdem dürft ihr nicht vergessen, dass das eine große Ehre ist. Und einer von uns muss ja auch Geld verdienen.«

»Es gibt andere Jobs als Minister«, sagt Andreas spitz.

»Ich verstehe nicht, was euch daran so ärgert«, sagt Axel.

»Mich ärgert, dass Mama mir ins Gesicht gelogen hat. Ihr ist echt nicht zu trauen. Sie saß an meinem Bett und hat gesagt, dass das nicht geschehen wird, und dann passiert es doch«, sagt Nikolai. »Außerdem erinnere ich mich noch zu gut an das letzte Mal. Sie war nie zu Hause, du und Großvater, ihr wart öfter hier als sie. Papa war tot …«

»Ja, und wie das passiert ist …«, sagt Andreas.

Es wird still. Nikolai ist mit einem Mal krebsrot, schluckt und sieht mich dann mit hasserfüllter Miene an. Andreas legt den Kopf in den Nacken und starrt an die Decke.

Was ist mit ihnen los? Haavards Tod ist Jahre her, und für sie sollte das doch ein tragischer Unfall gewesen sein.

»Okay«, sagt Axel. »Ich verstehe, dass das schwierig für euch ist, aber dieses Mal wird alles anders werden. Ihr seid älter, und ich bin jetzt ja hier. Es wird nicht wie das letzte Mal sein.«

»Nein«, sagt Nikolai, schiebt den Stuhl nach hinten und steht auf. »Ich ziehe zu Großvater und Großmutter.«

»Moment«, sage ich. »Du kannst nicht einfach gehen …«

»Kann ich nicht?«, fragt Nikolai. »Na, dann pass mal auf …«

Er geht in den Flur und dann nach oben in sein Zimmer.

»Ich hoffe, du willst nicht auch ausziehen, Andreas?«, fragt Axel und lacht angestrengt.

Andreas schüttelt langsam den Kopf.

»Nein, aber ich verstehe Nikolai«, sagt er und richtet seinen Blick auf mich. »Du kannst im Fernsehen oder sonst wo auftreten und über das Wohl der Kinder reden, aber wir sind dir egal. Was wir brauchen oder wollen, geht dir am Arsch vorbei, und das war schon immer so.«

»Das stimmt nicht«, sage ich und schaffe es nicht, mich

nicht provozieren zu lassen. »Es ging mir nie darum, im Rampenlicht zu stehen, nur um die Popularität zu genießen. Ich hatte immer ein konkretes Ziel im Blick. Es geht mir nicht darum, eine Prominente oder eine Heldin zu sein.«

»Ich sehe mal nach Nikolai«, sagt Andreas ruhig.

Er folgt seinem Zwillingsbruder, mit dem er sich so oft streitet, obwohl die beiden sich eigentlich sehr nahe sind.

»Haavards Tod geht ihnen offensichtlich noch immer ziemlich nahe«, sagt Axel. »Vielleicht haben wir zu wenig darüber geredet.«

»Das ist möglich«, antworte ich und gehe in die Küche. Dieses Thema verkrafte ich jetzt wirklich nicht.

Sie werden sich schon an den Gedanken gewöhnen. Dass sie sauer sind, muss ich akzeptieren. Niemand wird Prophet im eigenen Land.

24 – *Heier*

»Ich hätte nicht erwartet, dass wir so schnell so viel Aufmerksamkeit bekommen«, sagt Tobias Beumann, als er und Erik Heier über die Kristian Augusts gate gehen. Es ist Freitag, der 26. April. Tags zuvor haben sie die Pressemitteilung über den Podcast veröffentlicht, ohne allerdings zu erwähnen, was ihr erstes Thema sein wird.

»Ein Kommentator hat dich als erfahrenen Fernsehmann bezeichnet, der die etablierten Bahnen verlässt, um eine ebenso frische wie überraschende Idee umzusetzen und sich einem neuen Genre innerhalb des Journalismus zu widmen.« Beumann zitiert mit verstellter Stimme. »Und zwei andere Kommentatoren fragen sich, ob das nun der endgültige Todesstoß für die linearen TV-Shows ist. Unser Post ist verdammt oft geteilt worden und das auf den unterschiedlichsten Plattformen. Ich denke, der Knalleffekt war besonders groß, weil die Leute ja nicht wissen können, dass deine Sendung eingestellt wird. Es war einfach genial von dir, NRK zu zwingen, noch nicht mit der Einstellung der Sendung an die Öffentlichkeit zu gehen. Jetzt sieht es so aus, als hättest *du* dich für etwas anderes entschieden.«

Er nickt.

Beumanns jugendlicher, hungriger Eifer gefällt ihm, in Gedanken ist er aber bereits bei der Verabredung, die vor ihnen liegt. Sie wollen die beiden Gastarbeiter treffen, die

Sabiya Rana im Keller der alten Wurstfabrik gefunden haben.

»Ich gehe anschließend zum Schlossplatz«, sagt er. »Will dabei sein, wenn Clara Lofthus als frischgebackene Ministerin aus dem Schloss kommt. Wenn wir schon in der Nähe sind.«

»Die Frau hat es dir echt angetan«, sagt Beumann, als sie den Fredensborgveien erreichen. Ein kräftiger Mann kommt ihnen entgegen und begrüßt sie.

»Wir würden gerne den Keller mit eigenen Augen sehen«, sagt Erik, obwohl sie schon im Vorfeld erfahren haben, dass dies nicht möglich sein wird und sie die Arbeiter draußen auf der Straße interviewen müssen.

Der Vorarbeiter druckst herum.

»Eigentlich geht das nicht, das haben Sie ja schon gehört. Ich denke aber, wir können mal eine Ausnahme machen. Da unten ist ja auch eigentlich kaum etwas zu sehen. Wir haben die Kellerlokale inzwischen weitestgehend ausgeräumt. Wegen des Leichenfunds stand alles ziemlich lang still. Die Polizei wollte natürlich alles bis ins letzte Detail absuchen. Das war verdammt frustrierend. Das Interview müssen Sie aber hier oben führen.«

»Sprechen die Männer, die wir treffen sollen, Norwegisch oder Englisch?«, fragt Beumann.

»Sie werden die beiden schon verstehen«, sagt der Vorarbeiter und deutet auf zwei Männer in Overalls, die in der Nähe warten. Es ist ein ungleiches Paar, einer groß und kräftig und fast kahl, der andere klein, dunkel und schmächtig. Sie grüßen höflich, starren kurz auf das Mikro und dann auf ihren Chef, ehe sie sich vorstellen.

Maris aus Litauen und Karol aus Polen.

»Das war große Erstaunen, als wir sie gefunden«, sagt

Maris nach ein paar einleitenden Phrasen. »Sie lag in Salz.«

»Im Salz?«, platzt Erik überrascht hervor. »Wo war dieses Salz?«

»In ein Fass unten im Keller.«

Erik Heier spürt, wie sich ihm die Nackenhaare aufstellen. Er hat sich schon gefragt, wie und wo genau Sabiya gefunden wurde. Bekannt ist nur, dass der Fundort im Keller unter der alten Wurstfabrik liegt. Das Gebäude selbst lässt nicht mehr erkennen, dass dort einst eine Brauerei und dann eine Wurstfabrik beheimatet gewesen sind, der Keller hat jedoch lange Zeit verlassen dagelegen. Jetzt soll dort eine Tiefgarage gebaut werden.

»Wir wollten das Fass wegräumen, war aber zu schwer«, sagt Maris. »Und als wir es ausleeren, wir sie finden.«

»Großer Schock«, ergänzt Karol. »Mensch im Salz, ganz rot und schrecklich.«

Sie sehen sich an, ehe sie den Blick wieder auf Erik richten.

»Natürlich wir sofort aufgehört«, sagt Maris, der der Redseligere der beiden zu sein scheint. »Und haben Chef gerufen. Und Chef dann Polizei holen. Die haben viele Fragen und dann verriegeln Arbeitsplatz.«

Er sieht bedauernd zu seinem Vorarbeiter.

Die Männer haben Sabiya rein zufällig entdeckt. Einige der Fragen, die Heier sich überlegt hat, sind damit hinfällig geworden, er möchte trotzdem mehr über die Leiche wissen, ob sie intakt war. Er muss nur den richtigen Ansatzpunkt finden.

Eine steile, gemauerte Treppe führt nach unten in den Keller. Alles ist leer, schmutzig und grau, doch vor einigen Jahren muss hier reges Leben geherrscht haben. Über ihnen lag früher die Fortuna-&-Centrum-Brauerei, Heier erinnert sich an Bilder von riesigen Tanks und Tonnen und blanken Röhren. Danach war hier die Wurstfabrik von Axel Jensen, die der Erbe gleichen Namens, ein Schriftsteller, dann nicht weiterführen wollte. Würste und Schinken und Feste und Feierlichkeiten. Zu beiden Epochen gehörten weiß gekleidete, lächelnde Angestellte. Eine entschwundene Zeit, ein anderes Leben. Wenn er daran denkt, glaubt er fast, das Knittern der Filmrollen und die festlichen Fanfaren zu hören.

Vor diesem Termin hat er sich Axel Jensens Buch *Senior* geholt. Jensen beschreibt darin, wie sein Großvater Axel Jensen senior die bankrotte Brauerei in eine florierende Konservenfabrik umgebaut hat. Er schildert unter anderem die unterirdischen Katakomben, in denen die Dosen wie Bücher in einer Bibliothek in gewaltigen Regalen gelagert wurden. Man kam mittels eines elektrischen Fahrstuhls dort hinunter. Es muss einer der ersten des Landes gewesen sein, und es hieß, man sei gegrillt worden, wenn man den Hauptschalter nicht ausschaltete, bevor man die Tür öffnete.

Maris und Karol zeigen ihnen den Raum, in dem sie Sabiya im Salzfass gefunden haben.

»Früher hier Lager. Und Einsalzen. Solche Tonnen«, sagt Maris, »und alle mit Salz.«

Sie laufen herum und sehen sich um. Ein paarmal bleibt Erik stehen, nimmt das Mikro und beschreibt, was er sieht.

Er flüstert, damit der Hall nicht zu stark ist, und versucht, zum Ausdruck zu bringen, wie weitläufig, leer und still es hier unten ist und wie leicht man sich verlaufen könnte. Es ist perfekt, dass sie ihre Aufnahmen am Fundort machen können. Er macht ein paar Bilder und dreht auch ein kurzes

Video, um sich später besser erinnern zu können. Nur schade, dass das gesamte Inventar schon entfernt worden ist.

»Sie haben nicht zufällig Fotos von Ihrem Fund gemacht?«, fragt er.

Maris zögert ein paar Sekunden, dann holt er sein Handy heraus.

»Ich weiß nicht, ob erlaubt …«

»Ist schon in Ordnung, ich werde nichts verraten. Zeigen Sie sie uns ruhig.«

Er hört selbst, wie gierig er klingt. Aber das ist egal, Hauptsache, er kriegt, was er will.

Maris zögert noch einmal, dann nickt er, durchsucht seine Fotos und zeigt ihnen ein Bild von drei weißen Fässern nebeneinander. Auf dem nächsten Foto ist deutlich zu erkennen, dass die Fässer bis zum Rand mit Salz gefüllt sind.

»Das ist anderes Fass. Da haben wir noch nicht ausgeleert«, sagt Maris.

»Das ist Fass, in das sie war«, fährt er fort.

Maris hat raue, graue Arbeitshände mit Ringen unter den Fingernägeln. Auf dem Foto sieht Erik ein halb geleertes Fass.

»Können Sie da reinzoomen?«, fragt er. »Oder haben Sie vielleicht eine Nahaufnahme?«

Wieder zögert der Gastarbeiter.

»Sie brauchen keine Angst zu haben. Die Polizei ist froh, dass Sie uns helfen«, sagt Heier.

Maris nickt und klickt eine Nahaufnahme des oberen Teils des Fasses an.

Weißes Salz, schwarze Haare und etwas Rotbraunes, bei dem es sich nur um Haut handeln kann. Gepökeltes Menschenfleisch. Die Übelkeit spült wie eine Welle durch ihn.

25 – *Clara*

Zuletzt stand ich auf dünnen Sohlen und hohen Absätzen auf dem Schlossplatz. Dieses Mal trage ich weiße Joggingschuhe und luftige, legere Leinenkleidung, wie ich sie auch in Nairobi getragen habe. Ich habe eines der alten Kostüme anprobiert, bin dann aber zu dem Schluss gekommen, dass sie mich so nehmen müssen, wie ich bin. Lächeln muss ich trotzdem, während sich die Dornen des Rosenstraußes, den ich im Arm halte, langsam durch die Jacke in meine Haut arbeiten.

Es sind sechs Tage vergangen, seit ich zugesagt habe, exakt ein Monat seit dem Terroranschlag und etwa fünfeinhalb Jahre, seit ich zuletzt hier gestanden habe. Die Instruktionen, die ich vorher vom Büro der Ministerpräsidentin erhalten habe, sind zahlreicher und detaillierter geworden. Die Kommunikationsabteilung versucht verzweifelt, das Medienecho zu kontrollieren und zu maximieren. Nur gut, dass es dieses Mal keinen Wolkenbruch gibt, bei dem meine Frisur in sich zusammenfällt und mir die Schminke vom Gesicht läuft. Vielleicht ist das ja ein gutes Zeichen.

Ich bekomme eine neue Chance, und die werde ich nutzen.

Auf dem Platz stehen Axel, seine Eltern und Haavards Eltern, sodass es schlichtweg unmöglich ist, kein Déjà-vu zu bekommen. Åsa, Haavards Mutter, wirkt blass und ausgemergelt. Sie ist in den Jahren, die wir weg waren, deutlich gealtert, scheint sich aber darüber zu freuen, dass ihre Enkelkinder jetzt wieder im Land sind. Mit Nikolai im Haus wird sie einiges zu tun haben.

Auch Andreas ist gekommen, er steht hoch aufgeschossen da, wie ein richtiger Mann. Axel muss ihm einen schwarzen Anzug geliehen haben, oder ist das einer von Haavard? Die Ähnlichkeit ist so groß, dass ich für einen Moment glaube, Haavard stünde dort, und mir ein Schauer über den Rücken läuft.

In diesem Moment sehe ich sie. Meine sogenannte Mutter, Agnes Lofthus, mitten in der Menschenmenge.

Ist das ein Gespenst? Nein. Sie ist es wirklich, hält Blumen in den Armen, hat die Haare geflochten und trägt einen braunen Cordblazer, einen langen Rock mit Blumenmuster und Stiefeletten. Wie Joni Mitchell in ihren besten Zeiten.

Was macht sie hier? Ist sie aus dem Vestland gekommen, um mir den Tag zu versauen? Sie darf auf keinen Fall auf einem der Bilder zu sehen sein, und ich will auch nicht, dass sie mir oder Axel und Andreas zu nahe kommt. Ich gebe einem der Wachmänner ein Zeichen.

»Auf der linken Seite«, flüstere ich ihm zu. »Eine Frau, Ende sechzig, braune Jacke, Blumen in den Armen. Können Sie zu ihr gehen, ihr die Blumen abnehmen und ihr sagen, dass sie auf keinen Fall näher kommen darf?«

Er nickt. Ich sehe ihn zu ihr gehen und mit ihr reden, und während ich lächelnd dastehe und alle möglichen Leute begrüße, folgt Agnes widerwillig dem Mann.

Es ist schon schlimm genug, dass sie den Hof annektiert und okkupiert hat. Dass sie jetzt auch noch in Oslo auftaucht und in mein Arbeitsumfeld eindringt, ist unerträglich. Ich muss sie aus meinem Leben befördern.

Wie befriedigend es doch wäre, ihr dasselbe Schicksal zuteilwerden zu lassen wie Makenas Vater. Den Draht zuzuziehen, die Hauptschlagader zu durchtrennen und zu spüren, wie ihr Körper unter meinen Händen tot in sich zusammensackt.

Dann bemerke ich ein weiteres bekanntes Gesicht. Erik Heier, drei Meter rechts von Agnes.

Es ist seltsam, wie vertraut er mir ist, nachdem wir uns gegenübergessen und miteinander geredet haben, während ganz Norwegen vor den Bildschirmen hing. Aber was macht er hier? Ist er einfach nur neugierig?

Wie auch immer, ich muss das hier jetzt durchstehen.

Der Sinn des Lebens besteht ja nicht darin, alles auf die sicherste Weise hinter sich zu bringen, auch wenn viele ihr Leben genau so ausrichten. Vielleicht habe auch ich das in den letzten Jahren getan. Das Leben in Nairobi hat mir ebenso gefallen wie die Arbeit in der Schule. Trotzdem hat der Terroranschlag etwas in mir geweckt. Er hat mich nicht traumatisiert, wie ich es Axel gesagt habe, sondern revitalisiert und mich zum Kampf gegen meine Mutter und für das Kinderschutzgesetz gerüstet. Ich kann in dieser Position mehr für die Bedürftigen tun, als ich es in Nairobi konnte. Auch die Tatsache, dass ich die Welt von Makenas Vater befreit habe, hat eine Härte in mir geweckt, die mir jetzt zugutekommen wird.

Als wir uns umdrehen und wieder hineingehen, wird mir klar, dass ich irgendwie auf Stian gewartet habe, obwohl die Ministerpräsidentin gesagt hat, dass es eine Weile dauern kann, bis er da ist. Auf jeden Fall muss ich mit ihm zuerst reden.

Es war hier an diesem Ort, dass er mich in seinen Armen aufgefangen hat und ich ihn das erste Mal gesehen habe. Ich habe seinen Körper an meinem gespürt, noch bevor ich ihn gesehen habe, was mich ziemlich angestachelt hat. Erst danach habe ich gemerkt, dass ich auch mit ihm reden kann, und das besser als mit jedem anderen. Ich habe ihn vermisst.

Als das ganze Spektakel vorüber ist, sehe ich Axel vom Schlossplatz gehen, den Arm hat er um Andreas gelegt.

Axel ist echt in Ordnung, der rechte Mann am rechten Fleck. Ich habe ihn in Nairobi gebraucht, und ich werde ihn in der Zeit, die vor mir liegt, brauchen. Er hat die ersehnte Rückkehr nach Norwegen bekommen, damit sollte er für eine Weile zufriedengestellt sein.

26 – *Axel*

Axel spaziert zusammen mit Andreas und den vier Senioren vom Schlossplatz. Sie wollen im Bristol gemeinsam auf die frischgebackene Ministerin anstoßen und auch darauf, dass sie jetzt wieder zu Hause sind.

William, Haavards Vater, redet freundschaftlich mit seinem Enkel. Es ist gut, dass hier in Norwegen noch andere Erwachsene für die Jungs da sind. Erst jetzt erkennt Axel, wie allein er sich mit der Verantwortung für sie gefühlt hat, auch wenn Clara jeden Tag da war.

Es ist natürlich bedauerlich, dass Nikolai nicht zu Hause wohnen will. Sie sollten eigentlich fünf Kinder – oder Jugendliche – im Haus haben, stattdessen glänzen seine Kinder mit Abwesenheit, und Nikolai ist zu den Großeltern gezogen. Hoffentlich ist das alles nur vorübergehend.

»Ich muss los«, sagt Andreas, als sie am Bristol sind. »Ich muss zurück in die Schule.«

»Wie gut, dass sie dich haben, Axel«, sagt William, als der Junge über die Straße verschwindet. »Jetzt, wo alles so gekommen ist.«

Axel nickt, weiß nicht, was er sagen soll. Für ihn ist William noch immer in erster Linie Haavards Vater.

»Und Andreas wirkt zufrieden, wieder zurück zu Hause zu sein?«, fragt William.

»Tja, ich glaube schon, aber der Junge redet ja kaum. Es ist natürlich ein Bruch, plötzlich wieder in Oslo zur Schule zu gehen. Ein neues Leben. Ich denke, dass sich mit der Zeit beide freuen werden, wieder hier zu sein. Auch Nikolai. Es ist gut, dass er bei euch wohnen kann, bis er sich wieder beruhigt hat …«

Sie gehen nach drinnen, wo die anderen warten. Die beiden älteren Paare sind schon seit der Jugend miteinander befreundet und verbringen noch immer viel Zeit miteinander. Wenn Axel von Nairobi aus mit seinen Eltern gesprochen hat, klang es immer so, als hätten sie gerade erst etwas mit Åsa und William unternommen. Theater, Kino, essen gehen oder eine gemeinsame Wanderung.

Sie genießen das Leben. Aber stimmt das wirklich? Manchmal weiß er nicht recht, ob sie die Zeit wertschätzen können oder nur die Unruhe im Zaum zu halten versuchen, die Angst vor Verlust und Verfall. Sein Vater hat erst vor Kurzem zum Ausdruck gebracht, dass es das Schwerste im Leben sei, das Alter zu akzeptieren. Er hat vom Alter gesprochen, nicht vom Tod, und Axel konnte ihn verstehen.

Der Tod kommt wie ein immerwährender Schlaf, geht aber meistens an einem vorbei. Das Alter hingegen ist eine nach unten gerichtete Spirale. Man verliert Freunde und Familienmitglieder, und der eigene Radius wird immer enger. Alles, für das man einmal gebrannt hat, wird einem der Reihe nach genommen. Arbeitsleben, Ferien im Ausland, Skitouren, Schwimmen, Bergtouren, Radfahren, Autofahren. Zu guter Letzt sitzt man irgendwo auf einem Sofa oder einem Stuhl, hört schlecht, sieht schlecht, hat überall Schmerzen und denkt an all das, was man verloren hat.

William und Christian haben diese Phase noch nicht erreicht. Sie halten sich mit Arbeit und Wanderungen fit, machen Skitouren und hacken Holz. Sie sind dank all ihrer ehrenamtlichen Tätigkeiten noch vital, aber auch ihre Körper fallen langsam in sich zusammen und verlieren die Spannkraft. Irgendwann werden sie vom Alter eingeholt werden, sollte der Tod sie nicht vorher ganz plötzlich übermannen.

»Auf Clara«, sagt William.

»Auf Clara«, sagen die anderen im Chor und heben ihre Gläser. Christian ergreift das Wort.

»Na, Axel, da sitzt du nun mitten am Tag mit vier Rentnern und stößt mit Sekt auf Clara und die Rückkehr an. Noch vor zwei Monaten hätte niemand von uns das auch nur im Traum gedacht.«

»Das stimmt«, sagt Axel, und alle lachen.

Clara behauptet, traumatisiert zu sein und deshalb nicht zurück nach Nairobi zu können, aber er glaubt ihr nicht. Er ist überzeugt davon, dass sie verstanden hat, wie wichtig es für ihn ist, wieder zu Hause zu sein, und wie falsch es war, dass er die halbe Kindheit seiner Kinder nur wegen ihr verpasst hat. Er hat sich selbst und seiner Familie damit einen Bärendienst erwiesen. Er glaubt, dass sie nur nicht als weich und nachgiebig dastehen will, dafür ist sie viel zu stolz.

Aber für ihn spielt es keine Rolle, dass sie es nicht zugibt und andere Gründe vorschiebt. Es rührt ihn ganz einfach, dass sie als Zugeständnis an ihn in Norwegen bleibt.

Er muss einen Job finden, der ihn erfüllt, muss an alte Freundschaften anknüpfen und die Beziehung zu seinen Kindern wiederaufbauen. Alles wird anders werden, wenn er erneut Teil ihres Alltags ist.

»Axel, hallo«, sagt eine Stimme hinter ihm. Er dreht sich um.

Hinter ihm steht jemand, mit dem er niemals gerechnet hätte.

»Aber … Maria?«, sagt er, springt auf und umarmt sie. »Frau Botschafterin. Das ist ja eine Überraschung.«

»Ich habe euch reinkommen sehen und musste einfach Hallo sagen.«

»Natürlich. Aber was machst *du* hier?«

Maria ist klein und sieht aus wie aus einem Astrid-Lindgren-Film entsprungen, blond, sommersprossig, lebendig und neugierig. Als Frau des Botschafters in Kenia hat sie das alles etwas zu dämpfen versucht, aber jetzt tritt die Pippi deutlich zum Vorschein. Sie sieht zehn Jahre jünger aus als mit Schminke und straff zurückgekämmten Haaren. Gleichzeitig hat sie etwas Nacktes, Verletzliches.

»Lunch mit Mutter«, sagt sie. »Und du?«

»In etwa dasselbe«, sagt er und nickt in Richtung der Senioren, die ihr alle höflich zulächeln.

»Wie es aussieht, haben wir beide die Tennisdamen durch Rentner ersetzt«, murmelt er ihr zu. »Ich hatte ja keine Ahnung, dass du im Land bist.«

»Ich brauchte eine Pause vom Botschafter«, sagt sie. »Bin gleich nach euch geflogen.«

Er nickt. Sollte das bedeuten, dass sie diesen untreuen Drecksack endlich verlassen hat, wären das gute Neuigkeiten.

»Ich wollte dich eigentlich irgendwann überraschen, aber hier stehen wir.«

»Die Welt ist klein, verdammt klein.«

Sie nickt.

»Das kannst du laut sagen. Ich habe heute erst erfahren, dass mein Bruder als Bodyguard für Clara gearbeitet hat, als sie das letzte Mal Ministerin war.«

»Warte mal«, sagt er. »Bodyguard? Du redest aber nicht von Stian, oder? Das ist *dein* Bruder?«

Sie nickt wieder.

»Den kennen wir gut«, sagt er und lacht. »Ich habe mir vor Jahren mit ihm sogar eine Wohnung im Vestland geteilt, als Claras Vater gerade gestorben war. Der Typ ist echt eine Marke.«

Sie breitet die Arme aus.

»Ich hatte auch keine Ahnung davon, war ja einige Jahre im Ausland. Wir hatten wenig Kontakt, und Stian darf nicht über seine Arbeit reden. Ich habe das zufällig herausgefunden, als ich nach Hause gekommen bin und Clara plötzlich in aller Munde war.«

»Verstehe«, sagt er, noch immer froh darüber, sie getroffen zu haben.

»Maria ist eine gute Freundin aus Nairobi«, sagt er so laut, dass die vier anderen es hören können. Er legt ihr die Hand auf die Schulter. »Maria, das sind Mutter und Vater, und das hier sind William und Åsa, gute Freunde von uns.«

Er bringt es nicht über die Lippen, dass die beiden Claras andere Schwiegereltern sind, aber irgendwann muss er ihr das sagen. Vermutlich erkennt Maria den ehemaligen Justiziar des Höchsten Gerichtshofs ohnehin wieder.

»Ich muss zurück zu Mutter«, sagt sie nach einer Weile. »Lass uns bald mal treffen. Ich melde mich bei dir. Es gibt ein paar Dinge, über die wir reden müssen.«

»Mach das«, sagt er und nimmt sie noch einmal in die Arme. Er hat den Eindruck, dass sie ernster und weniger aufgedreht wirkt als in Kenia, aber es ist schön, dass sie hier ist. Vielleicht kann sie eine Art Bindeglied zwischen der Zeit in Nairobi und dem Leben in Oslo werden.

27 – *Heier*

»Wie war es auf dem Schlossplatz?«, fragt Beumann.

»Irgendwie ganz natürlich«, sagt Heier. »Der Kreis schließt sich. In gewisser Weise ist es logisch, dass Clara Lofthus eingesetzt wird, wenn der Justizminister versagt und der Entwicklungshilfeminister ausgerechnet bei einem Besuch bei ihr in Nairobi getötet wird. Logisch und auch wieder nicht. Sie wirkt zielstrebig und entschlossen, aber nicht sonderlich froh. Als sie bei uns im Studio war, kam sie entspannter und ausgeglichener rüber.«

Er hält inne und überprüft die Nummer des Hauses, vor dem sie stehen.

»Hier ist es.«

Das Einfamilienhaus muss in den Neunzigern gebaut worden sein. Es ist weiß, hat eine große Terrasse, schwarze, glasierte Ziegel und weißen Kies in der Einfahrt. Gutbürgerlich und klassisch, aber ziemlich einfallslos. Hecke, Rasen und ein paar Büsche. Einfach, funktionell, ordentlich.

An dieser Adresse war Sabiya zum Zeitpunkt ihres Todes gemeldet. Die Familie wohnte schon eine ganze Weile dort. Unter einem Carport stehen zwei Luxuswagen.

Sie gehen die Treppe hoch, und Heier klingelt.

Gleich darauf steht ein Mann in der Tür und sieht sie abwartend an. Er wirkt westlich und ultrastraight, trägt Jeans, weißes T-Shirt und eine dunkelblaue Strickjacke.

Hinter ihm im Flur stehen Kinderstiefel Seite an Seite, und an der Garderobe hängen ordentlich aufgereiht Jacken. An der Wand erkennt Erik ein Plakat vom Moderna Museum in Stockholm, das auch bei ihm zu Hause hängt. Weiter hinten öffnet sich der Flur in ein aufgeräumtes, einladendes Wohnzimmer. Breite Eichendielen. Über dem Couchtisch hängt eine Designerlampe. Dann tritt für einen Moment eine feingliedrige, blonde Frau in sein Blickfeld, aber nicht lang genug, dass er sie richtig sehen könnte.

»Guten Tag«, sagt Erik, plötzlich etwas beklommen, und sieht zu Beumann. »Tut mir leid, dass wir hier unangemeldet auftauchen. Das hier ist Tobias Beumann, und mein Name ist Erik Heier. Wir sind vom NRK und arbeiten gerade an einem Podcast über Sabiya Rana.«

Eine Falte gräbt sich in die Stirn des Mannes. Er ist glatt rasiert und hat einen langen Pony, ein attraktiver Mann. In solchen Mordfällen ist der Ehemann ja immer verdächtig, bis das Gegenteil bewiesen ist.

»Ja, unser Beileid, natürlich«, sagt Beumann.

Eine etwas seltsame Bemerkung, schließlich ist die Frau ja schon lange tot, andererseits wurde sie erst jetzt gefunden.

»Das interessiert mich nicht«, sagt der Mann in einem Ton, als wollten sie ihm einen Staubsauger verkaufen. Ein etwa achtjähriges Mädchen, etwas klein für sein Alter, kommt angelaufen und lehnt sich an das Bein des Mannes.

»Geh wieder rein, Mina«, sagt er. »Papa kommt gleich.«

Das Mädchen verschwindet im Haus, und der Mann sieht die ungebetenen Gäste etwas genervt an.

»Wollen Sie dieses ganze Elend wirklich noch breiter treten? Das ist wirklich unangenehm. Dass Sabiya tot aufgefunden wurde, ist für die Kinder schon schlimm genug, machen Sie es nicht noch schlimmer. Die Jahre waren nicht einfach für uns, ganz zu schweigen von den letzten Wochen. Können Sie uns nicht in Frieden lassen?«

Erik nickt, will etwas sagen, wird aber unterbrochen.

»Was wir wollen, ist Ihnen vermutlich egal. Ich weiß, dass ich Ihnen nicht mit der Polizei drohen kann, aber wenn Sie sich noch einmal mir oder den Kindern nähern, wende ich mich an die Zeitungen und beschwere mich über die Schikane.«

»Wir verstehen ja, wie schwierig das für Sie ist«, sagt Beumann.

»Sie verstehen überhaupt nichts«, sagt Sabiyas Mann und richtet seinen Blick auf ihn. »Sie stecken nicht in unserer Haut und wissen nicht, wie es ist, wenn der Tod der Frau und Mutter auf allen Titelseiten ist. Ich möchte, dass Sie jetzt gehen.«

»In Ordnung«, sagt Heier. »Wir verstehen Sie, und es tut uns leid.«

Er nimmt Beumanns Arm und zieht ihn förmlich von der Treppe.

»Ich finde, wir haben zu leicht aufgegeben«, murmelt Beumann, als sie über die Einfahrt gehen. »Ich kenne diese Typen, ich hätte ihn schon zum Reden gebracht.«

»Tobias«, sagt Heier und versucht, einen väterlichen Ton anzuschlagen. »Du hast ihn doch gehört. Wir haben da lang genug gestanden.«

Beumann schüttelt langsam den Kopf.

»Wir können gerne gehen«, sagt er. »Ich denke aber, dass wir diesen Typen für unsere Geschichte noch nicht abschreiben sollten. Auch wenn er sich sperrt.«

»Das tut ja auch niemand«, sagt Heier. »Im Gegenteil. Natürlich gucken wir uns den näher an, aber nicht, indem wir ihn zu interviewen versuchen.«

»Und wie dann?«, fragt Beumann in einem Ton, den Heier nicht richtig einschätzen kann.

»Wir reden mit Nachbarn und Freunden. Mit Verwandten«, sagt er. »Wir können ihn googeln und sehen, was das Netz über ihn sagt. Und sollte er irgendeine kriminelle Vorgeschichte haben, können wir ihn ausräuchern. Vielleicht sagen uns Sabiyas Eltern etwas über ihren Schwiegersohn. Ich würde vorschlagen, wir fahren da jetzt hin, bevor er sie warnen kann. Außerdem frage ich mich, ob wir die Bombe nicht bald platzen lassen und mit dem Thema des Podcasts an die Öffentlichkeit gehen sollten. Das wäre sinnvoll, sollte der Mann wirklich versuchen, uns Schwierigkeiten zu machen.«

28 – *Clara*

Das Gefühl eines Déjà-vus bleibt auch im Ministerium erhalten. Alles ist genau wie damals. Das Surren der Kameras in den Händen der Journalisten, die sich in das sorgfältig gereinigte Büro gedrängt haben. Dieselbe Sekretärin, die von ihrem Schreibtisch aus alles vor meinem Büro überwacht. Dieselbe Ministerialrätin, Mona Falkum, als oberste Verwaltungsbeamtin des Hauses.

Mir wäre eine neue, frische Kraft an ihrer Stelle lieber gewesen, aber daran kann ich nichts ändern. Eine Ministerin kann eine Ministerialrätin nicht entlassen, wie groß der Wunsch auch sein mag.

Gemäß der Tradition stehen alle leitenden Mitarbeiter in Reih und Glied in meinem Büro. Ein paar neue Gesichter sind darunter, andere kenne ich noch von früher. Auch die Kommunikationschefin ist dieselbe.

Ich habe mittlerweile schon einige Jahre in diesem Ministerium verbracht. Erst als Sachbearbeiterin, dann kurze Zeit als Staatssekretärin und schließlich als Ministerin.

Als ich den ultimativen Sprung zum ersten Mal gewagt habe, hat das ziemliches Aufsehen erregt. Sachbearbeiter und Bürokraten übernehmen keine politischen Ämter, und sollten sie doch einmal gefragt werden, lehnen sie ab. Meine Verankerung auf beiden Seiten hat mich einiges an Sympathien gekostet.

Doch jetzt muss ich mich auf die Journalisten konzentrieren, die mir all ihre vorhersehbaren Fragen stellen: Sind Sie nach den Geschehnissen in Nairobi überhaupt dazu in der Lage, dieses Amt zu bekleiden? Was wollen Sie dieses Mal anders machen? Was sind Ihre Ziele, was wollen Sie durchsetzen? Werden Sie Nairobi vermissen? Warum glauben Sie, dass Sie die Richtige für diesen Job sind? Was denken Sie über die Fehltritte Ihres Vorgängers? Haben Sie Leichen im Keller? Wie gehen Sie mit den hohen Erwartungen um? Können Sie diese Regierung retten? Und was ist mit der Partei? Ist das der Beginn einer größeren politischen Karriere? … Ich antworte nach bestem Wissen und Gewissen.

»Soll ich die Parteitermine in einem separaten Kalender vermerken, oder wollen Sie alle Termine in einem?«, fragt meine Sekretärin, als wir nach dem Presseempfang kurz die anstehenden Sachen durchgehen.

»Parteitermine?«, frage ich. »Die haben für mich keine Priorität.«

»Aha«, sagt sie etwas verblüfft. »Sie wissen aber schon, dass Ihre Teilnahme erwartet wird? Sie machen sich keine Freunde, wenn Sie da nicht hingehen.«

»Und womit wollen die mir drohen? Wenn ich es nicht auf einen Posten innerhalb der Partei abgesehen habe, können sie mir auch nichts wegnehmen.«

Ich gehe zu Mona. Die schlanke, ranke Frau mit den kurzen grauen Haaren und der stets neutralen Miene ist seit jeher für ihre ausgefallenen Broschen bekannt. Heute trägt sie eine Spinne.

Mona hat etwas Wachsames, Kaltes an sich. Sieht sie in mir ein Opfer? Sie hat mich nach Papas Tod aus nächster Nähe erlebt und sicher auch mitbekommen, dass ich in Nairobi verletzt wurde. Aber ich muss sie enttäuschen, sie hat kein passives Wrack vor sich.

»Eine Sache ist mir wichtig, Mona, über die müssen wir reden. Du ahnst es vermutlich schon?«

»Ich fürchte, ja«, sagt sie nicht ohne Sarkasmus. »Das Gesetz?«

Ich nicke.

»Dieses Mal muss und werde ich das hinkriegen.«

Sie seufzt. Ich verstehe sie, auch wenn ein solches Seufzen im Büro eines Ministers eigentlich unerhört ist. Das Kinderschutzgesetz ist lange und ausgiebig diskutiert worden. Mona war in allen Instanzen beteiligt und hat sich seinerzeit wirklich dafür eingesetzt. Trotzdem hat sie sicher gehofft, dass dieses Thema ein für alle Mal vom Tisch ist.

Als ich Staatssekretärin wurde und erst recht in meiner Zeit als Ministerin, war ich überzeugt davon, es durchsetzen zu können, doch mir wurden von allen Seiten Knüppel zwischen die Beine geworfen. Als Ministerin hatte ich Mona angewiesen, meinen Direktiven bedingungslos zu folgen, was damals einen Keil zwischen uns getrieben hat. Jetzt versuche ich, vorsichtiger vorzugehen. Ich brauche sie in meinem Team.

»Warum, Clara?«, fragt sie. »Warum tust du dir das an? Du bist populär, gefragt, hast alle Voraussetzungen, wirklich etwas zu schaffen und Spuren zu hinterlassen. Kannst sicher in der Partei aufsteigen, wenn du das willst …« Sie hält inne, schneidet eine Grimasse. »Dieses Gesetz führt doch nur wieder zu Schwierigkeiten.«

Sie ist ehrlich und meint es gut mit mir, ist aber zu defensiv.

»Ich will keinen Posten in der Partei, und ich will auch keine Popularität. Wenn ich Spuren hinterlasse, dann durch dieses Gesetz.«

»Aber das wird wegen all der Grauzonen kaum durchzusetzen sein. Denk doch nur an die Einschnitte in die Persönlichkeitsrechte.«

»Erinnerst du dich, was ich beim letzten Mal gesagt habe? Alle wichtigen Änderungen tun weh, sonst sind sie nicht wichtig genug. Das stimmt noch immer, und dafür lebe ich, sowohl privat als auch beruflich.«

»Clara«, sagt Mona langsam. »Ich verstehe ja, warum du dieses Gesetz willst, aber es wird schwierig sein, es durchzusetzen. Wenn dir das denn überhaupt gelingt. Du kannst daran zugrunde gehen.«

Ich schüttele den Kopf.

»Die Ministerpräsidentin wird mir dieses Mal Rückendeckung geben. Sie hat mir garantiert, dass es durchgeht. Das war der Hauptgrund, weshalb ich noch einmal Ja zu diesem Posten gesagt habe. Ich beende gerne, was ich angefangen habe.«

Mona räuspert sich und lacht etwas höhnisch.

»So etwas kann sie doch gar nicht garantieren?«

»Hat sie aber«, sage ich. »Lass uns loslegen. Ich will, dass alle im Haus den Gesetzentwurf wieder in die Hand nehmen, aber natürlich muss der jetzt aktualisiert werden. Ich will schnellstmöglich eine Sitzung zu diesem Thema, und wenn der Vorschlag Realität wird, muss das mit Pauken und Trompeten verkündet werden. Eine Riesenpressekonferenz, an der auch die Ministerpräsidentin teilnimmt.«

»Ist notiert«, sagt sie. »Bist du bereit für die Vorstellungsrunde durchs Ministerium?«

Ich nicke.

»Noch eine letzte Sache«, füge ich hinzu. »Ich will auch ein Maßnahmenpaket gegen häusliche Gewalt auf den Weg bringen, und gegen diese verdammten Ehrenmorde, wie sie so irreführend heißen. Es geht hier um Frauen, die von Ex-Männern, Ex-Geliebten oder irgendwelchen Stalkern getötet werden, obwohl sie vielleicht vorher schon versucht haben, Hilfe zu bekommen. Bestenfalls kriegen die dann irgendeinen unnützen Alarmknopf.«

Ich mache eine bedeutungsschwere Pause.

»Wir brauchen ein GPS, das die Gewalttäter daran hindert, einen bestimmten Radius rund um diese bedauernswerten Frauen zu betreten. Eine Art Nofence-System.«

»Verstehe«, sagt Mona kühl. »Da höre ich die Politikerin. Richtiggehend populistisch.«

Der Kommentar ist unter der Gürtellinie, ich ignoriere ihn trotzdem. Ich bin am Start, habe mit meiner Arbeit begonnen, und dieses Mal wird mir alles gelingen.

29 – *Heier*

Obgleich es sein eigener Vorschlag war, beunruhigt Erik der Gedanke, direkt nach dem verkorksten Besuch bei Sabiyas Witwer ihre Eltern und Geschwister zu besuchen. Andererseits ist es gut, das sofort zu erledigen, man darf die unangenehmen Aufgaben nicht aufschieben.

Am Bahnhof Storting steigen sie in die U-Bahn und sind eine halbe Stunde später am Ziel.

»Ich habe übrigens diese Marion Høivoll erreicht, das ist die Anwältin, die Sabiya damals aus dem Gefängnis geholt hat«, sagt er. »Wir haben einen Termin, aber erst Freitag nächste Woche. Wir müssen auch mit ihrem Vorgänger sprechen, den habe ich aber noch nicht erreichen können.«

Sie laufen vorbei an Spielplätzen, die im Schatten der hohen Blocks liegen, zu einer Straße mit Reihenhäusern. Vor einem Haus gleichen sie noch einmal die Adresse ab, dann klingelt Erik.

Die Ästhetik ist ganz anders als bei Sabiyas Ehemann. Im Vorgarten stehen Stühle mit dicken Polstern und kleine Tischchen mit allerlei Deko. Von modernem Minimalismus ist hier nichts zu sehen.

Ein etwa dreißigjähriger Mann in schwarzer Jeans und weißem T-Shirt öffnet. Er ist barfuß, sein Bauch hängt über den Hosenbund.

»Hallo«, begrüßt Heier ihn. »Bin ich hier richtig bei der Familie von Sabiya Rana?«

Der Mann zeigt etwa denselben Gesichtsausdruck wie Sabiyas Ehemann.

»Sie ist … war … meine Schwester. Warum? Wer sind Sie?«

Sie nennen ihre Namen und erklären, dass sie für den Sender NRK arbeiten.

»Wir machen einen Podcast über Sabiya«, sagt Beumann. »Könnten wir vielleicht mit Ihnen reden?«

»Moment«, sagt der Mann, dreht sich um und verschwindet im Haus.

»Das ist doch schon mal vielversprechend«, sagt Heier.

Beumann schneidet als Antwort nur eine Grimasse. Jetzt wirkt er nervös.

Der Mann kommt zurück. Bei ihm ist ein weiterer Mann, vermutlich sein älterer Bruder, und eine Frau in den Sechzigern, die einen Schal über dem Kopf trägt. Sie redet aufgeregt auf die beiden ein. Sie muss hier das Sagen haben. Alle drei stellen sich in die Tür.

»Was wollen Sie?«, fragt der ältere Mann. Im Gegensatz zu seinem gepflegten Schwager hat er einen deutlichen Akzent.

»Wir machen einen Podcast über Sabiya, über ihre Geschichte, und würden Sie gerne fragen, was damals Ihrer Meinung nach passiert ist«, sagt Erik.

»Wir wollen nicht mit Ihnen reden«, sagt der Jüngere, als würde er den unablässigen Redeschwall der Frau direkt übersetzen. »Sie müssen gehen, und kommen Sie nicht wieder zurück. Verstanden?«

Dann ergreift der ältere Mann das Wort. Er tritt vor die schimpfende Mutter und kommt bedrohlich auf Heier und Beumann zu.

»Wir wollen diese Aufmerksamkeit nicht. Das alles tut uns weh. Für uns ist Sabiya bereits gestorben, als sie Schande über uns brachte, und jetzt ist sie ein zweites Mal tot. Die Geschichte ist traurig. Reicht das nicht? Lassen Sie das, sonst werden Sie das bereuen.«

Seine ganze Art ist aggressiv, der Tonfall, die verschränkten Arme, die Kälte in seinen Augen, trotzdem lässt Erik sich nicht abschrecken.

»Was glauben Sie? Wer hat Sabiya getötet?«, fragt er.

Der ältere Bruder sieht ihn verächtlich an und schüttelt den Kopf. Dann knallt er ihnen die Tür vor der Nase zu. Zum zweiten Mal in kurzer Zeit sind sie nur auf Ablehnung gestoßen. Der Anfang hätte schlechter nicht sein können, aber derlei Widerstände haben Heier immer motiviert. Er wird sich festbeißen, nicht aufgeben.

30 – *Clara*

Mona und ich starten unsere Runde in der Kommunikationsabteilung. Der Einzige, den ich noch kenne, ist der Leiter der Abteilung.

»… sechs, sieben, acht, neun?«, frage ich und ziehe eine Augenbraue hoch, als alle versammelt sind. »Zehn und elf? So viele?«

Der Leiter der Abteilung mustert mich, als wolle er sichergehen, dass ich keine Witze mache.

»Das ist die übliche Größe für die Kommunikationsabteilung eines wichtigen Ministeriums. Allein der Bereich soziale Medien ist gewaltig gewachsen, seit Sie das letzte Mal hier waren …«

»Das ist mir bewusst«, sage ich säuerlich. »Schon damals war der Umgang mit der Presse ein wesentlicher Teil meiner Arbeit. Machen Sie noch immer diese allmorgendlichen Briefings?«

Er nickt abwartend.

Ich hatte eigentlich nicht vor, das jetzt anzusprechen, aber die Vielzahl der Leute provoziert mich derart, dass ich es nicht lassen kann.

In den Briefings haben wir die tägliche Mediensituation mit Ministerialrätin und Kommunikationschef analysiert. Diese Treffen haben viel Zeit in Anspruch genommen und häufig den Tagesablauf geprägt. Ständig galt es, irgendetwas herauszufinden oder zu beantworten, eine Aktennotiz zu machen oder irgendwelche Punkte für die nächsten Reden festzulegen.

»Der Umgang mit den Medien hat schon damals viel Zeit in Anspruch genommen. Nach meinem Ausscheiden haben sich die Skandale ja gehäuft, um es vorsichtig auszudrücken. Ich tippe mal, dass alle das *Handbuch für politische Führung* studiert und tagelang Themen und Stoßrichtungen festgelegt haben. Und immer war alles extrem eilig.«

Er nickt widerwillig.

Sowohl die Themen der Reden als auch die Analysen, auf denen alle Aussagen basieren, werden von Fachleuten ausgearbeitet, die in der Regel ihre eigentliche Arbeit beiseitelegen müssen, um das Gewünschte zu beschaffen.

»Ich bin nicht bereit, mir von den Medien die Tagesordnung vorschreiben zu lassen«, sage ich. »Die möchte ich gerne selber festlegen.«

Der Kommunikationschef sieht unruhig in die Menge. Mona hingegen wirkt zufrieden. Auch ihr Job ist nicht einfach, sie muss die Mitarbeiter, die politische Linie und den korrekten Ablauf der Verfahren im Auge behalten und irgendwie versuchen, Administration und die im Zerfall befindliche Politik zusammenzuhalten.

In den letzten Jahren sind immer wieder Politiker an ihrer eigenen Gier und Verlogenheit gescheitert. Zweitwohnungen, Me-too, Aktien, Kompetenz, ja sogar Plagiate in der Studentenzeit.

»Ich würde gerne ein paar Vorschläge zur Effektivierung machen«, sage ich und sehe, wie er sich windet.

»Ich habe wirklich nichts gegen Veränderungen einzuwenden, aber vielleicht sollten wir das später angehen, Clara?«, fragt Mona.

»Natürlich«, sage ich. Ich kann den Kommunikationschef gerne ein andermal quälen.

Nach der Visite in der Kommunikationsabteilung gehe ich in mein Büro und schließe die Tür. Ich nehme das Telefon und rufe ihn an.

»Ja?«, ist das Einzige, was Stian sagt, als er ans Telefon geht. Seine Stimme ist so vertraut und beruhigend, als hätten wir erst gestern miteinander telefoniert.

»Ich bin's«, sage ich. Als wären nur fünf Tage und nicht fünf Jahre vergangen. »Clara. Lofthus.«

»Hallo, Clara«, sagt Stian. »Was kann ich für dich tun?«

Er duzt mich wie früher, das ist ein gutes Zeichen.

»Wir müssen uns treffen, ich muss mit dir reden«, beginne ich.

Seltsamerweise habe ich mir in all diesen Jahren nie Sorgen wegen Stian gemacht, dabei weiß er schon lange, was mit Sabiya passiert ist. Ich habe ihm vertraut, er war mein Freund, er ist mein Freund. Jetzt ist Sabiya gefunden worden, und ich bin wieder Ministerin.

»Komm um vier zu dem kleinen Friedhof an der Gamle Kirche«, sage ich und lege auf, bevor er protestieren kann.

31 – *Axel*

In diesem Haus hat Axel Haavard besucht, solange er denken kann. Erst mit seinen Eltern, später dann meistens ohne. Hier hat er mit ihm Partys gefeiert, wenn Wiliam und Åsa in ihrer Hütte waren, hier hat er Fußball geschaut, und hierher war er später auch mit seiner Frau und seinen Kindern zum Essen gekommen. Danach dann wieder ohne Frau und Kinder. Und immer wieder – egal in welchem Setting – hatte Haavard in der Tür gestanden und auf ihn gewartet.

Zu Beginn der Beziehung mit Clara war er so in sie verliebt, dass es ihn nicht gequält hatte, in Haavards Bett zu schlafen, auf dessen Sofa zu sitzen, an seinem Tisch zu essen und mit seiner Frau zu schlafen.

Jetzt, nach all diesen Jahren, fühlt es sich plötzlich so an, als hätte er das Leben seines Freundes einfach an sich gerissen. Panik erfüllt ihn, und dieses Gefühl wird immer schlimmer, je mehr sein Leben in diesem Haus stattfindet. Er sollte sich mit aller Kraft einen Job suchen, aber bis jetzt sind ihm die Tage durch die Finger geronnen, ohne dass er viel tun konnte. Reifenwechsel, Handwerkertermine, Andreas morgens aus dem Bett und dann in die Schule trommeln – das ganze Programm.

Es ärgert ihn, dass Clara von ihm zu erwarten scheint, dass er die komplette Hausarbeit übernimmt: einkaufen, kochen, putzen, waschen, spülen und den Müll rausbringen. Und dann soll er auch noch den verwilderten Garten für den Frühling aufputzen. Die Arbeiten türmen sich nur so, weil sie so lange im Ausland waren. Am ärgerlichsten ist, dass sie nicht einmal merkt, was er alles macht, und es auch noch als selbstverständlich abtut. Er ist es langsam leid, nur in Haus und Garten zu sein, er muss sein Leben mit seinen eigenen Kindern wieder in Gang bringen. Er schlüpft in die Schuhe, nimmt die Autoschlüssel und fährt die kurze Strecke zu seinem früheren Haus.

»Oh?«, sagt Caro, als sie ihm die Tür öffnet, offensichtlich wenig begeistert, ihn zu sehen. Er fragt sich selbst, ob sein Vorhaben eine gute Idee ist.

»Was willst du?«, fragt Caro kurz angebunden. Sie hat die Tür nur halb geöffnet.

Er schlüpft in den Flur, und sein Blick fällt auf die Reihe der Männerschuhe. Wie immer verwirrt es ihn, hierherzukommen.

Caro geht widerwillig in die Küche, bietet ihm aber nichts an. Er nimmt trotzdem Platz.

»Wie du weißt, bleiben wir jetzt in Norwegen«, sagt er.

Sie nickt kurz, sieht ihn schweigend an und wartet ab.

»Wir müssen irgendwie das Sorgerecht regeln. Hast du dir schon Gedanken gemacht, was für dich ein passender Wechseltag wäre? Es gibt da ja die unterschiedlichsten Modelle. Für mich wäre der Montag gut. Auf jeden Fall nicht am Wochenende …«

Sie mustert ihn.

»Du willst mir doch wohl nicht irgendeine 50/50-Regelung vorschlagen?«

»Doch, natürlich«, sagt er und versucht, ruhig zu bleiben. »So war es doch auch, bevor wir nach Kenia gegangen sind.«

»Ja, aber dann seid ihr weggezogen«, sagt sie. »Oder du, denn nur das hat für uns gezählt. Die Kinder haben dich jetzt fünf Jahre lang kaum gesehen. Ich glaube nicht, dass sie auf eine derartige Lösung eingestellt sind.«

»Was schlägst du dann vor?«

Sie zuckt mit den Schultern.

»Wir kommen gut allein zurecht.«

»Darum geht es nicht«, sagt er. »Ich muss sie sehen, und sie müssen ihren Vater sehen.«

»Ach, jetzt ist das plötzlich wichtig?«, schimpft sie und sieht ihn mit höhnisch überlegener Miene an.

Er bereut es, hergekommen zu sein, muss aber ruhig und konstruktiv bleiben. Caro ist der Schlüssel zu den Kindern.

»Können sie am Wochenende zu uns kommen?«

Sie sieht ihn schockiert an und schüttelt entschieden den Kopf.

»Wir fahren alle zusammen nach Hvaler.«

»Und das Wochenende darauf?«

»Da ist ein Fußballmatch in Skien«, sagt sie und schneidet eine Grimasse. »Olav geht mit ein paar Kumpels auf eine Hüttentour. Du musst ihnen Zeit geben, sich an die neue Situation zu gewöhnen.«

»Das mache ich doch«, sagt er und versucht, seine Wut zu unterdrücken. »Aber bis jetzt habe ich lediglich Olav gesehen. Sollten wir uns nicht mal mit dem Jugendamt zusammensetzen?«

»Vielleicht«, sagt sie und zuckt uninteressiert mit den Achseln. »Ich muss jetzt aber arbeiten. Gratulierst du Clara von mir?«

Das Letzte kommt ziemlich spitz. Er mag ihr nicht antworten, geht nach draußen und stürmt wütend und irgendwie auch beklommen die Treppe runter, aber scheiß drauf, diese verfluchte Caro. Er muss an Clara denken. Sie ist wieder Ministerin. Vielleicht kann er sie ja in der Stadt treffen und mit ihr essen gehen?

32 – *Clara*

»Wolltest du mich wegen der da hier treffen?«, fragt Stian lächelnd und zeigt auf die Statue, bei der er sitzt. »Laut Wikipedia heißt sie *Trauernde Frau* …«

»Das ist ein Zufall«, sage ich und bleibe unmittelbar vor ihm stehen.

Keiner von uns macht Anstalten, den anderen zu umarmen, aber das ist okay. Dieses ewige Umarmen ist ein Unding, sieht man einmal von Kindern oder Eltern ab, zu denen man ein gutes Verhältnis hat.

Es ist irgendwie seltsam, ihn nach all diesen Jahren zu sehen. Er ist etwas älter geworden, sein Körper noch immer durchtrainiert und der Blick wach. Auch seine Haare sind nicht dünner geworden.

Er blickt über meine Schulter. »Wo sind die Jungs, die auf dich aufpassen?«

»Nicht weit entfernt«, sage ich. »Man kann denen nicht entgehen, jedenfalls nicht tagsüber. Es ist mir aber gelungen, sie in meiner Freizeit loszuwerden, auch wenn das Büro der Ministerpräsidentin das eigentlich nicht akzeptieren wollte. Was machst du zurzeit?«

»Alltagssachen«, sagt er kryptisch. »Sicherheit im privaten Umfeld.«

Alles ist mit einem Mal wieder da. Die Alm, der Wald bis hinunter zum Hof, Stian, der putzt, Essen kocht, einkauft, mich zudeckt und dabei all das regelt, was ich in meinem schwarzen Loch nicht schaffe.

Er mustert mich.

»Heute ist dein erster Tag als Ministerin im Königreich Norwegen, und dann sitzt du hier mit mir?«

»Dafür gibt es einen guten Grund. Ich will, dass du wieder für mich arbeitest. So wie beim letzten Mal.«

Er lacht kurz auf, versteht aber, dass es mir ernst ist.

»Meinetwegen auch als Stabschef, wenn du das willst.«

Ich lege ihm die Hand aufs Knie und lasse sie eine Sekunde liegen, bevor ich sie wegnehme. Er hat noch nichts zu meinem Vorschlag gesagt.

»Danke, dass du damals da warst. Als das alles mit den Jungs und Papa war.«

Er zuckt mit den Achseln.

»Ich habe nur meine Arbeit gemacht«, sagt er. »Wie geht es deiner Mutter? Ich meine, sie auf ein paar Fotos vor dem Schloss erkannt zu haben.«

Im Gegensatz zu den meisten anderen hat Stian alles mitbekommen, was seinerzeit zwischen Agnes und mir vorgefallen ist. Er hat sogar dafür gesorgt, dass sie für kurze Zeit wieder eingeliefert wurde.

Ich nicke.

»Ich wäre fast ohnmächtig geworden, als ich sie gesehen habe. Ich habe sie seit damals, als du dabei warst, nicht mehr gesehen. Und ich wünschte, dabei wäre es geblieben. Ihr gehört jetzt der Hof.«

»Ui«, sagt er und mustert mich. »Ich dachte, die wären geschieden gewesen.«

Wie immer denkt er schnell und klar.

»Das dachte ich auch, aber nein.«

Wir bleiben einen Moment still sitzen. Eigentlich tut es

gut, gemeinsam mit Stian zu schweigen, daran erinnere ich mich. Aber jetzt hängt etwas zitternd zwischen uns in der Luft. Ich kann es nicht ignorieren, muss es ansprechen.

»Du hast mitbekommen, was im Fredensborgveien passiert ist?«

Er nickt.

»Willst du was sagen?«

Er schüttelt den Kopf.

»Der Zug ist längst abgefahren«, sagt er. »Wenn rauskommt, was ich gewusst und nicht gemeldet habe, stecke ich ebenso tief in der Scheiße wie du. Ich habe damals eine Entscheidung getroffen, Clara. Und zu der stehe ich bis heute. Ich habe auch nicht vor, das jemals zu ändern.«

Ich vertraue seinen Worten. Warum sollte er jetzt alles opfern, um mich zu verraten, wenn er es damals nicht getan hat? Trotzdem ist es für mich ganz entscheidend, ihn wieder im Team und an meiner Seite zu haben. Unter Kontrolle.

Mein Handy piept. Axel möchte mich treffen und die Ernennung feiern. *Sorry, ich kann heute nicht*, antworte ich und sehe zu Stian, der wieder zu der Statue blickt.

»Sollen wir im Schrøder ein Bier trinken?«, frage ich. »Vorausgesetzt, es gelingt mir, meine Gorillas abzuschütteln? Schließlich ist Freitag.«

Er lächelt überrascht, zieht eine Augenbraue hoch.

»Ein Bier mit der Justizministerin? Jetzt sofort, meinst du?«

Ich nicke offiziell, um ihm zu zeigen, dass ich es ernst meine.

»Jetzt sofort.«

Es sieht aus, als würde er sich eine Erklärung zurechtlegen, warum das nicht geht. Seine Antwort überrascht mich.

»Das wäre schön«, sagt er.

33 – *Heier*

Erik Heier erkennt Roger sofort von den Fotos in den sozialen Medien, als er durch die Tür des Cafés kommt. Der Mann ist etwa Mitte fünfzig, hat kurze Haare, ist unterdurchschnittlich groß, glatt rasiert und hat ein etwas aufgedunsenes Gesicht. Teure, aber jugendliche Kleider, Joggingschuhe und Schultertasche. Er scheint sich wie viele seiner Generation manisch an die längst vergangene Jugend zu klammern. Seine Neigung ist klar zu erkennen. Auftreten, Kleidungsstil und auch alles andere lassen da keinen Zweifel. Vielleicht kann Heier das ausnutzen. Viele Schwule lassen sich von seinem Promistatus beeindrucken.

Dem Treffen ist einiges an Detektivarbeit vorausgegangen. In einem alten Artikel über Sabiya hat er ein Bild aus ihrem eigenen, längst nicht mehr existenten Instagram-Konto gefunden. Es zeigte Sabiya Arm in Arm mit einem Kollegen. Hashtag: #weltbesterRoger.

Ausstrahlung und Haltung des Mannes ließen Heier vermuten, dass er Krankenpfleger und kein Arzt war. Er hatte deshalb die Pädiatrie-Abteilung des Ullevål-Krankenhauses angerufen und darum gebeten, mit Roger zu sprechen. Nach ein oder zwei Sekunden hatte sein Gesprächspartner gefragt, ob er den Pfleger Roger Aarvold meine. Der Rest war einfach gewesen.

Er bietet Roger einen Platz auf dem goldenen Brokatsofa

an, genau wie er bis vor Kurzem seine Gäste im Studio in Marienlyst empfangen hat. Roger setzt sich, legt die Schultertasche aufs Sofa und lächelt angestrengt.

Das Café ist mit Retromöbeln und Lampen eingerichtet, warm und gemütlich trifft es den gerade angesagten Stil. Studenten und Künstler sitzen hinter Macs und Kaffeetassen zwischen Spitzenkissen auf bunten Sofas.

»Können Sie mir etwas über Sabiya erzählen?«, fragt er nach ein bisschen Small Talk und der Kaffeebestellung.

»Oh, ja. Sabiya. Ich habe mir jahrelang Sorgen gemacht«, sagt Roger und seufzt. Seine Augen werden feucht. »Damit ich nicht ganz vor Trauer eingehe, habe ich mir eingeredet, dass sie irgendwo auf den Bahamas oder in Jamaika ein neues, glückliches Leben begonnen hat. Dabei wusste ich ganz genau, dass Sabiya ihre Kinder über alles geliebt hat und sie niemals verlassen hätte. Nach diesem Fund gab es dann keine Hoffnung mehr. Es ist schrecklich. Seit das bekannt geworden ist, stehe ich komplett neben mir.«

»Haben Sie sie getroffen, nachdem sie aus dem Gefängnis entlassen wurde?«

Er nickt.

»Sie war total fertig. Ihr einziger Gedanke war, wieder bei ihren Kindern zu leben. Die Arbeit, das Haus und der Mann waren komplett nebensächlich. Sie hat sich einzig um die Kinder gesorgt und sich nach ihnen gesehnt. Sie hat eine Weile bei mir gewohnt. Ich habe ihr mehrmals gesagt, dass sie so lange bleiben kann, wie sie will, aber sie war wie ein Tier in einem Käfig, und eines Tages war sie dann weg …«

Roger sieht plötzlich erschöpft aus und wischt sich eine Träne weg.

»Ehrlich gesagt war das eine Erleichterung. Natürlich hat mich das anschließend belastet, aber es war nicht so einfach, sie bei mir zu haben. Sie war so unglücklich, so ruhelos. Ich wünschte, ich hätte nach der Entlassung mehr für sie getan. Ich hätte ihr helfen können, eine Wohnung zu suchen, hätte mit ihr ihre Eltern oder ihren Mann besuchen können. Die Kinder.«

»War sie da denn nicht willkommen?«, fragt er und stellt sich vor, wie ihr erst der Mann und dann die Brüder unter Drohungen die Tür vor der Nase zuknallen.

»Es hat Sabiya vollkommen zerstört, dass ihre Familie so abweisend war«, sagt Roger.

Er macht eine Pause, als suche er nach der richtigen Formulierung, trinkt einen Schluck Kaffee und wischt sich eine Träne weg. Erik hat nicht vor, ihn so leicht vom Haken zu lassen. Der Mann ist der perfekte Interviewpartner. Was er von jetzt an noch erfahren wird, ist reines Bonusmaterial.

»Was, glauben Sie, ist mit ihr geschehen?«

Roger zuckt auf melodramatische Weise mit den Achseln.

»Vielleicht haben ihre Brüder sie umgebracht? Mich würde das nicht wundern. Man weiß ja, wie diese …«

Er hält inne und zieht vielsagend eine Augenbraue hoch.

»Sie werden doch vermutlich mit denen reden? Und mit Sabiyas Mann. Das sollten Sie auf jeden Fall tun. Er war schrecklich eifersüchtig.«

Konnte es so einfach sein, so banal, so schrecklich? Hat ihr Ehemann sie umgebracht? Oder die Brüder oder sonst jemand aus der Familie? Es scheint so naheliegend, trotzdem hat er das Gefühl, dass die Sache komplizierter ist. In Sabiyas direktem Umfeld sind in jenem Sommer drei Menschen getötet worden, und sie selbst galt lange als Hauptverdächtige. Wäre es da nicht logisch, wenn der Mord an ihr mit diesen Geschehnissen zu tun hätte?

Aber wie auch immer die Zusammenhänge sind, erst einmal muss er auf Roger Aarvolds letzte Äußerung eingehen.

»Warum war Sabiyas Mann eifersüchtig?«

»Tja«, sagt Roger. »Wollen Sie nicht vorher ein bisschen Weißwein für uns bestellen?«

34 – *Clara*

Wir verlassen den Friedhof und gehen über die Stensberggata zum Ullevålsveien. Einige Passanten drehen sich um und sehen uns nach. Mir gefällt das nicht, ich muss mich aber wohl daran gewöhnen, immerhin habe ich heute als frisch ernannte Ministerin auf dem Schlossplatz gestanden. Außerdem ist mein Foto in den letzten Tagen in allen Medien zu sehen gewesen. Die Wachmänner folgen einige Meter hinter uns. Ich habe mit ihnen besprochen, dass sie draußen warten, wenn wir im Restaurant sind.

Wir biegen in die Waldemar Thranes gate ein und stehen gleich darauf vor dem Restaurant Schrøder mit der charakteristischen, verschnörkelten Schrift auf einem der Fenster. Ich bin nie gerne ausgegangen, und im Schrøder war ich noch nie. Ich kenne lediglich den Namen und weiß, dass die Kneipe ganz in der Nähe ist. Drinnen glaubt man, in eine andere Zeit zu treten. Der altmodische Raum ist ganz in Brauntönen gehalten, und an der Wand prangt eine gewaltige Malerei.

Ich hänge meine Jacke über die Lehne, ziehe den Stuhl zurück und setze mich.

»Und? Wie ist es im Justizdepartement?«, fragt Stian. »Falls du dir schon einen Eindruck verschaffen konntest.«

»Vieles ist überraschend gleich, aber irgendwie ticken die Uhren schneller. Fühlt sich jedenfalls so an.«

»Warum wolltest du zurück? Mich hat das überrascht.«

»Mich auch«, sage ich mit einem Lächeln. »Ich hätte das eigentlich nie für möglich gehalten, aber irgendwie waren noch so viele Dinge … unerledigt …«

Ich zögere, habe das Gefühl, das nicht richtig in Worte fassen zu können.

»Erinnerst du dich an das Kinderschutzgesetz, an dem ich damals so hart gearbeitet habe?«, frage ich.

Er nickt.

»Es wäre gut für dich, wenn du das doch noch schaffen würdest. Und für die Kinder sicher auch.«

Wir bleiben schweigend sitzen und sehen aus dem Fenster. Draußen gehen Leute vorbei, einige in Richtung Bislett Stadion oder zum Hochschulareal an der Thereses gate, andere in Richtung Ullevålsveien. Ich habe diesen Teil der Stadt immer gemocht. Weder West noch Ost, sondern mittendrin. Zentral.

Stian legt die Handflächen flach auf den Tisch und sieht sich um. Das Lokal ist fast menschenleer, nur am Tresen sitzen zwei Leute, und ein Paar an einem Zweiertisch wenige Meter entfernt. Er beugt sich vor und lächelt etwas geniert.

»Wenn du noch immer willst, dass ich für dich arbeite, mache ich das gerne, du musst mir dann aber versprechen, mich nie wieder in ein solches Dilemma zu bringen wie beim letzten Mal.«

»Das verspreche ich«, sage ich. »Und du wärst bereit?«

Er verzieht das Gesicht zu einem schiefen Grinsen.

»Du brauchst jemanden mit Erfahrung. Bei dem Druck, der auf dich zukommt, kann ich dich doch nicht irgendwem überlassen. Eigentlich wollte ich sofort nein sagen, aber dann habe ich mich daran erinnert, wie gern ich damals für dich gearbeitet habe.«

»Das freut mich«, sage ich und proste ihm zu. Er tut dasselbe.

»Du hast während des Terroranschlags einen guten Job gemacht.«

»Nicht gut genug«, erwidere ich seufzend. »Makena, die Schülerin, die mir am meisten am Herzen lag, ist dabei gestorben. Sie war an dem Tag nur deshalb in der Schule, weil ich sie dazu überredet habe.«

Stian trinkt einen Schluck Bier, als die Bedienung mit dem Essen kommt.

»Außerdem quält es mich, dass die Schuldigen vermutlich nie zur Rechenschaft gezogen werden. Als ich aus dem Koma aufgewacht bin, habe ich als Erstes an Rache gedacht, aber da unten ist alles total unüberschaubar. Ich hätte möglicherweise den Rest meines Lebens gebraucht, um herauszufinden, was wirklich geschehen ist und wer die Hintermänner sind. Vermutlich wäre es mir nie gelungen, die richtigen Leute zu bestrafen.«

Für einen Moment drängt es mich, ihm zu erzählen, wie ich Makenas Vater bestraft habe, ich tue es aber nicht. Trotzdem spüre ich für einen Augenblick in Händen und Rippen, wie der Körper sein Leben aushauchte und die Bosheit verschwand. Stian hat eine seltsame Wirkung auf mich. Ich muss aufpassen, was ich sage.

»In jedem Fall war es gut, so viele Menschen zu retten«, sagt er.

Ich konnte noch nie mit Lob umgehen und weiß auch jetzt nicht, was ich dazu sagen soll.

»Wie ist es dir in all diesen Jahren ergangen?«, frage ich stattdessen.

Er schneidet eine Grimasse.

»Ich wurde vor ein paar Jahren geschieden. Die Zeit war

ziemlich beschissen. Ich hätte das mit der Familie wirklich gerne hingekriegt.«

Er zögert, über sein Gesicht hat sich ein Schatten gelegt.

»Etwa zeitgleich hat man entdeckt, dass ich einen angeborenen Herzfehler habe. Ich bekam Betablocker verschrieben und hatte total Schwierigkeiten mit den Nebenwirkungen. Vermutlich muss ich für den Rest meines Lebens darauf achten, meinem Herzen nicht zu viel Stress zuzumuten. Im Moment läuft es ganz gut.«

»Das ist gut zu hören.«

»Noch ein Bier? Ich schulde dir eins.« Er deutet auf mein leeres Glas. Als ich nicke, geht er direkt an die Bar.

»Habe ich dir mal erzählt, dass ich oben in der Marka eine Hütte habe?«, fragt er, als er zurück ist.

Ich sehe ihn überrascht an.

»Wenn ich für dich arbeiten soll, müssen wir uns erst genau abstimmen. Dafür müsstest du einmal mit in die Hütte kommen.«

»Aha«, sage ich neutral.

»Geht es am nächsten Wochenende? Von Freitag auf Samstag?«

»Dein Ernst?«, frage ich. Mein Hirn arbeitet auf Hochtouren.

Er nickt.

»Du fragst dich sicher, was Axel sagen wird?«, sagt Stian halb neckend, halb spöttisch. »Er war nie sehr begeistert von mir.«

»Doch«, sage ich mit einem Lachen. »Ich denke, das sollte gehen.«

Stian hat irgendwie eine Schwäche für mich. Das beruht auf Gegenseitigkeit, aber Untreue war immer unter meiner Würde, und ich denke, es ist auch nicht sein Stil, mit den

Frauen anderer Männer zu schlafen. Seit ich jung bin, hasse ich jede Form von Untreue. Nicht aus den üblichen moralischen Gründen, sondern weil mich das immer an Agnes und Magne denken lässt. Wäre meine Mutter nicht untreu gewesen, würde Lars noch leben.

Als Haavards Untreue herauskam, wurde ich unfreiwillig in diesen Mist hineingezogen. Ich habe ihn nie damit konfrontiert, das wäre noch erniedrigender gewesen. Seine Strafe hat er trotzdem bekommen.

Und selbst wenn ich heimlich mit Stian auf die Hütte fahre, ist das etwas ganz anderes. Ich weiß, dass ich Ja sagen, dass ich ihm etwas geben muss. Außerdem wäre das eine Gelegenheit, ein für alle Mal herauszufinden, wo er wirklich steht.

Die nächste Runde Bier kommt. Ich spüre bereits den Alkohol, schließlich trinke ich sonst fast nie. Ich gehe auf die Toilette, brauche eine Auszeit. Von jetzt an muss ich langsamer trinken und einen klaren Kopf behalten. Als ich zurückkomme, klemmt ein weißer Zettel unter meinem Bierglas. Ich falte ihn auseinander.

P-Platz Solsnulia, Freitag in einer Woche, 17:30 Uhr. Nimm alles mit, was du zum Übernachten brauchst + Badeanzug.

35 – *Heier*

Erik Heier bleibt an der Bar stehen und versucht beim Warten, seine Gedanken zu ordnen.

Roger ist offensichtlich froh darüber, ein bisschen reden zu können, und er kannte Sabiya besser, als Erik zu hoffen gewagt hat.

Soll er eine ganze Flasche Wein nehmen? Aber dann sitzen sie länger hier fest. Schließlich entscheidet er sich für den teuersten offenen Weißwein, den sie haben, einen Chablis.

»Ich hoffe, der schmeckt Ihnen«, sagt er und stellt die Gläser auf den Tisch.

Roger nimmt das Glas und riecht am Wein.

»Der wird mir ganz bestimmt schmecken«, sagt er. »Ich habe einen außergewöhnlichen Geruchssinn, wenn man so etwas über sich selbst sagen darf. Ich erkenne Frauen an ihrem Parfüm.«

Heier nickt etwas unsicher und fragt sich, wie er Roger wieder auf die Erde zurückholen soll.

»Sie haben eben gesagt, dass Sabiyas Ehemann eifersüchtig war?«

Roger nickt.

»Während der Ermittlungen kam raus, dass Sabiya ein Verhältnis mit einem Kollegen hatte, einem anderen Arzt. Ich war schockiert darüber. Schließlich waren beide verheiratet. Ich hätte das wirklich nicht von Sabiya erwartet. Außerdem war ihr Lover ja nicht irgendwer. Mein Gott …«

Melodramatisch schließt er für einen Moment die Augen, riecht noch einmal am Glas und nimmt dann einen Schluck.

»Dieser Wein ist wirklich sehr gut«, sagt er.

»Mit wem war Sabiya zusammen?«, fragt Erik. Seine Geduld ist jetzt wirklich am Ende.

»Ein Arzt, der kurz darauf verstorben ist, Haavard Fougner«, sagt Roger und sieht ihn vielsagend an.

»Haavard Fougner, der Mann von … Clara Lofthus?«

Roger nickt.

Erik kann es nicht fassen, er ist wirklich auf eine Goldader gestoßen.

Ein klarer Link vom Sabiya-Fall zur gerade erst ernannten Ministerin und jetzt schon populärsten Politikerin des Landes. Sein Podcast wird dadurch einen Riesenschub bekommen.

Erst vor wenigen Tagen hat er Clara Lofthus interviewt. Und ausgerechnet ihr Mann hatte also ein Verhältnis mit Sabiya Rana, deren Leiche erst vor Kurzem in diesem Keller aufgetaucht ist.

»Was ist passiert, als Sabiyas Verhältnis aufgeflogen ist?«

Roger seufzt.

»Sabiyas Mann hat das gar nicht gut aufgenommen, das können Sie sich ja vorstellen. Er war stinkwütend und hat seinen Kindern verboten, ihre Mutter zu sehen. Das war schrecklich für sie. Sie durften sie im Gefängnis nicht besuchen, kein einziges Mal. Und als sie wieder draußen war, ist er nicht ans Telefon gegangen. Sie ist dann zu ihm, zu ihrem alten Zuhause, er hat ihr aber die Tür vor der Nase zugeknallt. Wirklich schrecklich.«

»Haben Sie mit ihr über das Verhältnis gesprochen?«

»Ganz am Ende, als wir zusammengewohnt haben, ja. Einmal. Da hat sie mir alles erzählt, wollte alle Geheimnisse vom Tisch haben. Bis dahin hat sie nicht einmal mir etwas davon gesagt. Sabiya hatte eine Riesenangst vor ihrem Mann und ihren Brüdern. Die wirken alle so frei und westlich, aber das sind sie nicht. Wissen Sie eigentlich, wie es in diesen Milieus hinter geschlossenen Türen zugeht?«

Erik lächelt, hofft aber, dass Roger sich nicht weiter in Islamkritik versteigt.

»Sabiya hatte aus gutem Grund Angst, denn es dauerte nicht lang, bis Haavard tot und sie im Gefängnis war. Und kaum war sie wieder draußen, war sie verschwunden. Jetzt haben wir Gewissheit, dass sie damals ermordet wurde. Was sagt Ihnen das?«, fragt Erik und breitet die Arme aus, als wollte er Roger auffordern, ihm die Antwort zu geben.

»Rache, würde ich sagen«, sagt Roger melodramatisch. »Rache. Das hat sie selbst gesagt. Jemand hat es auf uns abgesehen, hat sie damals gesagt. Die Arme.«

Trotz Rogers pompöser, überkandidelter Art bekommt Heier für einen Moment Gänsehaut.

»Sie hatte ein schlechtes Gewissen. Ich glaube, sie war froh darüber, dass es vorbei war, aber Haavards Tod hat ihr trotzdem extrem zugesetzt.«

»Erzählen Sie mir davon«, sagt Heier. Die Aufnahme wird fantastisch werden.

»Das war ein ganz normaler Arbeitstag. Während meiner Pause hab ich das im Netz gelesen, in der Online-Ausgabe der VG, und sofort Sabiya informiert, dass Haavard tot ist. Sie ist daraufhin total blass geworden und gleich weggelaufen. Kurz darauf haben wir erfahren, dass sie festgenommen wurde und nicht mehr zur Arbeit kommen kann. Wir hatten plötzlich zwei Ärzte zu wenig.«

»Hatte sie einen Verdacht, wer das getan hat?«

»Leider nein, aber als sie rauskam, hat sie viel über diese neue Rechtsanwältin gesprochen, die sie aus dem Knast geholt hat. Es war eine dieser bekannten, sehr gefragten Anwältinnen.«

»Marion Høivoll?«

Roger nickt.

»Sabiya hat sich im Gefängnis einer Freundin anvertraut«, sagt Roger. »Und die hat dann dafür gesorgt, dass Høivoll Sabiyas Fall übernimmt.«

»Mit Marion Høivoll hatten wir bereits Kontakt«, sagt Erik. »Von der Freundin habe ich noch nichts gehört, aber dieser Spur werden wir nachgehen.«

36 – *Clara*

Axel ist nicht da, als ich vom Schrøder nach Hause komme. Ich setze mich in das Büro, das ich von William und Haavard übernommen habe. Die Regale sind von einem Schreiner passgenau für das Zimmer gebaut worden, die restlichen Möbel sind von Fredrik Kayser. Haavard hat das alte Zeug von William über alles geliebt. Jetzt ist es mein Reich, und ich hätte alles ändern, streichen und die Möbel mit ihrem schweren 70er-Stil rausschmeißen können. Dass ich das nicht getan habe, hat mit Faulheit und fehlendem Interesse, aber auch mit Respekt vor William Fougner zu tun.

Ich informiere mich über den Podcast von Erik Heier. Heute wurde publik gemacht, dass die erste Staffel ausgerechnet von Sabiya Rana handeln soll. Mir gefällt das gar nicht. Heier ist ein kluger Kopf, weshalb das alles nun wieder ein bisschen näher rückt. Außerdem lässt mich die Frage nicht los, was er heute auf dem Schlossplatz verloren hatte.

Draußen ist der Frühling gekommen. Das Wetter ist lebendig, fordernd, und ich spüre, dass in meinen Adern das Blut von Bauern fließt. Die alten Geister locken mich. Ich will raus, raus und arbeiten.

Einmal, ich war damals schon erwachsen, hat Papa mir erzählt, dass er immer beinahe manisch wird, wenn das Frühjahr kommt. Er hat das auf das intensive Licht zurückgeführt, auf all die Arbeit, die nun erledigt werden müsse, und auf die Generationen von Landwirten vor ihm. Der wohlige, dunkle Winterschlaf war vorüber, der Frühling kam und ließ den ganzen Körper kribbeln.

All die früheren Generationen riefen nach ihm. Hör genau hin, mach die Augen auf, der Frühling ist gekommen! Du musst pflügen, sagten sie, säen, streichen, Zäune bauen. Raus, raus, raus, die Arbeit ruft! Und er ist ihren Rufen gefolgt. Hat von früh bis spät gearbeitet, auch als sein Körper bereits alt und müde war. Es gab niemanden, der ihm diese Arbeit hätte abnehmen können. Ich hätte da sein und gemeinsam mit ihm die Felder bestellen sollen. Ich habe zu seinen Lebzeiten viel von ihm gelernt. Trotzdem gibt es noch vieles, das ich nicht weiß und mir jetzt aneignen sollte.

Bald wird der Frühling sich wie ein grüner Teppich auf unser Land legen und alles explodieren lassen, ohne dass Papa oder ich da sind.

Wie froh ich wäre, wenn ich zu Hause auf dem Hof sein und Holz machen könnte, zimmern, streichen. Wenn ich die Erde pflügen, säen und wässern und ein Tagwerk vollbringen dürfte, das größer ist als ich selbst. Ich würde abends meine Muskeln spüren und jede Nacht gut schlafen.

Fast spüre ich die Axt in meinen Händen, die Wolle und die Erde zwischen den Fingern. Ich will nach Hause. Wenn ich mit der Politik fertig bin, kann es nur diesen Weg geben, aber zuerst muss ich dafür sorgen, dass es den Ort dann auch noch gibt und Agnes irgendwie verschwindet. Aber wie?

Gibt es rechtlich wirklich keine Möglichkeiten?

Ich durchforste besonders ein Gesetz, das 2010 erlassen worden ist, um Menschen zu helfen, ihre finanziellen Rücklagen und ihre Rechte zu schützen. Mein Kopf ist nach dem langen, anstrengenden Tag und dem ungewohnten Bier noch etwas unklar, aber die Schlussfolgerung ist die immer gleiche, wie ich die Fakten auch drehe und wende. Trotzdem rufe ich William Fougner an und bitte ihn, kurz herüberzukommen. Ich will nichts unversucht lassen. Diese privatrechtlichen Fragen waren nie meine Stärke.

Zehn Minuten später ist William da und setzt sich in den 807er-Stuhl, auf dem sonst immer sein Sohn gesessen hat. Auf dem kleinen Tischchen neben ihm steht ein Glas seines Lieblingswhiskys. Wir sitzen in der sogenannten Bibliothek, dem hintersten von drei aneinandergrenzenden Räumen. Ich mag diese Zimmer, ich mag dieses Haus, so ist es von Anfang an gewesen. Ich mag die Deckenhöhe und das Licht, das von draußen hereinfällt. Abgesehen von meinem väterlichen Hof habe ich sonst nirgendwo so lange gelebt.

»Du hättest besser Christian angerufen, diesen Schlaumeier«, sagt William, nachdem ich ihm erklärt habe, worum es geht. »Er kennt sich mit solchen Sachen besser aus.«

»Ich kenne dich aber besser als ihn«, sage ich.

Er nickt zufrieden. Natürlich kenne ich auch Axels Vater Christian, aber Axel und ich haben den Großteil unserer gemeinsamen Zeit im Ausland gelebt, ja sogar auf einem anderen Kontinent. Außerdem habe ich William immer gemocht.

»Dann kommen wir zur Sache. Ich sehe da eigentlich keine Möglichkeiten. Die Rahmenbedingungen des Gesetzes, an das du denkst, beruhen ja in gewisser Weise auf Freiwilligkeit. Als naher Verwandter kannst du das einfordern, aber deine Mutter und du hattet ja über Jahre keinen Kontakt, oder?«

»Das stimmt«, sage ich. »Ich wäre bestimmt kein typischer Angehöriger, und Agnes ist ja schon lange in der Gemeinde und kommt da ziemlich gut klar. All das würde gegen mich sprechen.«

»Genau, und selbst wenn es dir gegen alle Widerstände gelingen würde, dich auf diese Verordnung zu berufen, würde das nicht alle Probleme lösen«, sagt William. »Deine Mutter hätte noch immer eine gewisse Kontrolle über ihren Besitz, und es wird dir ganz sicher nicht gelingen, sie vom Hof zu bekommen.«

»Nein«, sage ich. »Wohl nicht. Dann kann ich das wohl vergessen.«

»Gibt es nicht irgendwelche Dokumente, die belegen, dass ihre Ansprüche auf den Hof doch nicht korrekt sind? Wie sieht es mit einem Testament aus? So etwas könnte helfen.«

»Ja, vielleicht«, antworte ich.

»Hast du gesucht?«

Ich schüttele den Kopf, schneide eine Grimasse.

»Es hört sich vielleicht dumm an, aber ich hatte ja über Jahre keinen Zugang zum Hof, und genau das ist das Problem. Aber ich werde mich darum kümmern. Wenn es etwas gibt, finde ich es.«

Nachdem William gegangen ist, bleibe ich sitzen und denke nach.

Ein Testament oder etwas Ähnliches. Wo hätte Papa das deponiert?

Ich muss auf jeden Fall die Kommode in meinem Zimmer überprüfen. Da liegen der Granatsplitter und das Béret, seine Schätze aus der Zeit im Libanon. Er wusste, dass ich an diesem Ort nachschauen würde.

Dann gibt es diese blaue Kiste im Keller, eine Art Schiffskoffer, ohne Namen oder die sonst üblichen Rosenmalereien. Vermutlich ist er deshalb im alten Kartoffelkeller gelandet. Ich meine, dass Papa da auch mal Unterlagen gelagert hat.

Der letzte Platz ist geheim. In einer dunklen Ecke neben der Feuerstelle im alten Backhaus gibt es einen winzigen alten Kriechkeller mit grundwasserfeuchtem Boden. Dieser Hohlraum hat früher als eine Art Kühlschrank gedient. In einem seiner letzten Jahre hat Papa mir dort unten einen kleinen, modernen Safe gezeigt. Er war nicht zu sehen, bis er ihn herausgeholt hatte. Vor dem Zugang zu diesem Raum stehen ein paar Wannen.

Papa hat mir den Code für den kleinen Safe gegeben, an den ich mich aber nicht mehr erinnere. Vielleicht ist es der Geburtstag von einem von uns. Es war ganz unüblich für ihn, Geld für so etwas auszugeben, da er sonst immer sehr sparsam war. Aber er wollte mir den unbedingt zeigen. Und es muss doch einen Grund dafür geben, dass er mir auch den Code genannt hat.

Drei Orte, an denen ich nach einem Dokument suchen könnte, das mir *vielleicht* hilft. Die Kommode, die Kiste im Keller und der Safe, aber der Hof ist groß, und es gibt sicher auch noch andere mögliche Verstecke. Ich erinnere mich an diverse Papierstapel in Stube und Küche, aber vielleicht hat Agnes das alles längst weggeworfen.

Um suchen zu können, brauche ich allerdings Zugang zum Hof, und den habe ich nicht. Es ist frustrierend, wie sich alles im Kreis dreht. Meine Mutter sollte mich nicht in diese Situation bringen können. Es ist *mein* Hof.

Ich mag es nicht, wenn ich so feststecke, und muss irgendetwas tun, um auf andere Gedanken zu kommen.

Ich räume Williams Whiskyglas weg und denke daran, wie oft ich auch Haavards Glas weggeräumt habe, während ich ihn glauben ließ, dass ich nichts von seinem Doppelleben wüsste.

Als ich das Glas spüle und in den Schrank stelle, kommt

mir schließlich die Idee. Sie hat nichts mit Papa, Agnes oder dem Hof zu tun, sondern mit Haavard und Sabiya, Heier und seinem idiotischen Podcast. Ich muss mich selbst in die Höhle des Löwen vorwagen und Erik Heier anrufen.

37 – *Heier*

Erik wirft einen Blick auf sein Handy und sieht, dass Clara Lofthus ihn zu erreichen versucht hat, während er mit Roger gesprochen hat. Er kann es kaum glauben, es ist das erste Mal, dass sie mit ihm Kontakt aufgenommen hat. Er ruft sie sofort zurück, lehnt sich mit dem Rücken an eine Wand und steckt sich einen Finger ins freie Ohr, um die Hintergrundgeräusche auszusperren.

»Es gibt etwas, das ich Ihnen gerne erzählen würde«, sagt Lofthus nach kurzem, einleitendem Small Talk. »Ich weiß nicht, ob Sie schon wissen, dass mein Mann ein Verhältnis mit Sabiya Rana hatte, über die Sie ja einen Podcast machen.«

Letzteres klingt etwas spitz. Er schluckt, muss seine Worte auf die Goldwaage legen.

»Ich habe tatsächlich gerade eben davon erfahren.«

Lofthus räuspert sich.

»Haavard und ich haben eine offene Beziehung geführt, in vielerlei Hinsicht. Ich wusste von dem Verhältnis und habe ihn darin bestärkt.«

Er hört, dass sie tief Luft holt und es sie Kraft kostet, das zu sagen.

»Zwischen Haavard und mir … Nun, wie soll ich das sagen, wir hatten zum Schluss eigentlich nur noch eine Art geschäftliche Beziehung. Ich denke, unsere Ehe ging damals auf das Ende zu. Ich habe gespürt, dass die beiden sich lieben und meine Jungs mit Sabiya die bestmögliche Stiefmutter bekommen würden. Ihre Familie hat das Verhältnis allerdings weniger gut aufgenommen.«

Er ist fast gerührt darüber, dass sie ihm das alles anvertraut, da sie sonst so verschlossen ist. Und es überrascht ihn, welch stoische Einstellung sie damals gezeigt haben muss.

»Ich muss schon sagen. Da haben Sie verdammt viel Großmut bewiesen. Das können die wenigsten.«

Sie seufzt.

»Wir sind moderne Menschen, aber wenn ich ehrlich sein soll, habe ich das in erster Linie wohl aus ganz egozentrischen Gründen getan. Ich wollte natürlich, dass meine Jungs es gut haben. Ich war mir sicher, dass Sabiya meine Kinder gut behandeln würde. Leider ist dann alles ganz anders gekommen, und das ist auch der Grund, weshalb ich Sie anrufe.«

Es entsteht eine kurze Pause. Er wagt es nicht, etwas zu sagen, will sie nicht aus dem Konzept bringen.

»Sie müssen wissen, dass Haavard sich in den letzten Wochen seines Lebens unglaubliche Sorgen um Sabiya gemacht hat. Ihr Ehemann hat sie bedroht, und sie hatte Todesangst. Auch Haavard ist von ihm bedroht worden. Deshalb hat er mir das alles auch erzählt, er meinte, ich solle von diesen Drohungen wissen. Ich muss sagen, dass es mir anschließend etwas schwerer gefallen ist, ihr Verhältnis zu stützen.«

Sie sagt es in einem entschuldigenden Ton.

»Jetzt ist Sabiya gefunden worden, und Sie machen einen Podcast über den Fall. Haavards Tod war ein Unfall, aber das trifft auf Sabiyas Tod ganz sicher nicht zu. Ich hoffe, die Polizei findet den Schuldigen.«

Er seufzt.

»Sollte dem so sein, dann nur mit unserer Hilfe. Ich hatte Kontakt mit der Polizei. Sie scheinen keine neuen Spuren zu haben, und es wirkt auch nicht gerade so, als würden sie den Fall prioritär behandeln. Was Sie da sagen, stärkt die Theorie, die wir bereits verfolgen. Auch wir gehen davon aus, dass Sabiyas Tod etwas mit ihrem Hintergrund zu tun haben könnte. Wenn ich Sie schon am Telefon habe …«

Um ihn herum ist es wahnsinnig lebendig. Wenige Meter von ihm entfernt heult der Motor eines uralten Ford Fiesta auf, jemand ruft, ein Hund bellt, und er fühlt sich irgendwie wie in Rom.

»Ich würde Sie gerne für den Podcast interviewen.«

»Ich weiß nicht, das fühlt sich nicht gut an«, sagt sie nach einer kurzen Pause. »Eigentlich habe ich das alles hinter mir gelassen. Außerdem bin ich Justizministerin und habe deshalb nicht gerade den Wunsch, mein Privatleben in der Öffentlichkeit auszubreiten. Ich wollte nur, dass Sie wissen, welch große Angst Sabiya hatte.«

»Wenn Sie kommen, würde das Ihre Popularität nur noch mehr fördern.«

»Schon möglich«, sagt sie. »Aber das brauche ich nicht.«

»Könnten wir uns trotzdem treffen und einfach off the record miteinander reden?«

»Schauen wir mal«, sagt sie.

Nachdem sie aufgelegt haben, setzt er sich auf eine Bank und starrt vor sich hin. Erst erfährt er von dem Verhältnis zwischen Sabiya und Haavard Fougner, und dann ruft Clara Lofthus persönlich an. Sie wirkt verändert, offener, freier, menschlicher. Gehört sie zu dem kleinen Teil der Menschheit, der das am Telefon kann, nicht aber, wenn er seinen Gesprächspartner direkt vor sich hat?

Er hätte sie zu ihrem Leben und ihrer neuen Arbeit befragen sollen, denkt er, und spürt, dass seine alte Faszination für Clara Lofthus ungemindert ist. Ja, vielleicht noch größer, denn ihre Geschichte ist im Licht des Verhältnisses zwischen Haavard und Sabiya noch interessanter. Wäre es denkbar, nach dem Sabiya-Fall einen Podcast über ihr Leben zu machen, am besten in Zusammenarbeit mit ihr selbst? Ob sie als Justizministerin so etwas unterstützen würde, ist fraglich, erst recht nach dem, was sie gerade gesagt hat. Aber ganz undenkbar ist es nicht.

Als er wieder zu Hause ist und seine E-Mails durchgeht, stößt er auf eine von einem renommierten Anwalt. Der Mann schreibt, dass er Sabiyas Ehemann vertritt und sein Mandant ihn gebeten habe, zu prüfen, ob die Möglichkeit einer Klage gegen NRK / Heier bestehe, sollte die Arbeit an dem Podcast nicht unverzüglich eingestellt werden. Sein Mandant überlege überdies, ob er sich an andere Medien wenden und von dem Übergriff auf die Familie erzählen solle. Dies nur zur Information.

Erik schnaubt. Was für ein Blödsinn. Eine solche Klage würde jedweder Grundlage entbehren. Man kann Journalisten nicht dafür verklagen, dass sie ihren Job machen. Wie kann ein renommierter Anwalt nur eine solche E-Mail schreiben? An die Medien könnte Sabiyas Mann sich tatsächlich richten, wahrscheinlich würde das aber nur dazu führen, dass er selbst mehr in den Fokus gerät. Eigentlich kann das Ganze nur ein blöder Versuch sein, ihn einzuschüchtern, schließt Erik.

38 – *Axel*

Axel trifft Maria am St. Olavs plass in einem klassischen, gemütlich eingerichteten Lokal. Es ist der Erste Mai, ein Feiertag, an dem viele Menschen unterwegs sind. Clara ist im Büro.

»Soso, du willst also nicht mehr Hausmann sein, sondern wieder arbeiten?«, fragt Maria.

Er grinst.

»So bald wie möglich. Ich hoffe, dass mich jemand haben will. Die Lücke im CV ist sicher nicht förderlich, ich kann sie aber erklären. Immerhin bin ich der Mann einer Ministerin, die zwischendurch einen Job bei der UNICEF angenommen hat. Außerdem habe ich in der Zeit ja nun wirklich nicht faul und deprimiert auf dem Sofa gelegen und bloß ferngesehen. Und trotzdem, in Nairobi hat sich das noch okay angefühlt, jetzt tut es das nicht mehr. Es ist irgendwie gegen meine Ehre, hier nicht zu arbeiten.«

»Du solltest nicht so streng zu dir sein«, sagt Maria. »Wie lange ist es her, dass ihr nach Hause zurückgekommen seid? Drei Wochen? Ostern kannst du davon noch abziehen, und außerdem ist Clara ja erst vor fünf Tagen ernannt worden. Gib dir ein bisschen Zeit.«

Er nickt.

»Ich möchte einfach bald wieder eine Aufgabe haben.«

»Was hast du früher gemacht?«

»Ich habe an der Handelshochschule studiert und einige Jahre als Finanzmakler gearbeitet. Danach war ich Abteilungsleiter in einer Versicherung. Das war ruhiger, familienfreundlicher.«

Maria nickt.

»Sag mal, wollte Clara nicht eigentlich zurück?«

»Doch, eigentlich schon.«

»Und was hat sie dann umdenken lassen?«

»Ich weiß es nicht. Es war wirklich merkwürdig. Sie behauptet, dass sie durch den Anschlag traumatisiert ist, aber sie wirkt absolut nicht so. Aber wie dem auch sei, wir sind hier, und das ist super.«

»Ich habe über Clara nachgedacht«, sagt Maria. »Das heißt, über Clara und dich.«

Sie starrt auf ihre Hände, dreht einen ihrer Ringe und knibbelt kurz an einem Nagel.

»Ich weiß nicht, wie ich das sagen soll, Axel ... Ich weiß, dass ihr schon lange zusammen seid und dass du sie besser kennst als jeder andere ...«

Er starrt sie abwartend an. Was wird das? Sagt sie ihm jetzt, dass sie Clara Hand in Hand mit einem anderen Mann auf der Karl Johann gesehen hat? Oder dass sie sich in einem geheimen Sexclub begegnet sind? Der Gedanke ist so absurd, dass er fast lachen muss.

»Stian, mein Bruder, war eine Zeit lang viel mit Clara zusammen.«

Plötzlich ist der Gedanke wieder da: Hatten Clara und Stian doch etwas miteinander? Die Befürchtung war damals schon da, er hatte sich das nur nicht vorstellen können. Clara ist nicht der Typ dafür.

»Stian hat etwas entdeckt oder ihm wurde etwas gesagt, das ihn seitdem quält«, sagt sie.

Kein Verhältnis also. Die Sache steigt ihm über den Kopf, er muss versuchen, sich zu konzentrieren.

»Er war ganz aufgewühlt, als er mal abends auf ein Glas Wein bei mir war. Natürlich habe ich ihm zu entlocken versucht, was ihn so belastet, und schließlich hat er mir anvertraut, dass es mit Clara zu tun hat. Sie hat irgendetwas getan, von dem er weiß, das er aber geheim halten soll. Er hat ihrem Wunsch entsprochen, obwohl die Sache ihn hinterher sehr belastet hat. Ich musste ihm versprechen, nie jemandem davon zu erzählen. Dass ich dir das jetzt sage, ist ein echter Vertrauensbruch.«

Axel seufzt.

»Um was geht es denn? Was soll sie getan haben?«

»Ich weiß es nicht«, sagt sie und schüttelt den Kopf. »Das wollte er mir nicht sagen, aber es war etwas Ernstes, etwas Ungesetzliches, das große Konsequenzen haben würde, sollte es an die Öffentlichkeit kommen.«

Er spürt einen Anflug von Verärgerung über all diese halbgaren Anklagen. Sollte da wirklich etwas passiert sein, war es sicher harmlos. Vielleicht ging es darum, dass die Kinder weggelaufen sind und Clara und Stian sie suchen mussten.

»Hast du schon einmal darüber nachgedacht, dass Clara gefährlich sein könnte, Axel?«, fragt Maria und kaut auf ihren Nägeln herum.

»*Gefährlich*? Warum das denn? Also ehrlich, Maria, hast du sie nicht mehr alle?«

Maria schweigt. Tränen steigen in ihre Augen.

»Stian hat damals irgendwie angedeutet, dass Clara nicht diejenige ist, für die wir sie halten. Ja, dass sie wirklich gefährlich ist. Ich hatte echt Angst davor, dass du genauso reagieren würdest«, murmelt sie.

»Maria«, sagt er und weiß, dass er sie um Entschuldigung

bitten sollte, aber man darf nicht solche Anklagen in den Raum stellen, ohne irgendwelche Beweise zu haben, und dann auch noch erwarten, dass die anderen das für bare Münze nehmen.

»Ich habe keine Ahnung, was zwischen Clara und Stian passiert ist«, fährt er fort. »Ich weiß, dass er ein guter Kerl ist, aber das ist bestimmt ein Missverständnis. Entweder zwischen Stian und Clara oder zwischen euch beiden. Oder weißt du doch mehr?«

Sie schüttelt den Kopf.

»Ich hatte nur wirklich den Eindruck, dass es etwas Ernstes ist. Und ich habe mir Sorgen um ihn und um dich gemacht, verstehst du das nicht? Du musst mir versprechen, Clara nichts davon zu sagen.«

Er nickt als Antwort.

39 – *Heier*

Erik wird den Gedanken an Clara Lofthus nicht los. Ein Podcast über dieses politische Comeback-Kid wäre wirklich cool, erst recht, sollte diese Frau die nächste Ministerpräsidentin werden, worüber in den politischen Kommentaren bereits spekuliert wird.

Er sucht nach Bildern von Clara Lofthus, um zu überprüfen, ob sie wirklich noch so aussieht wie vor Jahren, als sie ihre Stellung als Staatssekretärin angetreten hat. Die Behauptung stimmt, sie scheint in all den Jahren kein bisschen gealtert zu sein.

Er sieht sich die ersten Treffer genauer an. Viele dieser Bilder sind in den letzten Tagen aufgenommen worden, entweder bei der Ernennung oder in der Zeit nach dem Terroranschlag. Dann ändert er die Suche und konzentriert sich auf ältere Fotos. Die meisten Treffer stammen aus Claras Zeit als Ministerin, einige aber auch aus ihrer Staatssekretärinnenzeit.

Viele dieser Fotos ähneln sich. Häufig steht der immer gleiche politische Berater hinter ihr, mit der Jacke über dem Arm und ihrer Tasche in der Hand. Klassisch.

Trotzdem interessiert Erik sich nicht für den Berater, sondern für eine andere Person, die auf mehreren Bildern in Claras Nähe zu sehen ist. Ein schlanker, großgewachsener Mann mit rötlichen Haaren, Bart und wettergegerbtem Gesicht. Der Mann ist so konstant in ihrer Nähe, dass es sich bei ihm nur um ihren Bodyguard handeln kann. Irgendetwas daran weckt einen alten Instinkt in ihm.

»Ui«, flüstert er, als er ein Bild findet, auf dem die Ministerin auf dem Weg in irgendeine Konferenz ist. Sie dreht sich um und lächelt dem Mann strahlend zu. Auf einem anderen Foto, bei einem Besuch in einem Gefängnis, wiederholt sich die Szene. Lofthus und dieser Bodyguard müssen sehr vertraut gewesen sein.

Die räumliche Nähe ist nicht erstaunlich, wohl aber die beinahe intime Vertrautheit, mit der sie sich ansehen.

War sie deshalb so verständnisvoll, was die Affäre ihres Mannes mit Sabiya Rana anging?

Er denkt an die Drohung, die im Nachgang seines Besuches bei Sabiyas Ehemann von dessen Anwalt gekommen ist. Heier hat die Nachricht an die Chefetage des Senders weitergeleitet, damit sie gewarnt sind. Eigentlich könnte das eine gute PR für ihn und den Podcast sein.

Angetrieben von rein persönlicher Neugier, lädt er einige der Bilder herunter und beschneidet sie, sodass sie nur den Unbekannten zeigen. Dann ruft er eine seiner Kontaktpersonen bei der Polizei an. Die Verbindung stammt noch aus der Zeit, als er selbst als investigativer Journalist gearbeitet hat. Die beiden haben sich damals gegenseitig informiert, was natürlich abgeebbt ist, seit Erik seine eigene Fernsehshow hat. Trotzdem schuldet ihm dieser Kontakt noch einen Gefallen. Vielleicht kann er die Zitrone ein letztes Mal ausquetschen.

»Ich brauche Hilfe bei etwas«, sagt er, als er den Mann am Telefon hat. »Ich hab hier ein paar Fotos von einem Mann, dessen Identität ich in Erfahrung bringen muss. Könntest du die mal deinen Kollegen beim PST vorlegen? Der Mann hat als Leibwächter von Regierungsbeamten gearbeitet. Konkret war er wohl Lofthus' Bodyguard in ihrer ersten Amtszeit als Ministerin. Die Sache hat nicht direkt mit Lofthus zu tun, aber es gibt da wohl eine Verbindung zu dem aktuellen Fall, an dem ich arbeite.«

Ohne diese Notlüge geht es nicht.

»Ich kann es versuchen, garantieren kann ich aber nichts«, sagt sein Kollege etwas distanziert. »Wie eilig ist das?«

»Je früher, desto besser. Wenn du mir noch heute eine Antwort schicken könntest, wäre ich froh. Du solltest da ja auch am Feiertag jemanden erreichen, oder? Hast du eine E-Mail-Adresse? Dann schicke ich dir die Fotos.«

40 – *Axel*

»Eine Sache«, sagt Clara, die neben ihm im Bett liegt. »Ich muss am Wochenende blöderweise an so einem Parteitermin teilnehmen.«

Ausnahmsweise sind sie zeitgleich ins Bett gegangen. In all den Jahren hat es Axel geärgert, dass Clara immer erst ein oder zwei Stunden nach ihm ins Bett kommt, egal wie lang er auch aufbleibt. Sie braucht wenig Schlaf, aber er hat auch den Verdacht, dass sie erst dann ins Bett geht, wenn sie sich sicher sein kann, dass er schläft, um physischer Nähe aus dem Weg zu gehen.

Sie haben hin und wieder Sex, und der ist auch gut, trotzdem hat er das Gefühl, dass sie das nur macht, um ihn einigermaßen bei Laune zu halten. Als würde sie das auf einer mentalen Checkliste abhaken. Sie ist dabei nie wirklich bei der Sache. Jetzt liegt sie neben ihm, einen Stift zwischen den Zähnen und ein paar Dokumente auf den Knien. Nähe sieht anders aus.

»Aha?«, sagt er und gibt sich alle Mühe, keine spitze Bemerkung zu machen.

Er hat sich auf das gemeinsame Wochenende gefreut. Außerdem waren es doch gerade diese Parteitermine, an denen sie nicht teilnehmen wollte, aber selbst für sie scheinen nicht alle Vorsätze umsetzbar zu sein.

Clara ist für ihn immer ohne Fehl und Tadel gewesen, der

reinste Engel, doch in der letzten Zeit hat sein Bild von ihr etwas Trübes, Verschleiertes bekommen, ganz besonders nach dem Gespräch mit Maria.

»Das geht von Freitag bis Samstag«, sagt Clara. »Und du wirst mich in dieser Zeit nicht erreichen können. Das ist eine Klausurtagung, wir müssen sogar die Handys abgeben. Sie haben Angst, abgehört zu werden oder dass jemand irgendwelche Infos weitergibt.«

»Okay«, sagt er, obwohl das sein ungutes Gefühl nur noch verstärkt.

Er glaubt nicht an das, was Maria erzählt hat. Der Bruch mit dem Botschafter hat ihr sicher mental ziemlich zugesetzt.

Was die Jungs über Haavards Tod angedeutet haben, quält ihn viel mehr. Sie können ihre Mutter doch nicht für diesen Badeunfall verantwortlich machen? Er versteht, dass sie den Tod ihres Vaters betrauern, das tut auch er, aber es nützt nichts, diese Trauer gegen Clara zu wenden.

Bestimmt ist das eigentliche Problem, dass er zu viel Zeit zum Grübeln hat. Er muss endlich wieder arbeiten, dann wird alles einfacher werden. Jetzt ist der Kontrast zwischen Claras Arbeitsbelastung und seiner Langeweile als Hausmann einfach zu groß.

»Und noch etwas, das ich dir noch nicht erzählt habe«, sagt Clara und überrascht ihn mit ihrer Redseligkeit.

Er soll jetzt Interesse zeigen, obwohl sie sich noch immer auf ihre Dokumente konzentriert.

»Ich bekomme Stian zurück«, sagt sie. »Ich habe bei der Ministerpräsidentin persönlich darauf bestanden, und jetzt ist es mir auch gelungen, ihn zu überreden.«

»Ist das gut?«

»Sehr«, antwortet sie, sichtlich stolz. »Ich habe ihn in den letzten Tagen vermisst. Das Leben als Ministerin fühlt sich ohne ihn irgendwie seltsam an. Diese neuen Typen können ihm wirklich nicht das Wasser reichen.«

Er spürt einen Anflug der alten Eifersucht, die ihn instinktiv überkommen hat, als er Stian zum ersten Mal gesehen hat. Es hat ihm damals ganz und gar nicht gefallen, dass dieser Typ rund um die Uhr in Claras Nähe war.

Diese Einstellung hat sich im Laufe der Zeit geändert, insbesondere, weil Stian ihn nach Leifs Tod und Claras Zusammenbruch angerufen hat. Er hatte Hilfe mit den Jungs gebraucht, am besten von jemandem, der sie kannte. Natürlich war Axel direkt ins Vestland gefahren. Sie haben mehrere Tage gemeinsam auf dem Hof gewohnt, und Stian hat dabei einen wirklich soliden Eindruck gemacht. Gegen seinen Willen hat er den Mann zu mögen begonnen.

»Ich habe heute übrigens mit Maria zu Mittag gegessen, das ist die aus der Botschaft in Nairobi«, sagt er.

»Was? Ist sie hier in der Stadt?«, fragt Clara und sieht kurz zu ihm hinüber.

»Ja, ich glaube, die trennen sich bald.«

»Verstehe«, sagt sie und ist bereits wieder in ihren Unterlagen abgetaucht.

»Weißt du eigentlich, dass die beiden Geschwister sind? Sie und Stian?«

Clara legt die Dokumente neben sich auf die Decke.

»Echt? So was. Die Welt ist wirklich klein.«

»Vielleicht können wir sie mal gemeinsam zum Essen einladen?«

»Vielleicht, ja.«

»Du klingst nicht gerade begeistert«, sagt er. Ihr distanzierter Ton nervt ihn, dabei hat er das eigentlich nur vorgeschlagen, um ihre Reaktion zu checken.

»Ich weiß einfach nicht, ob das wirklich angemessen ist.«

»Mein Gott«, schnaubt er. »Der Mann hat im Vestland tagelang mit uns zusammengewohnt, wir waren die reinste Wohngemeinschaft.«

Sie seufzt.

»Das war bestimmt gegen die Vorschrift, aber ja, wir können gerne mal fragen, ob sie Lust haben.«

Sie richtet ihre Aufmerksamkeit wieder auf die Dokumente. Er sollte den Mund halten, vielleicht schlafen, aber irgendwie ist ihm plötzlich danach, sie herauszufordern und aus dem Gleichgewicht zu bringen.

»Maria hat gesagt, dass sie und Stian eine Flasche Wein getrunken und dabei über dich geredet haben.«

»Ach wirklich?«, sagt Clara. »Warum das denn?«

Die Worte sprudeln nur so aus ihm heraus, bevor er es bereuen kann. Dabei hat Maria extra betont, dass er das *niemandem* gegenüber erwähnen dürfe.

»Merkwürdig war nur, dass sie nichts Konkretes sagen, mich aber vor dir warnen wollte«, schließt er.

Clara legt Bericht und Stift auf das Nachtschränkchen und richtet sich auf. »Was genau hat sie gesagt?«

Jetzt überkommt ihn die Reue erst richtig. Warum hat er das alles in Gang gesetzt?

»Ich erinnere mich nicht. Aber viel war es nicht, das war ja das Geheimnisvolle. Ich fand das ziemlich unangenehm, aber ich hätte es dir nicht sagen sollen. Das war ein Fehler.«

Er hofft, dass sie Stian nichts davon erzählt. Tut sie das, würde Maria vermutlich davon erfahren, und dann wüsste sie von seiner Illoyalität. Die Konsequenzen wären sicher die reinste Hölle. Er muss wirklich lernen, den Mund zu halten und sich nicht immer zu verplappern.

Das Gespräch kommt wieder ins Stocken. Doch Clara

hat sich nach dem Terroranschlag verändert, sie ist härter geworden, noch abwesender. Aber vermutlich ist es nicht erstaunlich, dass ein solches Erlebnis einen mitnimmt. Sicher ist es gut, dass sie nach Hause gezogen sind, an seiner Einsamkeit hat das aber nichts geändert. Seine Kinder sind nicht bei ihm, Clara macht ihr eigenes Ding und ist für ihn mehr und mehr wie eine Fremde.

Überdies kann er sich jetzt nicht mehr damit trösten, dass alles besser wird, wenn sie erst wieder nach Hause ziehen.

41 – *Heier*

Im Netz ist kaum etwas über Stian Thorkildsen zu finden, was in Anbetracht seines Berufs nicht erstaunlich ist. Ein paar Sportergebnisse, die meisten in der Region Bergen, und der Vermerk der Übertragung einer Immobilie. Der Mann wohnt im Viertel Øvre Toppenhaug in Bærum.

Wer der Mann auf den Fotos ist, hat Erik Heier schon am Vortag nur eine halbe Stunde nach dem Anruf von seiner Quelle erfahren.

»Der Typ auf den Bildern heißt Stian Thorkildsen«, sagte Eriks Bekannter, nachdem er sich vergewissert hatte, dass das Gespräch und sein Inhalt vertraulich bleiben würden. »Er hat früher als Leibwächter beim Polizeilichen Sicherheitsdienst PST gearbeitet, ist da jetzt aber nicht mehr.«

»Vielen Dank. Du weißt nicht zufällig, wo er jetzt ist und was er aktuell arbeitet?«

»Leider nein. Das musst du selbst herausfinden.«

Erik hatte sich noch einmal bedankt und dann aufgelegt.

Etwas sagt ihm, dass er den ehemaligen Leibwächter persönlich aufsuchen sollte, am besten bei ihm zu Hause, auch wenn es keine Garantie dafür gibt, dass er ihn dort antrifft. Er hat keine Lust, Beumann zu informieren, schließlich arbeiten sie an dem Sabiya-Fall und nicht am Clara-Lofthus-Porträt. Jedenfalls noch nicht.

Er geht in die Garage und fährt mit dem Wagen über den Ring in Richtung Westen. In Majorstua biegt er in Richtung Røa und Holmenkollen ab und fährt dann über den Griniveien weiter nach Westen. Die Gegend wird immer ländlicher. Felder und Golfplätze säumen die Straße. Er passiert die Kirche von Haslum und biegt dann in Richtung Steinshøgda ab. Von dort sind es nur noch fünf Minuten bis Øvre Toppenhaug. Das Viertel besteht aus einfachen, eng stehenden Häusern mit spektakulärer Aussicht.

Er muss den Wagen auf einem Gemeinschaftsparkplatz ein paar Hundert Meter vom Haus entfernt abstellen. Die Hausnummern sind verwirrend, aber schließlich findet er das graue Reihenhaus, das vermutlich irgendwann in den 80ern gebaut worden ist. Blaue Fensterrahmen, Mülleimer neben dem Eingang und ein paar Töpfe mit Stiefmütterchen. Alles sehr norwegisch, sehr gewöhnlich, langweilig. Er klingelt, und ein etwa zwölfjähriges Mädchen öffnet ihm.

»Hallo, ist dein Papa zu Hause?«, fragt er so freundlich wie nur möglich. Das Mädchen sieht ihn trotzdem skeptisch an. Ein etwa gleich großes Mädchen, das dem ersten ähnlich sieht und doch eine ganz andere Ausstrahlung hat, erscheint im Türrahmen.

»Ich glaube, er kommt gleich«, sagt das zweite Mädchen.

»Psst«, zischt die erste.

»Das ist doch nicht geheim«, erwidert die andere.

»Wir sollen doch nicht mit Fremden reden, das weißt du!«

»Danke für eure Hilfe«, sagt Erik, hebt die Hand und geht wieder zurück auf die Straße. Er zieht sich besser zurück, er will ja hier keinen Krieg auslösen. Ob sich Clara Lofthus' Zwillinge ebenso streiten wie diese beiden?

Er sieht auf die Uhr. Es ist 15:30 Uhr. Dann setzt er sich

auf einen Stein am Straßenrand und hält Ausschau nach Stian Thorkildsen.

Hundert Meter entfernt malen vier Kinder mit Kreide Himmel-und-Hölle-Kästchen auf die Straße. Der Anblick erfüllt ihn mit Nostalgie. Sonst ist niemand zu sehen.

Um 16:10 Uhr sieht er den Leibwächter mit der Anzugjacke über der Schulter die Straße hochkommen. Er geht dem Mann entgegen.

»Stian Thorkildsen?«, fragt er. »Haben Sie einen Augenblick?«

»Wofür?«, fragt Thorkildsen wachsam.

»Mein Name ist Erik Heier, und ich bin Journalist. Ich mache einen Podcast über Clara Lofthus.«

Die nächste Lüge. Was macht er da eigentlich?

Thorkildsen mustert ihn aufmerksam.

»Da Sie für sie gearbeitet haben, als Lofthus das erste Mal Ministerin war, würde ich gerne mit Ihnen reden. Wie war das damals?«

Er hat sich alle Fragen beim Warten zurechtgelegt, doch jetzt hören sie sich nicht mehr so gut an. Stian schüttelt den Kopf.

»Ich muss weiter. Meine Kinder warten auf mich.«

Der Mann beginnt, in Richtung Haus zu gehen. Mist, er darf ihn jetzt nicht verlieren.

»Das verstehe ich, aber vielleicht können wir ein Treffen vereinbaren? Gerne in der Stadt, wenn das für Sie passt? Wie wäre es gleich morgen, am Freitag?«

»Das ist keine gute Idee«, sagt Stian und sieht ihn an. »Wie Sie wissen, habe ich damals für den PST gearbeitet. Ich unterliege der Schweigepflicht, ich darf nicht mit der Presse reden.«

»Das weiß ich, aber Sie arbeiten doch nicht mehr als Leibwächter? Wie gesagt, ich möchte nur ganz allgemein mit Ihnen reden und Ihnen keine Geheimnisse entlocken.«

»Tut mir leid, das geht nicht«, sagt Thorkildsen, öffnet die Tür und verschwindet nach drinnen.

42 – *Clara*

Seit der Ernennung ist eine Woche vergangen. Heute Nachmittag soll ich Stian am Parkplatz treffen, aber vorher wartet noch ein langer Arbeitstag.

Bei dem schon jetzt übervollen Kalender mit den unterschiedlichsten Anfragen und der Masse an Arbeitsunterlagen wird mir beinahe schwindelig, aber ich darf mich nicht verrückt machen lassen. Dieses Mal muss ich mein Ziel im Auge behalten, dieses Mal muss ich es hinbekommen.

In den letzten Tagen bin ich zwischen den unterschiedlichsten Abteilungen hin- und hergelaufen und habe an viele Türen geklopft. Ich habe allen dieselben Fragen gestellt, Fragen, die ich mir gewünscht hätte, als ich selbst noch Sachbearbeiterin war: Was halten Sie im Augenblick für das Wichtigste? Wofür brennen Sie? Was sollte ich angehen? Wie können wir etwas Gutes bewirken?

Ich habe einen linierten Notizblock mit blauem Umschlag dabei, wie ihn alle Mitarbeiter haben, und habe mir in jedem Büro Stichpunkte notiert, in einigen mehr, in anderen weniger.

Ich habe niemandem vorher gesagt, dass ich komme. Anfangs zeigten die Gesichter große Überraschung, aber das Gerücht, dass ich die Runde mache, hat sich so schnell verbreitet wie die Waldbrände, für deren Bekämpfung ich als Staatssekretärin so viel Aufmerksamkeit bekommen habe.

Die überraschten Gesichter sind mit der Zeit weniger geworden, die Büros wurden immer aufgeräumter, und die Mitarbeiter trugen bessere Kleider. Viele Frauen hatten sich extra sorgsam geschminkt.

Heute besuche ich Nummer 10, eine dünne, aktive Frau mit roten Locken. Auf dem Tisch vor ihr wartet bereits ein Ausdruck mit den wichtigsten Punkten. Nach dem Gespräch beschließe ich, dass dies mein letzter Besuch war. Einen ersten Eindruck, was meine Kolleginnen und Kollegen für wichtig halten, habe ich ja bekommen.

Zwischen all den Terminen versuche ich, mir einen Überblick über die Aktivitäten des Parlaments zu verschaffen, doch die Informationen sind so umfangreich, dass ich nur einen Bruchteil davon lesen kann. Ich muss Prioritäten setzen und zuerst die Zusammenfassungen lesen.

Aber mein Blick ist schärfer geworden, und ich sehe die Dinge und Zusammenhänge klarer als früher. In meiner letzten Amtszeit habe ich mich nur auf das Kinderschutzgesetz und meine eigene Abteilung konzentriert, sodass ich nie das ganze Bild gesehen habe. Dieses Mal habe ich in guten Momenten das Gefühl, ein Adler zu sein, der über der Justizlandschaft schwebt. Eine Scheune hier, ein Unterschlupf da, diverse Produktionsstätten und ein Stall; alles ist irgendwie miteinander verbunden und bildet ein Reich. Ich muss vieles im Blick behalten, mich um vieles kümmern, der Hof ist wirklich groß.

Ein Vater, der seinen Sohn nicht sehen darf, eine Frau, die sich nicht aus dem Haus wagt, weil sie Angst vor ihrem Sohn hat, gemeinsam bilden die Menschen mit ihren Problemen die große Landschaft, die wir Justiz nennen. Viele Menschen erachten das für langweilig, aber das Gegenteil ist der Fall. Es geht nicht nur um Paragrafen und trockene Gesetze, es geht um das Leben der Menschen, um richtig und falsch, Gut und Böse. Es geht darum, die Lebensqualität der Menschen zu verbessern.

Für all das steht nur wenig Zeit zur Verfügung, sodass ich jede Stunde nutzen muss, jeden Tag so angehen, als wäre es der letzte. Viele der Themen sind interessant. Und trotzdem bin ich wegen meines Kinderschutzgesetzes und des dazugehörigen Maßnahmenpaketes hier. Ich sehe auf die Uhr. 11:50 Uhr. Zehn Minuten bis zum nächsten Termin. Da kann ich noch kurz in der Kommunikationsabteilung vorbeigehen.

Es fühlt sich gut an, Sachbearbeiter aufzuschrecken, die nicht mit dem Besuch ihrer Ministerin rechnen. Dieses Mal funktioniert es sogar perfekt. In meiner letzten Amtszeit waren es die Leute gewohnt, mich zu sehen. Ich war eine von ihnen, hatte an Weihnachtsfesten und allgemeinen Sitzungen teilgenommen. Dieses Mal haben mich viele noch nie gesehen, die meisten sind in diese Abteilung gekommen, als ich noch in Afrika war.

Im Vorbeigehen spreche ich zwei Menschen an, die in der Teeküche herumhängen. Sie zucken zusammen, murmeln einen Gruß und hasten zu ihren Arbeitsplätzen.

Ich klopfe an die Tür des größten Büros, öffne sie und sehe, wie der Kommunikationschef in aller Eile etwas wegklickt. Ich ziehe den Besucherstuhl heran und setze mich, ohne ihn zu fragen, ob das in Ordnung ist.

»Ich möchte, dass Sie jetzt sofort die Nachrichtenredaktion des NRK anrufen«, sage ich. »Sie können denen eine persönliche Einschätzung versprechen.«

Er notiert sich etwas, wirkt aber widerwillig, als hätte er die innere Handbremse angezogen.

»Danach bereiten Sie die nächste Stellungnahme vor. Das

wird wichtig. Ich werde den Polizeidirektor in die Schranken weisen.«

»Sie vergeuden wirklich keine Zeit«, sagt er trocken. Eigentlich seine ersten Worte an mich.

»Das sollten Sie auch nicht«, sage ich und gehe wieder.

43 – *Heier*

Als Erik Heier am Freitag um 17:00 Uhr das fancy Anwaltsbüro von Marion Høivoll betritt, klingelt sein Telefon. Eine unterdrückte Nummer.

Aus Erfahrung weiß er, dass solche Anrufe meistens ziemlich interessant sind.

So auch dieses Mal.

»Stian Thorkildsen«, sagt die Stimme am anderen Ende. »Wir haben uns gestern kurz gesprochen.«

»Ja«, erwidert Erik und spürt, wie sein Körper sich anspannt.

»Ich habe nachgedacht«, sagt Thorkildsen. »Vielleicht können wir doch miteinander reden, dann aber unter meinen Prämissen und komplett *off the record*.«

»Das ist in Ordnung«, sagt er.

»Ich habe gelesen, dass Sie gerade an einem Podcast über Sabiya Rana arbeiten. Darum soll es gehen, nicht um irgendein Porträt über Clara Lofthus.«

»Das ist für mich auch okay«, sagt er und versucht nachzudenken. Was kann das zu bedeuten haben?

»Ganz oben im Schlosspark gibt es einen Aussichtspunkt mit Blick über das Nationaltheater. Da stehen ein paar Bänke. Kommen Sie am Sonntag um 20:00 Uhr dahin.«

»Danke«, sagt Erik und legt gut gelaunt auf.

In der Kanzlei scheinen bereits alle außer Høivoll gegangen zu sein. Sie lehnt wartend und mit verschränkten Armen an der Tür der Rezeption.

»Sorry, ich habe noch einen Anruf erhalten, den ich annehmen musste«, sagt er.

»Aber jetzt sind Sie bereit?«, fragt sie etwas spitz.

Marion Høivoll ist eine der toughsten Anwältinnen der Stadt. Sie ist scharfsinnig, furchtlos, schlagfertig und nimmt überdies am öffentlichen Leben der Stadt teil. In der Regel muss man die richtigen Leute kennen, um sie beauftragen zu können. Trotz der späten Stunde wirkt sie gepflegt und trägt teure Kleider. Dunkle, lockige Haare und perfekt lackierte, rote Nägel. Es wäre einfach, aber dumm, sie zu unterschätzen.

Er hat bereits ein vollkommen sinnloses Treffen mit Sabiyas erstem Anwalt, Due-Salomonssen, hinter sich, der keine Spur von Scham oder Reue gezeigt hat, dass es seiner Nachfolgerin gelungen war, Sabiya aus dem Gefängnis zu holen, während er selbst nichts zustande gebracht hatte. Im Gegenteil, der arrogante Kerl hat durchblicken lassen, dass er von Ranas Schuld überzeugt war.

Høivolls Büro ist groß, stilvoll und mit einer hellen Sitzgruppe, einem riesigen, gläsernen Schreibtisch und einem Kronleuchter eingerichtet. Nicht sein Geschmack, aber topmodisch. Alles ist aufgeräumt und sauber und damit relativ unpersönlich. An einer Skulptur der Justitia, die auf dem Schreibtisch steht, lehnt eine Postkarte, vermutlich aus Frankreich. Sandfarbene Häuser mit taubenblauen Fensterläden, umrahmt von grünen Olivenbäumen.

»Sabiya Rana hatte mehr als nur Pech«, beginnt Høivoll. »Erst wurde sie vollkommen wider das Gesetz für Verbrechen eingesperrt, die sie nicht begangen hatte, und dann bekam sie auch noch einen unfähigen Anwalt zugeteilt, der ihr kein Wort geglaubt hat. Ich freue mich, dass ich sie aus dem Gefängnis holen konnte. Aber leider war ihr das Glück danach auch nicht gerade hold.«

»Wie sind Sie in Kontakt miteinander gekommen?«

»Victoria, eine andere Mandantin von mir, saß gemeinsam mit ihr in Bredtveit ein. Sie haben sich angefreundet, und Sabiya hat sich ihr anvertraut. Victoria war gleich klar, dass Sabiya eine neue Anwältin braucht. Sie hat uns beide miteinander verknüpft.«

Das muss die Freundin sein, von der Roger gesprochen hat. Er will Høivoll aber erst ausreden lassen, bevor er nachfragt.

»Sabiya war verzweifelt. Niemand wollte ihr zuhören«, sagt Høivoll. »Sie war so erleichtert darüber, dass ich ihr geglaubt habe, dabei spielt das ja eigentlich gar keine Rolle. Ein guter Anwalt fragt nie danach, ob sein Mandant schuldig ist oder nicht. Man konzentriert sich einzig auf die bestmögliche Verteidigung.«

»Verstehe«, sagt er. Viele Anwälte unterstreichen diesen Punkt. »Warum hatten Sie den Eindruck, dass niemand ihr glaubte? Bei ihrem Background war sie doch eigentlich eine Person mit hoher Glaubwürdigkeit?«

Høivoll denkt einen Moment nach.

»Vielleicht, weil sie so wütend war und den Eindruck erweckte, als hätte sie sich nicht mehr unter Kontrolle. Die Menschen mögen keine emotionalen Ausbrüche, und das gilt vor allem für wütende Frauen, die machen ihnen Angst. Dabei war Sabiya ja nur so außer sich, weil sie unschuldig war.«

»Sie haben eben gesagt, dass es für Sie keine Rolle spielt, ob jemand schuldig ist oder nicht.«

Sie nickt.

»Das stimmt, aber in diesem Fall hatte ich wirklich den Eindruck, dass Sabiya Opfer eines Justizirrtums war. Dass ihr da jemand etwas anhängen wollte. Und genau das hat mein Interesse geweckt. Ich habe nach dem einen entscheidenden Punkt gesucht, der die ganze Argumentationskette zum Einsturz bringen würde, mehr braucht es in der Regel nicht. Und der war in diesem Fall lächerlich leicht zu finden.«

»Was war das?«, fragt er.

»Das dritte Opfer, das sie getötet haben soll, eine Frau, wurde zu Hause in ihrer Badewanne erschossen. Bei dem Opfer wurden Haare von Sabiya gefunden, darauf hatte die Staatsanwaltschaft die ganze Anklage aufgebaut. Aber diese Haare sind da platziert worden.«

»Wie meinen Sie das?«

Sie holt tief Luft.

»Die Haare sind nicht von Sabiyas Kopf in die Badewanne von Susanne Stenersen gefallen. Das konnten wir beweisen, denn das waren alte, tote Haare mitsamt eingetrockneten Wurzeln. Jemand muss die aus einer Bürste oder so genommen haben. Ergo mussten die Haare platziert worden sein.«

Er versucht nachzudenken.

»Das ist doch unglaublich.«

Sie nickt.

»Die Polizei wurde manipuliert. Wie gesagt, der reinste Justizmord.«

Høivoll weiß, den Fall in Szene zu setzen. Vielleicht tritt sie so ja auch vor Gericht auf.

»Und diese Platzierung von Beweismitteln ist der alles entscheidende Punkt. Jemand wollte, dass Sabiya schuldig gesprochen wird, und hat bewusst darauf hingearbeitet. Das ist ziemlich aufsehenerregend.«

»Mein Gott«, sagt er. Das ändert den ganzen Fall. »Wer könnte dahinterstecken?«

Sie zögert etwas, wirkt für einen Moment fast schuldig, als würde sie lügen.

»Wenn man das wüsste. Ich bin mir auf jeden Fall sicher, dass diese drei Menschen nicht von Sabiya Rana getötet wurden. Der Täter hat seine Opfer mit Sabiyas Waffe erschossen und ihr die Schuld in die Schuhe geschoben. Die Person muss ziemlich klug und gerissen sein und zudem Zugang zu Sabiyas Pistole gehabt haben.«

»Glauben Sie, dass die Person, die hinter den drei früheren Morden steht, auch Sabiya getötet hat?«

»Ja«, sagt Høivoll und nickt. »So muss es gewesen sein.«

»Warum steht nirgendwo etwas von der Platzierung von Beweismitteln?«, fragt er. »Stattdessen wird in den Akten nur auf irgendwelche kryptischen Indizien hingewiesen.«

Sie seufzt.

»Die Polizei hält die Sache wie so oft unter Verschluss. Der Fall ist ihnen peinlich. Soweit ich weiß, wurde damals nur öffentlich, dass Sabiya aufgrund der neuen Beweislage entlassen wurde. Es gab keinerlei Beweise gegen sie, sieht man einmal von diesen Haaren ab. Und als die sich als falsch erwiesen haben, hatten sie keine Argumente mehr.«

Høivoll hätte das alles trotzdem publik machen können. Vielleicht sollte er sie damit konfrontieren, andererseits könnte sie dann eingeschnappt reagieren und nichts mehr sagen.

»Könnte Sabiyas Ehemann die Beweise gegen sie platziert haben?«, fragt er stattdessen.

Er hat nach Lofthus' Anruf viel über Sabiyas Ehemann nachgedacht.

»Für ihn wäre es ein Leichtes gewesen, an diese Haare zu

kommen«, fügt er hinzu. »Und er wirkt wie ein intelligenter Mann, der sich mit DNA und so auskennt. Außerdem hatte er ja vermutlich Zugang zu Sabiyas Waffe.«

»Das ist möglich«, sagt die Anwältin, sie scheint sich aber nicht wirklich für Sabiyas Mann zu interessieren.

»Wie hat Sabiya auf die Entlassung reagiert?«

»Sie konnte es nicht glauben«, sagt Høivoll. »War außer sich vor Freude, ihre Familie wiederzusehen, und dann natürlich am Boden zerstört, als die nichts mit ihr zu tun haben wollten.«

In der letzten Zeit hat er immer öfter an Formulierungen gedacht, die für den Podcast geeignet sind, an Musik oder Hintergrundgeräusche. In dieser Episode wäre der Gerichtshammer sicher passend, das Zufallen von Zellentüren oder Schritte auf langen Gefängnisfluren.

»Sie haben anschließend mit ihr gesprochen?«

Ein trauriger Zug huscht über das Gesicht der Anwältin.

»Ein- oder zweimal, ja. Ich hätte vielleicht besser auf sie aufpassen sollen, aber sie wollte keine Hilfe, und ich bin ja keine Sozialarbeiterin. Das heißt, eigentlich bin ich das schon. Mit ziemlich fettem Honorar.«

Es ist immer dieselbe Geschichte, denkt er. Chef, Kollegen, Anwälte, alles wohlmeinende Menschen, die sie in gewisser Weise aber verraten und weggeschaut haben. Sie alle meinten, dass sie allein klarkommen oder von jemand anderem Hilfe bekommen müsse. Es ist provokant, aber der Titel des Podcasts könnte wirklich lauten: Sabiya – von allen verraten.

Er muss Sabiya auf jeden Fall zu der Gerechtigkeit verhelfen, die sie verdiente.

»Ich habe sie aus dem Gefängnis geholt«, sagt die Anwältin. »Anschließend hätte sie Freunde und Familie gebraucht, aber stattdessen haben ihr alle die Tür vor der Nase zugeknallt. Ich glaube, dass sie deshalb aufgegeben hat.«

»Haben Sie in all diesen Jahren nach ihr gesucht?«

Er sieht deutlich, dass ihr die Frage nicht gefällt, ihre Antwort klingt trotzdem sicher und selbstbewusst, und das wird man auf der Aufnahme hören.

»Wir beide haben das getan, Victoria und ich, aber Sabiya war wie vom Erdboden verschluckt. Wir haben befürchtet, dass ihr etwas Schreckliches passiert ist, und das hat sich jetzt ja auch bestätigt. Jemand wollte, dass Sabiya ein Leben lang für etwas büßt, was sie nicht getan hat, aber das hat dieser Person allem Anschein nach nicht gereicht, und sie hat ihr das Leben genommen.«

»Diese Victoria, die Sie mit Sabiya in Verbindung gebracht hat, wie können wir die erreichen?«

Eine kleine Pause entsteht. Høivoll ist die Sache sichtlich unangenehm.

»Können wir das ausschalten?«, fragt sie und zeigt auf das Aufnahmegerät.

Er nickt und unterbricht die Aufnahme. Die Anwältin stützt das Gesicht für einen Moment in die Hände und reibt sich die Wangen, ehe sie weiterspricht.

»In den letzten Jahren ist es für Victoria nicht gerade gut gelaufen.«

»Wie meinen Sie das?«

Sie antwortet nicht, sieht betroffen aus. Er hält die Luft an. Ein Gespräch mit der Frau, der sich Sabiya kurz vor Ende ihres Lebens anvertraut hat, könnte der eigentliche Durchbruch sein.

»Ich bin mir nicht sicher«, sagt Høivoll schließlich. »Es ist eine Weile her, dass ich Kontakt mit ihr hatte. Da hat sie als Prostituierte in einer Art Wohnkomplex gearbeitet. Ich habe versucht, sie da rauszukriegen, aber es war hoffnungslos.«

44 – *Clara*

Es ist kurz nach halb sechs, und ich warte bereits, als Stian auf den Solsnulia-Parkplatz am Rand der Nordmarka fährt und den Wagen abstellt. Er ist leger gekleidet: Outdoorhose, Fleecejacke, Goretex-Schuhe und ein abgewetzter, grüner Rucksack, der so alt ist, dass er ihn geerbt haben muss.

»Wie bist du denn hergekommen?«, fragt er.

Die einzigen anderen Autos auf dem großen Parkplatz sind ein knallgrüner Transporter und ein nagelneuer, metallisch blau glänzender Pick-up. Er hält es offensichtlich für unwahrscheinlich, dass ich einen davon gefahren habe.

»Ich bin gebracht worden«, sage ich.

Er nickt, fragt nicht, wer mich an diesem Freitagabend hierhergefahren hat. Axel? Der Fahrdienst? Oder sonstwer?

In Wahrheit bin ich zu Fuß durch den Wald gekommen. Ich treffe Stian nur, um ein für alle Mal zu erfahren, wo er wirklich steht, ich will aber trotzdem nicht, dass jemand mitbekommt, dass wir zusammen in die Hütte gegangen sind. Das muss weder der PST noch Axel wissen.

»Warst du hier schon mal?«, fragt er.

»In der Marka schon, vor allem im Winter, aber nicht in dieser Gegend. Hast du die Hütte gekauft?«

Er schüttelt den Kopf.

»Meine Großeltern haben die gebaut. Dann haben meine Eltern sie übernommen und vor ein paar Jahren ich.«

»Vererbt wie ein Hof«, sage ich.

Er lächelt.

»Meine Eltern nutzen sie hin und wieder noch. Sie haben ihr Haus verkauft und sind in eine Wohnung gezogen. Das ist also unser gemeinsamer Ort, der einzige mit einer gewissen Tradition und Geschichte. Bei einem Hof ist das sicher ein bisschen anders.«

Ich nicke. Der Vergleich hinkt wirklich.

»Ein Hof ist wie ein eigenes Universum, ein eigenes Königreich. Meine Urgroßeltern haben das jetzige Wohnhaus gebaut, aber der eigentliche Hof ist seit 1766 im Besitz der Familie.«

»1766. Das ist ja eine Ewigkeit. Du hast gesagt, dass du schon lange nicht mehr da warst?«

»Das letzte Mal bei der Beerdigung.«

»Mein Gott«, sagt er und bleibt für einen Moment stehen. »Dabei hängst du doch so an dem Ort. Vermisst du es nicht, dort zu sein?«

»Die ganze Zeit, mehr als alles andere.«

Als ich das laut ausspreche, spüre ich, wie wahr es ist und wie weh es tut.

Dass wir in Norwegen geblieben sind, hat vor allem mit dem Hof zu tun, aber die Tage waren bisher so voller Arbeit, dass ich nichts unternehmen konnte. Plötzlich ist alles wieder da. Die Seilrutsche, die Gondel, der Ausverkauf des Landes. Es brennt da im Westen.

Stian bricht einen hellgrünen Tannentrieb ab und isst ihn. Dann nimmt er den nächsten und reicht ihn mir. Ich beiße hinein, er schmeckt säuerlich und etwas bitter.

»Ich empfinde eine solche Liebe für den Hof, fast schon so wie die Liebe zu meinen Kindern. Oder zu Eltern, die man liebt.«

Natürlich bewege ich mich da auf dünnem Eis. Denn was empfinde ich für die Jungs? Ich weiß es nicht mehr. Und meine Mutter hat mich vermutlich niemals geliebt, und ich sie auch nicht.

»Der Hof ist ein Kind, das nie älter wird, das kontinuierlich Pflege und Aufmerksamkeit braucht, wie ein hilfsbedürftiger Gefangener.«

So etwas hätte ich niemals zu Axel gesagt. Ich glaube, ich habe kein einziges Mal mit ihm über Agnes oder den Hof geredet. Der Gedanke liegt nahe, dass es daran liegt, dass Stian so speziell und so ein guter Zuhörer ist, aber vielleicht hat es gar nicht so viel mit ihm zu tun? Vielleicht ist es einfach leichter, mit jemandem zu reden, mit dem man nicht Tisch und Bett teilt. Finanzen und Verantwortung.

Ich will nicht über die Angst reden, die es mir macht, dass Agnes den Hof an sich gerissen hat. Nicht mehr, als ich es schon getan habe. Es gibt keine Worte dafür.

Stian führt mich durch eine Art Urwald aus den unterschiedlichsten Bäumen. Nach einer Weile kommen wir an einem großen Ameisenhaufen vorbei, einem der größten, die ich je gesehen habe.

»Es ist nicht mehr weit«, sagt Stian, als wir einen hübschen kleinen Teich erreichen.

Irgendwie passiert immer etwas mit mir, wenn ich Wasser sehe, egal ob das offene Meer, ein Fjord oder ein See. Ja, sogar bei einem kleinen Weiher wie hier.

»Das ist der Solsnutjern. Unsere Hütte heißt Solsnubu.«

»Keine schlechte Lage«, sage ich, und er nickt stolz.

»Meine Großeltern hatten mit diesem Stück Land wirklich Glück.«

Gleich darauf erreichen wir eine kleine, schwarz gebeizte Hütte mit weißen Fenstereinfassungen und Grasdach.

Vor dem Haus ist eine hölzerne Terrasse, darauf stehen eine Feuerschale, ein paar polsterlose Stühle und ein Tisch. Die Möbel sind grün gestrichen, das Holz ist schwarz gebeizt. Ich sehe durch eines der kleinen Fenster. Wände aus groben Balken, rote Hüttenmöbel und eine Paraffinlampe. Eine klassische norwegische Waldhütte.

»Guck mal«, sagt er und zeigt auf eine Tür hinter der Hausecke. »Eine alte Sauna, die steht hier schon so lange wie die Hütte. Wir können die später ausprobieren, dann kannst du dich anschließend im Weiher abkühlen. Als ich letztes Wochenende hier war, trieb noch ein Rest Eis auf der Oberfläche, das Wasser sollte also frisch sein, obwohl es schon Mai ist.«

Wir beide, nackt oder halbnackt in der Hitze der Sauna, weit entfernt von jedem anderen Menschen?

Axel würde das gar nicht gefallen, das ist sicher.

Andererseits gibt es zweifellos eine Anziehung zwischen Stian und mir, von Anfang an, obwohl wir beide nicht zu Untreue neigen. Wir waren uns nah, wenn auch nicht physisch. Axel und ich sind erst danach eine Art Paar geworden.

Stian ist attraktiv, wenn auch auf etwas robuste, braun gebrannte, zähe Art. Er ist so anders als die Männer aus dem Westen von Oslo, mit denen ich mein Leben geteilt habe. Außerdem hat er mich in all den Jahren beschützt. Ich weiß nicht wirklich, wo er steht, spüre aber, dass ich bei ihm Wärme und Fürsorge finden kann. Das alles hat ihm einen speziellen Platz in meinem Herzen gesichert. Doch da ist neuerdings auch eine unerklärliche, ungewohnte und störende Spannung zwischen ihm und mir.

»Lass uns zuerst etwas essen«, sagt er, nimmt bereits geschnittenes Wildfleisch aus einer Box, dazu fertig gehackte Zwiebeln und Paprika. Er hat auch Sahne und Pilze mitgebracht und legt sofort los. Ich weiß noch, dass er damals, als er bei uns auf dem Hof gewohnt hat, einen Tag nach dem anderen eine fürstliche Mahlzeit gezaubert hat. Er hat alles versucht, damit ich etwas aß. Zwei Monate nach Papas Tod war ich nur noch Haut und Knochen.

»Öffnest du eine Flasche Wein für uns?«, fragt er und nickt in Richtung der Ripasso-Flaschen auf der Anrichte. Ich nicke, entkorke eine Flasche und gieße uns ein.

Dann räuspere ich mich. Es ist an der Zeit, der Wahrheit ins Auge zu schauen.

»Hast du schon was von diesem Podcast mitbekommen, den Erik Heier macht?«

Er nickt und seufzt.

»Er hat gestern mit mir Kontakt aufgenommen. Wollte mit mir reden. Ich habe ihm gesagt, dass ich keine Zeit habe.«

»Was?«, frage ich überrascht. »Er hat mit dir Kontakt aufgenommen?«

»Ja, klar«, sagt er. »Er hat vor meinem Haus gewartet. Ich habe ihn natürlich abblitzen lassen, ich darf ja gar nicht mit Journalisten reden. Außerdem hat er gelogen und vorgegeben, ein Porträt über dich zu machen, als wüssten nicht alle, dass er an diesem Sabiya-Rana-Fall arbeitet.«

Er hat sich eine Schürze umgebunden und rührt in der Pfanne, strahlt aber trotzdem Souveränität aus.

Was er über Erik Heier sagt, ist im höchsten Maße beunruhigend.

»Es gibt etwas, das ich dir sagen will. Und das ist eigentlich auch der Grund, warum wir hier sind«, sagt er. »Du musst wissen, dass diese Sache mich seit fünf Jahren jeden Tag aufs Neue quält. Es war dumm von mir, dass ich damals den Richter gespielt habe. Ich hätte mir meiner Verantwortung bewusst sein sollen.«

Seiner Verantwortung bewusst. Wäre es nicht so unangenehm, würde ich über die Formulierung lachen.

»Ich stehe zu meinem Wort und werde schweigen. Und ich bleibe dabei, dass ich damals die richtige Entscheidung getroffen habe. Aber ich habe mich über alle Vorschriften hinweggesetzt, über all die Prinzipien, die mir wichtig sind, und Versprechen gebrochen, die ich gegeben habe. Damit muss ich leben. Diese Gedanken kamen wieder zurück, nachdem Sabiya gefunden wurde.«

Ich trinke einen Schluck Wein und frage mich, worauf er hinauswill.

»Entspann dich, ich kann das jetzt gar nicht mehr melden. Schon aus Eigeninteresse. Das würde mein Leben zerstören und damit auch das Leben meiner Kinder. Außerdem mag ich dich.«

Ich versuche zu lächeln, es wird aber wohl ziemlich steif. Stian stellt den Wildschmortopf, Reis und Salat auf den Tisch.

»Jetzt aber genug zu dem Thema«, sagt er und prostet mir zu. »Ab jetzt bin ich bereit für einen netten Abend mit der Frau Ministerin.«

Die letzten Worte stimmen mich milde, und trotzdem. Ich werde nicht wirklich klug aus diesem Mann.

45 – *Heier*

Marion Høivoll kommt zurück, nachdem sie Victoria angerufen hat.

»Sie will nicht mit Ihnen sprechen.«

»Das ist schade«, sagt Erik. »Waren Sie mal an dem Ort, an dem sie arbeitet?«

»Mehrmals. Ich habe sie angefleht, dort aufzuhören, aber sie wollte nicht. Eigentlich will sie überhaupt nichts mehr mit mir zu tun haben. Aus ihrer Sicht bedränge ich sie nur.«

»Verstehe«, sagt er. »Sie wissen also, wo ich sie finden kann?«

Høivoll sieht ihn schockiert an.

»Sie können da nicht einfach auftauchen. Alle Vereinbarungen mit Kunden laufen über das Internet.«

Eigentlich ist es geradezu komisch, dass sie so bestürzt auf den möglichen Bruch einer illegalen Sex-Routine reagiert.

»Außerdem will sie nicht mit Ihnen reden«, fügt die Anwältin hinzu.

»Geben Sie mir die Adresse, der Rest unterliegt dann einzig und allein meiner Verantwortung«, sagt er. »Ich muss irgendwie versuchen, mit ihr zu reden, ich kann diese Möglichkeit nicht einfach so abschreiben.«

Zum ersten Mal im Laufe des Gesprächs wirkt Marion Høivoll verunsichert.

»Okay«, sagt sie schließlich. »Es ist ein Haus in der Stensberggata.«

Er bekommt die Hausnummer und Victorias Zimmernummer, bevor Høivoll ihn nach draußen begleitet.

»Auf den Straßen sind heutzutage viel weniger Prostituierte«, sagt sie und drückt den Knopf des Fahrstuhls. »Die meisten Aktivitäten finden in irgendwelchen Wohnungen im Zentrum statt. Oder in Hotelzimmern. Einige bieten *outcalls* an, bei denen der Kunde sich um den Ort kümmert. Aber wenn die Frauen zu den Kunden fahren, gehen sie damit ein hohes Risiko ein. Die Sicherheit kann da nicht garantiert werden.«

Vielleicht wäre das ein Thema für einen späteren Podcast, denkt er. Direkte Einblicke ins Innere des Osloer Prostitutionsmilieus könnten wirklich interessant sein.

»Das hat sich alles verändert, nachdem das Gesetz zum käuflichen Sex verabschiedet wurde. Es ist noch immer erlaubt, Sexdienstleistungen anzubieten, man kann das sogar als Gewerbe anmelden und Steuern zahlen. Aber es ist verboten, Sexdienstleistungen in Anspruch zu nehmen. Deshalb findet das heute alles im Verborgenen statt. Und folglich ist es viel schwieriger zu kontrollieren, ob die Frauen das freiwillig machen, ob sie gesund sind und ob ihre Rechte gewahrt werden.«

»Sie sind gegen das Gesetz?«

»Richtig«, sagt sie mit hörbarer Verachtung. »Es widerspricht dem Recht auf Selbstbestimmung über den eigenen Körper, ein Recht, das auch für diejenigen gelten sollte, die ihre Körper und ihre Sexualität anders nutzen, als wir es für gut befinden. Sonst ist so ein Gesetz nichts wert.«

»Sie sind liberaler, als ich gedacht hätte.«

Sie schüttelt irritiert den Kopf.

»Ich bin einfach nur auf der Seite der Frauen. Sie kommen noch einmal vorbei und erzählen mir, wie es gelaufen ist, ja? Ich hole mir was zu essen und gehe dann wieder ins Büro.«

Er nickt. Marion Høivoll sieht ihn kritisch an.

»Sie dürfen nicht vergessen, dass Victoria drogenabhängig ist. Sie ist intelligent, hätte es weiter schaffen können als wir beide, wenn sie anders mit ihrem Leben umgegangen wäre. Aber jetzt verkauft sie ihren Körper für Drogen und Geld. Das ist die bittere Wahrheit. Erwarten Sie bloß nicht irgendwelchen Glamour.«

»Ist schon gut«, sagt er. »Ich bin auch nicht von gestern.«

46 – *Clara*

Wir sitzen vor dem Kamin, trinken starken, schwarzen Kaffee und warten darauf, dass die Sauna warm genug ist. Der offene Kamin aus den 60ern nimmt in der kleinen Hütte zweifelsohne zu viel Platz ein, ohne richtig zu wärmen, es gefällt mir aber, davorzusitzen und in die Flammen zu schauen. Das Ganze erinnert mich an zu Hause. An Papa und Lars. Mein Bruder und ich haben immer auf einem Schafsfell auf dem Bauch vor dem Ofen gelegen. Ich habe vorgelesen, und er hat zugehört und dabei meistens die Beine hinter dem Körper angewinkelt und verschränkt.

»Danke, dass du mich hierhin mitgenommen hast«, sage ich.

»Ich fühle mich in deiner Gesellschaft wohl, trotz allem«, sagt Stian mit einem etwas schiefen Lächeln.

Es wirkt so, als würde er flirten. Okay. Er war schon brutal ehrlich zu mir und hat gesagt, dass ihn seine damalige Entscheidung belastet hat, er mir aber trotzdem loyal zur Seite steht. Dass er so ehrlich ist, macht es mir leichter, an diese Loyalität zu glauben.

»Mach dich bereit«, sagt er. »Jetzt dürfte die Temperatur in der Sauna richtig gut sein.«

Ich gehe zum Umziehen in ein klassisches Hüttenschlafzimmer. Es ist eng, kiefernholzvertäfelt und mit Stockbetten eingerichtet. Vor dem Fenster hängen karierte Gardinen, und auf dem Boden liegt ein Flickenteppich.

Gleich darauf sind wir in der Sauna, die wirklich perfekt angeheizt ist. Wir sitzen ganz oben, ich auf der langen Seite der Sauna, er auf der kurzen. Ich trage einen Bikini, er eine Badehose. Vermutlich ist das ziemlich ungewöhnlich für solche Saunagänge, aber mir ist das sehr recht, ich lege schon immer Wert auf Privatsphäre. Außerdem bin ich Ministerin und er ist mein Angestellter, obwohl die Grenze, was sich für ein solches Arbeitsverhältnis gehört, sicher längst überschritten ist.

»Wir haben die Sauna in all den Jahren genutzt und anschließend immer in dem kleinen Weiher gebadet«, sagt Stian. »Meine Eltern schwören darauf, das ganze Jahr über baden zu gehen.«

»Das ist mittlerweile ja ziemlich im Trend«, sage ich.

»Gut so«, erwidert er. »Auf jeden Fall, wenn wir das Ziel haben, dass die Menschen gesund sind und lange leben. Diese Kälte- und Wärmeexposition soll einen sehr positiven Effekt auf die Gesundheit haben.«

Ich nicke, kenne diese Theorien.

»Wusstest du, dass wir mit einer Unmenge an braunem Fettgewebe geboren werden, das gut für uns ist, das wir aber im Laufe des Lebens verlieren? Durch Kälteexposition kann man den Anteil dieses Fettgewebes wieder steigern.«

»Das wusste ich nicht, nein«, antworte ich und trinke einen Schluck Bier. »Du hörst dich ja plötzlich wie so ein Gesundheitsguru in irgendeinem Podcast an.«

Er grinst und prostet mir mit seiner Bierdose zu.

»Meine Eltern sind beide pensionierte Ärzte. Ironischerweise wollen sie trotz ihrer Saunaliebe nicht, dass ich hier noch reingehe. Wegen meiner Herzprobleme. Ich musste ihnen versprechen, nie mehr allein in die Sauna zu gehen und nicht zu lange darin zu sitzen.«

»Und? Hörst du auf sie?«

»Manchmal, aber ich habe von Natur aus wenig Angst. Meine Mutter meint, dass mich das noch umbringt, es hat mich aber auch schon viele Male gerettet, nicht zuletzt in Afghanistan.«

Dass Stian Afghanistan-Veteran ist und mich damit an Papa erinnert, der im Libanon war, ist für mich immer ein Pluspunkt gewesen. Stian ist integer, außerdem weiß er, dass das Gesetz nicht immer Recht und Unrecht widerspiegelt.

»Mir reicht die Hitze auf jeden Fall«, sage ich. »Sollen wir baden gehen?«

Ich habe kaltes Wasser immer geliebt. Heiße Saunen brauche ich hingegen nicht. Die kleinen Räume, die anderen Körper und die Hitze wecken in mir eine Art Klaustrophobie. Stian nickt, klettert nach unten und läuft nach draußen.

»Mach die Tür zu, damit die Wärme drinbleibt«, ruft er.

Ich drücke die Tür hinter mir zu und laufe in Richtung Weiher. Achte auf dem Weg darauf, mit den nackten Füßen nicht auf Steine zu treten. Unten an dem kleinen Anleger stehen ein paar Kiefern. Ein winziger Strand, kaum einen Meter breit, über den ich ins Wasser stürme.

Es ist so kalt, dass ich ein oder zwei Sekunden brauche, um meine Atmung wieder unter Kontrolle zu bekommen. Dann tauche ich unter und bleibe ein paar Sekunden unter Wasser, um meinen Kopf zu kühlen. Ich tauche langsam wieder auf, bleibe still stehen und atme. Stian hingegen schwimmt herum, er lacht prustend und spritzt Wasser. Ich bleibe die ganze Zeit über stehen und presse die Handflächen aneinander.

»Ganz schön kalt«, sagt Stian, als er aus dem Wasser steigt.

Er legt ein Handtuch um sich, wartet dann aber auf mich. Ich bleibe noch zwei oder drei Minuten im Wasser, bis ich so kalt bin, dass ich mich kaum noch rühren kann. Meine Haut ist hummerrot und brennt.

47 – *Heier*

Die Frau in der Tür sieht Erik Heier skeptisch an. Dann wird sie wütend.

»Verdammt. Sie sind dieser Journalist, den Marion erwähnt hat? Ich habe doch klipp und klar gesagt, dass ich nicht mit Ihnen reden will!«

»Ich weiß. Dass ich hier bin, ist einzig meine Entscheidung«, sagt er ruhig.

Victoria starrt ihn wütend an.

»Ich habe Kunden. Einer kommt gleich. Ich kann jetzt nicht reden.«

»Victoria«, sagt er. »Ich weiß, dass Sabiya sich Ihnen anvertraut hat. Sie waren vermutlich die Einzige, mit der sie geredet hat. Wenn ich mich nicht irre, quält es Sie, dass Sie nicht mehr helfen konnten. Sie haben sich sicher machtlos gefühlt, oder?«

Sie starrt ihn schweigend und mit finsterem Blick an.

»Zehn Minuten? Geht das? Ich verspreche Ihnen, alles, was Sie sagen, nur als Hintergrundmaterial zu nutzen. Und glauben Sie mir, wir beide wollen dasselbe. Ich bin selbst wie besessen davon, die Wahrheit über Sabiya und ihren Tod herauszufinden.«

Sie denkt nach.

»Okay, zehn Minuten, mehr aber auch nicht«, sagt sie widerwillig und lässt ihn herein.

Er weiß nicht, was er von Victorias Geschäftsraum erwartet hat, aber ganz sicher etwas Stimmungsvolleres als das, was er vor sich hat. Trotz all der Warnungen von Høivoll.

Der Raum ist klein, kahl und gleicht einem Hospizzimmer. Sterile Wände, kaltes Licht. Ein nicht gemachtes Bett mit grauem Bettzeug und weißem Laken. Ein Glastisch mit einer Packung Papiertücher und einer Schale mit Kondomen. Wie irgendjemand in diesem Raum in Stimmung kommen kann, ist ihm ein totales Rätsel.

Victoria ist groß und schlank. Sie hat lange Haare und trägt eine Art Pelzweste, dazu eine grüne, glänzende Hose.

»Ich rechne damit, dass Sie bezahlen«, sagt sie und sieht ihn an. »Ich nehme zwischen 2500 und 5000 pro Kunden.«

Er antwortet nicht, ist sich nicht sicher, ob sie das ernst meint.

»Sie wollen über Sabiya reden?«, fragt sie.

»Richtig.«

Er legt das Aufnahmegerät zwischen sie auf den Tisch.

Victoria seufzt schwer.

»Es ist wirklich an der Zeit, dass sich jemand mit dem Schicksal dieser armen Frau beschäftigt, das muss man Ihnen lassen. Aber was ich jetzt sage, werden Sie garantiert für Nonsens halten. Und das ist auch der Grund, warum ich es nie jemandem erzählt habe.«

Ihr Blick ruht für einen Moment auf ihren roten Nägeln, dann atmet sie tief durch und sieht ihn an.

»Erzählen Sie«, bittet er. »Ich verspreche, dass ich Ihnen glauben werde.«

Sie zögert noch einen Moment, als würde sie Anlauf nehmen.

»Sabiya hat gesagt, dass sie weiß, wer diese Leute umgebracht hat. Sie wollte sie aus der Deckung locken …«

Jetzt kommt es, denkt er. Eine Konstellation aus Ehemann und Brüdern oder Vettern, auf jeden Fall so übermächtig und brutal, dass sie sich nie getraut hat, es laut auszusprechen. Er sitzt auf der Kante des Stuhls und ist gespannt wie am ersten Schultag.

Victoria atmet noch einmal tief und hörbar durch.

»Sabiya war überzeugt davon, dass die Frau ihres Geliebten, Haavard Fougner, hinter all dem stand.«

Ein paar lange Sekunden ist es vollkommen still im Raum. Hat er richtig gehört?

»Was? Haavard Fougner? Dann meinen Sie Clara Lofthus?«

Sie nickt. Es wird still. Ausnahmsweise weiß auch er nicht, was er sagen soll. Die Justizministerin, die populärste und gefragteste Frau des Landes, soll Sabiya Rana getötet haben? Die Vorstellung ist komplett verrückt, aber er hat gerade erst versprochen, ihr zu glauben.

»Ich weiß, dass Sabiya eine Affäre mit Clara Lofthus' Mann hatte«, sagt er, um irgendetwas zu sagen.

»Genau«, erwidert Victoria, die jetzt richtig engagiert wirkt. »Sabiya hat gesagt, das war alles Claras Rache. Und dass diese Bitch es darauf angelegt hat, dass Sabiya für die Morde ins Gefängnis geht. Sie war überglücklich, als Marion sie aus dem Knast geholt hat, aber leider ist das ja trotzdem nicht gut ausgegangen.«

Sie schneidet eine Grimasse, lehnt den Kopf zurück und starrt an die Decke, als wollte sie die Tränen zurückhalten.

»Gleich als ich von ihrem Verschwinden gelesen habe, dachte ich, dass sie ermordet worden ist«, sagt sie. »Leider hatte ich damit ja recht. Und ich war mir ziemlich sicher, dass auch das auf das Konto dieser scheiß Lofthus geht. Und das glaube ich noch heute.« Sie wirft kurz einen Blick auf ihre Uhr. »Aber jetzt müssen Sie wirklich gehen«, fügt sie hinzu.

»Nur noch eine letzte Frage. Ich weiß, dass Sabiya Rana intelligent und finanziell unabhängig war, doch zu diesem Zeitpunkt muss sie ziemlich fertig gewesen sein?«

Victoria nickt. Sichtlich ungeduldig.

»Könnte sie paranoid gewesen sein und Zwangsvorstellungen gehabt haben?«

Victoria zuckt mit den Schultern.

»Möglich«, sagt sie kurz angebunden. »Sie können mir glauben oder es sein lassen, ich weiß aber, dass es so war. Es quält mich schon all die Jahre, dass ich damit nicht an die Presse gegangen bin, aber warum sollte jemand einer vorbestraften Hure glauben, die die Justizministerin anschwärzt? Marion weiß das natürlich auch alles, aber selbst die hat nichts unternommen. Und Sie haben versprochen, mir zu glauben, tun es aber auch nicht.«

Sie steht auf, geht zur Tür und öffnet sie für ihn.

Mit pochendem Herzen verlässt er den kleinen Raum. Vor ihm dreht sich alles, als hätte er zu viel getrunken.

Das kann doch nicht wahr sein, ist komplett unmöglich. Gleichzeitig sagt ihm seine Erfahrung aus den langen Jahren als investigativer Journalist, dass nichts unmöglich ist.

Clara Lofthus. Diese verdammte Clara Lofthus.

48 – *Clara*

Bevor wir nach dem zweiten Bad wieder in die Sauna gehen, bleiben wir einen Moment mit klappernden Zähnen draußen stehen und betrachten den Himmel über dem kleinen Waldsee. Hier gibt es keine Lichtverschmutzung, nur den weiten, dunkelblauen Himmel, die Sterne und die Bilder, die sie zeichnen.

Der Mond leuchtet groß und rund über den Baumwipfeln und verwandelt sie in dunkle Silhouetten.

»Schon verrückt, wie perfekt dieses System ist«, sagt Stian. »Wir haben die Kraft der Sonne, nutzen aber nur einen kleinen Teil davon, während der Rest irgendwo im Universum verschwindet. Die Sonne schenkt uns Tag und Nacht, Sommer und Winter. Und sie lässt die Pflanzen zum Licht wachsen. Jahr für Jahr.«

»Poetisch«, sage ich und fühle mich ruhig und klar. Wobei mir sehr, sehr kalt ist.

Alles ist besser, wenn ich mit Stian zusammen bin. So war es früher, und so ist es jetzt. Nach dem anstrengenden Gespräch vor dem Essen ist eine tiefe Ruhe über uns gekommen.

»Trotzdem müssen wir immer mehr von allem haben. Müssen Wasser aufstauen, Wasserfälle in Rohre ableiten, mehr Öl finden. Die Wälder brennen, und der Meeresspiegel steigt. Es ist eine verdammt komplizierte Zeit, in der wir leben«, sagt er, als wir wieder in der Sauna sind.

»Apropos«, sage ich. »Hast du schon mal darüber nachgedacht, wie schlecht unser Katastrophenschutz ist?«

Ich habe es immer geliebt, mit ihm zu diskutieren, auch über Dinge, die den Job angehen.

Er nickt.

»Wir reden bei der Arbeit oft darüber. Das gilt für mehr Bereiche, als du denkst.«

»Wusstest du, dass die anderen skandinavischen Länder da viel besser abgesichert sind als wir? Bei uns gibt es bei neuen Gebäuden keine Schutzräume mehr. Die alten Vorschriften sind in den Neunzigern einfach gekippt und alte Schutzräume entfernt worden. In den ganz neuen Gebäuden greift man das jetzt wieder auf, aber es wird Jahre dauern, bis das halbwegs ausreicht. Und das ist nur einer von vielen Bereichen, in denen uns die Sicherheit total abhandengekommen ist.«

Wir bleiben eine Weile schweigend sitzen. Nach einer Weile sieht Stian mich an.

»Du hast da draußen ziemlich sicher und entspannt gewirkt«, sagt er.

»Ich bin es gewohnt, viel zu baden. Fast das ganze Jahr über. Am liebsten in dem See oben bei unserer Alm, zumindest vor Haavards Unfall.«

Ich verfluche mich schlagartig selbst. Warum musste ich jetzt Haavard ansprechen?

»Ich habe mir Gedanken darüber gemacht«, sagt er nachdenklich. »Also über dich und Haavard und was da oben passiert ist. Ihr wart doch gemeinsam schwimmen. Wie konnte es da eigentlich zu dem Unfall kommen?«

Die Frage ist nicht unnatürlich, immerhin kennen wir uns inzwischen ziemlich gut. Sie gefällt mir trotzdem nicht.

»Du kannst mit mir darüber reden. Hier sind alle Lügen sicher.«

»Später«, sage ich. »Jetzt will ich erst noch mal raus!«
In der nächsten Sekunde bin ich unten, stürme durch die Tür nach draußen und renne zum kalten, kühlenden Wasser.

49 – *Heier*

Es ist einer der ersten richtigen Frühlingstage, der sich jetzt dem Abend zuneigt. Die Stadt ist voller Leben, und es riecht nach Hormonen und Aftershave. Erik wollte Beumann um halb sieben im Biergarten vor dem Parkteatret am Olaf-Ryes-Platz treffen, doch als er schließlich angelaufen kommt, ist es 20:05 Uhr. Dafür hat er große Dinge zu erzählen.

»Schockierend«, sagte Høivoll, als er wieder in ihrem Büro stand und ihr erzählte, was er von Victoria erfahren hatte. Sie schien aber nicht so erschüttert zu sein wie er. Victoria und vielleicht auch Sabiya hatten mit ihr ja schon darüber gesprochen. Warum hatte sie geschwiegen? Wollte sie Schwierigkeiten und Problemen aus dem Weg gehen? Vermutlich. Er sollte sie irgendwann damit konfrontieren.

Die wichtigste Frage lautet aber, ob Victorias Theorie wirklich stimmen könnte.

Wenn ja, wäre das für die Regierung und die Rechtssicherheit eine Katastrophe und für ihn und den Podcast der größtmögliche Gewinn. Auf jeden Fall muss diese Hypothese gründlich belegt werden.

Während Heiers Gedanken rasten, zeigte Høivoll auf die Postkarte auf ihrem Schreibtisch.

»Moustiers-Sainte-Marie, das schönste Dorf Frankreichs. Ich habe da ein Haus gekauft, aber mein Sabbatjahr kann noch warten«, sagte sie nicht ohne Stolz. »Vielleicht kann ich Ihnen helfen, sollte das für Sie interessant sein. Wenn Sie mich dabeihaben wollen, unterstütze ich Sie gratis. Ich kann unter dem Radar bleiben und Gespräche führen, recherchieren, mitdenken und die Sache mit Ihnen diskutieren. Es wäre ein Segen, mal für eine Weile etwas anderes zu tun. Außerdem habe ich wegen Sabiya schon so lange ein schlechtes Gewissen.«

Erik zögerte, dachte, dass ihre Motivation wohl auf eine Mischung aus schlechtem Gewissen, Abenteuerlust und dem Riecher für eine gute PR zurückzuführen war.

»Danke, aber das muss ich erst mit meinem Partner besprechen. Der wartet ohnehin schon auf mich.«

Trotzdem hat er auf dem Weg zum Biergarten noch einen Umweg über den Schlossplatz gemacht, um einen Eindruck von dem Treffpunkt zu gewinnen, den Thorkildsen ihm vorgeschlagen hat, und schnell ein Foto geschossen, das er ihm quasi als Bestätigung schicken will.

Beumann hat sich bereits ein IPA geholt, während er selbst ein normales Bier nimmt. Es ist vielleicht nicht klug, sich in der Öffentlichkeit zu treffen und derart geheime Informationen auszutauschen, weshalb sie einen Tisch ganz am Rand des Gartens wählen. Beim Rauschen des Verkehrs, dem Stimmengewirr und der Musik ist aber kaum zu hören, was am Nebentisch gesagt wird. Überdies sind die direkten Nachbarn in ein Gespräch vertieft.

Die Wärme des Tages weicht einer kühlen Abendbrise.

»Wie ist es bei dir gelaufen?«, fragt er Beumann. Was er selbst erfahren hat, will er bis zum Schluss aufsparen.

Der ursprüngliche Plan war, alles gemeinsam zu machen, aber nach dem Interview mit den Bauarbeitern und dem

Versuch, Sabiyas Familie zum Sprechen zu bringen, haben sie jeder für sich operiert. So können sie die nötigen Informationen in kürzerer Zeit beschaffen.

»Ganz okay, eigentlich. Ich habe mit Nachbarn und Freunden gesprochen. Alle sagen dasselbe. Sabiya soll nett und freundlich gewesen sein und dass es unglaublich tragisch und unverständlich ist, was da passiert ist. Bla, bla, bla. Ich habe ein paar Aufnahmen gemacht, aber aufsehenerregend ist das nicht gerade. Mehr kann ich leider nicht bieten.«

Beumann wirkt frustriert, was bei seinem Ehrgeiz gut zu verstehen ist.

»Dafür habe ich etwas, das du nicht glauben wirst«, sagt Erik, ehe er die Gespräche mit Høivoll und Victoria so ruhig und plausibel wie nur möglich wiedergibt.

»Und diese Person ist … Clara Lofthus«, schließt er.

Es bleibt ein paar Sekunden lang still. Beumann wird blass.

»Du machst Witze, oder?«, sagt er schließlich.

Dann verschluckt er sich an seinem Bier und beginnt zu husten. Erik wartet, bis der Anfall vorüber ist, ehe er etwas sagt.

»Ich weiß, wie verrückt sich das anhört. Es ist wirklich schwer zu glauben.«

Beumann sieht ihn ebenso fassungslos wie neugierig an, und Heier erkennt, dass sein junger Kollege bereits dabei ist, die Hypothese zu überdenken. Er ist wirklich offen für alles. Dann beugt er sich über den Tisch vor.

»Diese Victoria meint also, dass die Justizministerin hinter dem allen steht?«, flüstert er, obwohl es unmöglich ist, sie zu hören. »Dieselbe Frau, die vor zwei Wochen … bei uns im Studio war?«

Erik nickt.

»Ich habe auf dem Weg hierher unablässig nachgedacht. Das alles passt zusammen, und allein die Möglichkeit, dass es so sein *könnte*, ist …«

Er hält inne, ihm fehlen die Worte.

»Wie du weißt, kenne ich Clara Lofthus überdurchschnittlich gut. Ich habe sie mehrmals interviewt und ihren Werdegang über Jahre verfolgt.«

»Das weiß ich alles«, sagt Beumann irritiert. »Trotzdem, das ist doch komplett verrückt.«

»Eine Sache ist sicher«, antwortet er. »In ihrem Leben *gibt* es verdammt viel Dramatik, eine ganze Reihe plötzlicher Todesfälle.«

Er erzählt, was er über Clara Lofthus weiß. Erwähnt den Autounfall des Stiefvaters, das Ertrinken ihres Mannes und den Selbstmord ihres Vaters auf dem Hof.

»Dieser Autounfall, ja«, sagt Beumann nachdenklich. »Haben wir da nicht so einen verrückten Tipp bekommen, dass Clara für den Tod ihres Stiefvaters verantwortlich sein soll? Gleich nach dem Anschlag in Nairobi?«

»Stimmt«, sagt Erik. »Den habe ich komplett vergessen. Vielleicht ist da ja was Wahres dran?«

»Mein Gott«, sagt Beumann.

Erik gibt ihm die Zeit, das alles zu verdauen, und wirft einen Blick auf den Olaf-Ryes-Platz. Der Springbrunnen und die vielen Wege haben ihn immer fasziniert und irgendwie an Berlin erinnert.

Es ärgert ihn, dass er diesen Tipp komplett vergessen hat, aber solche Hinweise kommen so häufig und entbehren meistens jedweder Grundlage.

»Was, wenn da auf dem Posten wirklich eine Mörderin sitzt?«, fragt Beumann und kippt den Rest Bier hinunter. »Ich weiß nicht, ob mir das Angst macht oder ich das einfach nur bewundernswert finde. Auf jeden Fall ist es eine Riesenchance für unseren ersten Podcast, wobei das ja eigentlich alles nicht sein kann …«

»Høivoll hat vorgeschlagen, uns bei dieser Sache zu helfen«, sagt er.

»Was?« Beumann sieht ihn fragend an und schüttelt den Kopf, nachdem Erik alles erklärt hat.

»Nein«, sagt er. »Das geht nicht. Das will ich nicht.«

Erik sieht ihn überrascht an. So entschieden hat er seinen Kollegen noch nie erlebt.

»Sie könnte eine gute Unterstützung sein«, gibt er zu bedenken. »Høivoll hat Erfahrung und ein Riesennetzwerk, außerdem könnte ihr Name für uns Werbung sein.«

»Vergiss es«, sagt Beumann. »Sie ist eine Zeugin, ja, in gewisser Weise ein Teil des Falls. Wir können nicht sicher sein, dass sie die Wahrheit sagt. Hast du nicht eben erst gesagt, dass sie in all den Jahren davon gewusst hat, ohne etwas zu unternehmen? Außerdem würde sie uns garantiert die Show stehlen und alles zu bestimmen versuchen …«

»Okay, dann warten wir damit«, sagt er.

Beumann hat in gewisser Hinsicht recht, sodass er ihm diesen Sieg gönnen will, auf jeden Fall vorerst.

»Fühlt es sich nicht merkwürdig an, hier zu sitzen und Bier zu trinken?«, fügt er hinzu. »Ich weiß, dass der Vorschlag von mir kam, aber da wusste ich ja noch nichts von den Entwicklungen der letzten Stunden. Gehen wir zu mir, da können wir in Ruhe arbeiten. Wir müssen uns eine Strategie zurechtlegen, bevor wir uns diesem Mist stellen. Alles muss akribisch geplant werden, und wir sollten verdammt vorsichtig sein.«

Im selben Moment wird ihm bewusst, dass er Beumann noch nichts von der Verabredung mit Stian Thorkildsen erzählt hat. Und dass er Thorkildsen noch eine SMS schicken muss, um den Termin zu bestätigen, bevor er das wieder vergisst.

50 – *Clara*

»Eier und Speck morgen früh und dann noch mal Sauna und Baden, bevor wir den Rückweg antreten?«

»Hört sich gut an«, sage ich und proste Stian zu.

Wir sitzen wieder vor dem Kamin, jeder in eine Decke gewickelt, und hören David Bowies *Under Pressure* aus dem alten Hüttenradio.

»Das war ein schöner Abend«, sage ich und fühle mich ungewohnt entspannt. Ich strecke den Arm aus, lege die Fingerspitzen vorsichtig auf seinen Unterarm und sehe ihm in die Augen.

Als unsere Blicke sich begegnen, ist es so, als würde ich einen leichten Schlag erhalten, und ich sehe weg.

Ich darf das, was wir haben, nicht mit so was kaputt machen. Darf und will das nicht.

»Ich muss aufs Klo«, sagt Stian, steht auf und legt mir auf dem Weg kurz die Hand auf die Schulter.

Als er aus dem Raum ist, leuchtet etwas auf. Auf dem Absatz vor dem Kamin liegt sein Handy. Im Gegensatz zu vielen anderen Männern nimmt Stian sein Handy nicht mit aufs Klo. Wie auf Autopilot beuge ich mich vor und sehe auf das Display.

Ein Foto, von einer unbekannten Nummer. Eine Bank in einem Park, begleitet von einem kurzen Text. *Wir sehen uns dann am Sonntag um 20 Uhr. Hier? Heier.*

Ich starre auf die Meldung, bis das Display schwarz wird.

Kann das ein anderer Heier als Erik Heier sein? Nein. Das ist auf jeden Fall sehr unwahrscheinlich.

Und warum sollten sie sich treffen? Der Grund kann doch nur Sabiya sein. Aber auch das kann ich nicht glauben.

Stian hat fünf Jahre dichtgehalten, und ich habe mich im Laufe des Aufenthalts hier immer sicherer gefühlt. Diese Nachricht wühlt jetzt alles wieder auf. Zerstört alles.

Ist Stian auf Heiers Geheiß hier? Für den PST oder irgendwen sonst, um meine Geheimnisse zu entlarven? Will er mit Heier reden, um sein Gewissen zu erleichtern? Ohne Rücksicht auf mögliche Konsequenzen?

Es wäre brillant. Er kann mich nicht der Polizei melden, ohne sein eigenes Leben zu zerstören. Stattdessen kann er als anonyme Quelle für Heier fungieren. Hat er die Tour hierher vorgeschlagen, um näher an mich heranzukommen und mich einzukreisen? Oder bin ich paranoid geworden?

Ich weiß, dass Stian mit Maria über mich geredet hat, das hat Axel mir erzählt. Stian hat seiner Schwester ganz sicher nicht alles gesagt, aber Andeutungen wird er gemacht haben, und die Nachricht, die ich gerade gelesen habe, ist unmissverständlich. Sie ändert alles.

Ich mag Stian, mehr als irgendjemanden sonst, aber ich weiß auch, dass es stimmt, was Papa immer gesagt hat. Es gibt nur einen Menschen, dem ich voll und ganz vertrauen kann, und das bin ich selbst.

Die entsprechenden Konsequenzen muss ich jetzt ziehen, auch wenn es wehtut.

Ein paar Minuten später ist Stian wieder da. Er nimmt sein Glas vom Kaminsims und setzt sich.

»Du hast vorhin nach Haavard gefragt«, sage ich nach einer Weile.

Er nickt.

»Haavard und ich, das war nicht immer einfach. Er hat mich betrogen, hat mich angelogen und geglaubt, dass ich das nicht merke. Ich könnte viel darüber sagen, aber eigentlich würde ich lieber etwas anderes erzählen. Okay?«

»Ja, natürlich«, sagt er und lächelt vage.

»Vor langer Zeit ist ein kleines Mädchen auf einem Hof mit Blick auf einen grünen Fjord aufgewachsen. Mutter war keine gute Mutter, ihr Vater aber war der beste Vater, den man sich nur wünschen kann. Das Mädchen und ihr kleiner Bruder hatten es gut. Sie wuchsen zwischen Blumen und Bäumen auf, sie badeten im Fluss und im See, sie halfen im Frühling kleinen Lämmern auf die Welt und sahen zu, wenn im Herbst die Kälber geboren wurden. Tagsüber schien die Sonne und nachts der Mond. Ihr Vater las ihnen vor und sang für sie und brachte ihnen alles bei, was man über das Leben, die Welt und die Natur wissen muss. So vergingen die Jahre. Es war die beste aller Zeiten, und seit damals sehnt sich das kleine Mädchen nach diesem Ort zurück, dem Augenblick in der Geschichte, in der sie dieses Glück erleben durfte.«

Ich blicke in mein Whiskyglas. Nur so kann ich diese Geschichte erzählen.

»Dann fasste der Vater des Mädchens den Entschluss, gemeinsam mit anderen Männern an einen weit entfernten Ort zu reisen, um dort einen Krieg zu führen, von dem das Mädchen und sein Bruder nichts wussten und den niemand verstand. Die Kleine weinte und flehte ihn an, das nicht zu tun, aber er fuhr trotzdem, und in diesem Moment verlor alles um sie herum seinen Glanz.«

Ich beuge mich vor, stütze mich mit den Ellenbogen auf den Oberschenkeln ab.

»Ihre Mutter, die nicht wirklich eine Mutter für sie war, ließ die Kinder verkümmern. Die Kleine gab alles, um sich um ihren Bruder und die Tiere auf dem Hof zu kümmern, aber als ihr Vater schließlich wieder nach Hause kam, war sie nicht mehr sie selbst und sollte es nie mehr werden. Auch ihr Vater war nicht mehr derselbe. Das Mädchen erhielt zwei Geschenke aus dem Libanon. Einen Granatsplitter, der in der Hüfte des Vaters gesteckt hatte und aus dem er ein Schmuckstück machte, und einen Beret, eine Mütze. Diese Dinge hat das Mädchen wie ihren Augapfel gehütet.«

Ich sehe zu Stian. Er hängt an meinen Lippen.

»Etwa zeitgleich fasste die Mutter der beiden Kinder den Entschluss, mit einem anderen Mann zusammenzuziehen und den kleinen Bruder des Mädchens mitzunehmen. Dieser neue Mann war auf den ersten Blick solide und gut, doch hinter der Fassade war er der Teufel selbst. Er hat das kleine Kind, das bei ihm einzog, gegängelt und gequält. Der Vater und die Schwester haben den Jungen kaum mehr gesehen. Sie wussten, dass sie etwas tun mussten, doch bevor sie das in die Tat umsetzen konnten, war der Junge tot. Die Mutter sagte, es sei ein Unfall gewesen.«

Ich schlucke, brauche eine Pause, trinke einen Schluck Whisky und muss mich schütteln.

Stian sagt noch immer nichts, und ich weiß, dass er nichts sagen wird, bis ich zum Ende gekommen bin. Ich wollte ihm das erzählen, seit wir uns kennen. Als könnte ich mich erst davon befreien, wenn ich jemandem davon erzähle. Und es muss jemand sein, der die Tragweite erkennt und doch nichts tun kann. Erst jetzt ist die Zeit gekommen.

»Es gab leider kein Happy End«, sage ich. »Das Mädchen hat sich mit der Mutter nie wieder versöhnt, und der Vater verstarb viel zu früh. Auch sein Tod war die Schuld der Mutter, aber das ist eine andere Geschichte. Diese Geschichte endet mit dem, was das Mädchen mit dem Mann gemacht hat, der ihren Bruder getötet hat.«

Stian nimmt ein Holzscheit und legt es ins Feuer.

»Jeden Tag saß das Mädchen am Grab ihres Bruders und hörte sein leises Flüstern: *Räche mich, räche mich!* Das Mädchen versprach, das zu tun, wusste aber nicht, wie sie das anstellen sollte. Doch irgendwann wuchs eine Art Plan in ihr heran. Eines Abends schlich sie sich zum Wagen des Kindsmörders, feilte die Kurbel des Fensterhebers an der Fahrertürseite ab und klebte sie wieder an.«

Ich mache eine Pause. Es ist seltsam, das alles zu erzählen, tut aber gut.

»Am nächsten Tag kam sie wieder und schlug dem Mann vor, einen Ausflug mit dem Auto zu machen. Der Mann sagte schließlich zu, und sie fuhren los. Das Mädchen wusste, dass er getrunken hatte. Als sie zu der schlimmsten Kurve kamen, griff sie ihm ins Lenkrad und steuerte den Wagen von der Straße in Richtung Fjord. Er stürzte ein paar Sekunden durch die Luft, ehe er auf der Oberfläche aufschlug. Wasser drang in das Wageninnere, und der Mann bekam Panik. Das Mädchen kurbelte ihre Scheibe herunter, kletterte nach draußen und schwamm nach oben in Richtung Licht. Der Mann blieb auf der Seite mit der kaputten Kurbel sitzen. Die Tür konnte er nicht nutzen, das Wasser war zu stark. Seither schwimmt das Mädchen immer wieder nach oben in Richtung Licht, ohne Erfolg, aber Angst vor Wasser hat sie nicht. Damit endet die Geschichte.«

»Was für ein tolles Märchen«, sagt Stian schließlich.

»Du kannst das als Kompliment sehen, als eine Art Geschenk.«

»Das tue ich«, sagt er und streckt die Hand aus.

Er denkt jetzt sicher, dass er den Test bestanden hat und meine Worte ein Zeichen für unsere Verbundenheit sind.

Stian ist klug. Er hat verstanden, was ich ihm erzählt habe und dass ich ihm jetzt nicht nur Sabiya, sondern auch Magne aufgelastet habe. Für ihn ist das ein unerschütterlicher Vertrauensbeweis.

Sein Irrtum könnte größer nicht sein.

51 – *Axel*

»Mein Gott«, rutscht es Axel heraus, als er in die Küche kommt. Die eben noch saubere Arbeitsplatte sieht jetzt fürchterlich aus, das reinste Chaos. Ein Topf, eine Packung Nudeln, eine geöffnete Dose Bohnen, ein Milchkarton, der im Kühlschrank stehen sollte, und ein dreckiger Teller. Auf dem mit Eiweiß verklebten Ceranfeld steht eine Pfanne mit Resten von Spiegeleiern und Würstchen. Das Schlimmste ist aber, dass die Platte noch eingeschaltet ist. Andreas muss ausnahmsweise früh aufgestanden sein und sich eine Art Frühstück gemacht haben.

Um das Problem zu vertagen, geht Axel erst einmal in den Waschkeller, sortiert die Schmutzwäsche und überprüft alle Taschen. In Andreas' Lieblingsjeans finden sich Kaugummipapier, eine Büroklammer, ein paar Kronenstücke und anderer Kram.

Plötzlich hält er in der Bewegung inne. Aus einer Tasche ist etwas in der Größe eines Grillanzünders gefallen, das in Plastikfolie eingewickelt ist. Er nimmt es in die Hand. Der Geruch ist unverwechselbar.

»Andreas?«, ruft er.

Er hat immer das Gefühl gehabt, sich seinen Stiefsöhnen gegenüber besser verhalten zu müssen, als Haavard es getan hätte, ja, er hat sogar sein ganzes Leben danach ausgerichtet. Für gewöhnlich wird er nicht laut, doch jetzt brüllt er.

Dann geht er nach oben, holt den Jungen aus seinem Zimmer und zieht ihn mit nach unten.

»Was ist hier passiert?«, fragt er und zeigt auf die Küchenarbeitsplatte. »Warum sieht das hier so aus?«

»Hab' mir Essen gemacht«, murmelt Andreas.

»Dann räumst du anschließend auch auf. Darüber haben wir schon mal gesprochen.«

Der Junge seufzt, als wollte er deutlich machen, wie unnötig all dieses Genörgel ist.

»Außerdem ist da noch das hier«, sagt Axel und hält ihm den Haschklumpen hin. »Was ist das?«

Andreas reißt die Augen auf.

»Woher soll ich das denn wissen?«, fragt er.

»Das war in deiner Hose.«

Andreas zuckt mit den Achseln.

»Wahrscheinlich ist es dann Nikolais.«

»Nikolai wohnt zurzeit nicht hier, das weißt du ganz genau«, sagt Axel stinkwütend. »Außerdem war das in der hellgrauen Acne-Hose, und die hat ja wohl immer dir gehört.«

»Ich weiß nichts davon, sag ich doch.«

Der Junge sieht ihn nicht an, ist total verschlossen.

»Okay. Ich sage das Mama, dann müsst ihr eine Lösung finden.«

»Ist das wirklich nötig?«, fragt Andreas und sieht mit einem Mal weniger gelassen aus.

Axel seufzt.

»Sie ist deine Mutter«, sagt er. »Dieses Gespräch führt zu nichts. Und dass ich das nicht ignorieren kann, ist dir doch wohl klar?«

Andreas weicht langsam in Richtung Flur zurück, hat offensichtlich nicht vor, aufzuräumen.

»Mir ist nicht so gut, ich geh lieber zurück in mein Zimmer.«

»Wundert mich nicht, dass es dir schlecht geht, wenn du diesen Scheiß rauchst.«

»Witzig«, sagt Andreas. »Du sagst Mama doch nichts davon, oder?«

»Im Augenblick ist sie nicht hier«, erwidert Axel.

Er weiß, dass es sinnlos ist, Clara die Sache zu überlassen. Sie wird nur mit den Achseln zucken und sagen, dass Haavard und er das doch auch gemacht hätten, als sie in diesem Alter waren. Jungs sind Jungs, da wird schon nichts passieren. Außerdem raucht sie selbst manchmal einen Joint.

»Vielleicht sage ich ihr nichts«, meint er seufzend. »Aber dann musst du mir versprechen, dich hier ein bisschen besser aufzuführen.«

Der Junge nickt und geht. Axel will jetzt nicht das Küchenchaos ansprechen, stattdessen räumt er selbst auf, stellt die Milch in den Kühlschrank und spült den Teller.

Wie wäre Haavard damit umgegangen? Es ist seine Familie, es sind seine Söhne.

Er wird Haavard immer vermissen, wobei das Loch, das er gerissen hat, in Nairobi etwas weniger zu spüren war. Hier ist es wieder schlimmer. Außerdem ist die Erinnerung an ihn mit etwas Unangenehmem, Unsauberem verbunden. Eine Art Scham darüber, dass er jetzt Haavards Leben lebt. Im Moment ist er einfach nur wütend auf Caro, auf Clara, auf die Kinder, auf die Welt ganz allgemein und auf all die Ungerechtigkeit.

Schon früher hatte er den Gedanken, dass man eigentlich nur dann als Minister arbeiten sollte, wenn man keine Familie oder anderen Verpflichtungen hat. Dieser Job frisst einen mit Haut und Haar, nimmt den ganzen Tag und manchmal auch die Nächte in Anspruch.

Er war so stolz, als Clara ernannt wurde, ist es noch immer, trotzdem wäre es besser, sie würde eine Stiftung leiten, irgendein Direktorat, und nicht dieses blöde Justizministerium.

52 – *Clara*

»Der Speck ist fertig«, sage ich leicht und fröhlich, als Stian vom Bootshaus zurückkommt.

»Wunderbar«, sagt er, klingt aber etwas bedrückt.

»Stimmt was nicht?«, frage ich, als wir uns an den Tisch setzen. Mitten auf dem rot karierten Tischtuch steht ein Porzellanhahn. Das muss noch ein Rest der Osterdeko sein.

Er schüttelt den Kopf.

»Ich bin nicht ganz fit. Bestimmt zu viel Sauna, und zu viel getrunken habe ich wohl auch. Außerdem habe ich eben meine Medikamente nicht finden können. Ich verstehe nicht, wie ich die jetzt wieder verlegen konnte.«

Ich dachte, es würde ihn misstrauisch machen, dass die Medikamente verschwunden sind, aber das scheint nicht der Fall zu sein.

Nachdem wir gegessen und die Frühstückssachen weggeräumt haben, gehen wir zur Sauna. Stian ist noch immer schweigsam, ein ganz anderer Mann als gestern, als er über das Universum und Gott weiß was geredet hat.

Als wir die Sauna betreten, fällt mir auf, wie unsicher er auf den Beinen ist. Er bleibt zwischendurch immer wieder stehen, stützt sich an der Wand ab. Ich kommentiere es nicht, gebe vor, es nicht bemerkt zu haben.

»Boah, ist das heiß«, sagt er.

Wir setzen uns an dieselben Plätze wie am Tag zuvor.

»Hast du am Wochenende noch irgendwelche anderen Termine?«, frage ich nach einer Weile.

»Die Kinder kommen«, sagt er. »Wir wollen …«

Er versucht, etwas zu sagen, aber seine Stimme ist mit einem Mal stockend und unklar. Dann verstummt er ganz.

»Stian?«, frage ich. »Ich gehe baden, kommst du mit?«

Keine Antwort.

Ich steige nach unten, spritze noch mehr Wasser auf den Ofen, öffne die Tür, lehne sie hinter mir nur an und laufe zum Weiher. Mit großen Schritten stürme ich ins Wasser, bleibe stehen und tauche den Körper unter, dann den Kopf.

Ich bleibe eine Weile dort und zähle. Eins, zwei, drei, vier, fünf.

Als ich mich flach aufs Wasser lege, muss ich mich konzentrieren, um Luft zu bekommen. Das Wasser fühlt sich kälter an als am Tag zuvor, kurz über dem Gefrierpunkt, aber es tut gut.

Zurück in der Sauna, liegt Stian noch genauso da.

»Stian?«, frage ich. »Stian?« Es kommt keine Antwort. Vermutlich ist er bereits weg. Eine Erleichterung. Dann überkommt mich tiefe Trauer.

Natürlich wähle ich nicht den Notruf. Ich habe nicht einmal mein Handy bei mir. Vielleicht hätte ich Stians finden können, aber das würde sein Leben jetzt auch nicht mehr retten, sondern mich nur in echte Erklärungsnöte bringen.

Ich folge dem improvisierten Plan, den ich mir am Abend zuvor gemacht habe, als mir bewusst geworden ist, dass Stian mit Heier zusammenarbeitet. Er hat damit sein eigenes Todesurteil unterschrieben.

Zu viel Sauna, zu viel Eisbaden, zu viel Alkohol. Wie konnte er nur so dumm sein? Kombiniert mit den fehlenden Medikamenten, der extra heiß angefeuerten Sauna und dem

Chlorwasser auf dem Ofen war das fatal. Ich wusste nicht, ob es funktionieren würde, aber das hat es.

Stian ist eines natürlichen Todes gestorben, an einem Ort, den er liebt, und sein letzter Abend war richtig schön. Es gibt schlimmere Arten zu sterben.

Teil 3

53 – *Heier*

»Seit der letzten Freitagsshow sind gerade erst zwei Wochen vergangen«, fasst Erik zusammen. »Eine Woche, seit wir ernsthaft mit der Arbeit angefangen haben. Bis jetzt haben wir versucht, Material für einen Podcast über Sabiyas Leben zu sammeln, also Antworten auf die Fragen zu finden, wer sie war und was mit ihr passiert ist. Das müssen wir fertigstellen und möglichst schnell publizieren. Es ist wichtig, die Story zu unserer zu machen, bevor es die VG oder sonst jemand tut.«

Er geht im Zimmer auf und ab.

»Wir müssen uns auf das Niveau der Hörer begeben, die von Clara Lofthus keine Ahnung haben. Wir müssen das gut und spannend aufziehen, es darf zum jetzigen Zeitpunkt aber noch nichts darauf hindeuten, dass Clara Lofthus möglicherweise die Mörderin ist. Auch Haavard Fougner lassen wir außen vor, auch wenn wir ihn sonst natürlich erwähnt hätten. Wir müssen anständige Arbeit abliefern. Und im Geheimen arbeiten wir weiter an unserem neuen, wirklichen Ziel, nämlich Beweise zu finden, die Clara Lofthus überführen können.«

Er macht eine Pause, spürt das Adrenalin durch seinen Körper pulsieren. All das, worüber sie gesprochen haben, nimmt mehr und mehr Gestalt an.

»Verdammt«, sagt er. »Wenn das stimmt, hat diese Frau mich wirklich gründlich verarscht.«

»Da bist du in guter Gesellschaft. Denk doch nur an die Ministerpräsidentin oder das ganze Land«, sagt Beumann trocken. »Außerdem ist das bis jetzt ja nur eine Hypothese. Wir haben keine Beweise, können noch nicht sicher davon ausgehen.«

»Das stimmt«, sagt Erik, wenngleich sein Bauchgefühl anderes sagt. »Eigentlich haben wir nur Sabiyas Aussage, vermittelt über Victoria. Und den Typ im Vestland, der uns diesen Tipp gegeben hat. Wie hieß der noch mal?«

»Warte«, sagt der junge Kollege und taucht in seinen Laptop ab. »Halvor Haugo. Er arbeitet bei der Lokalzeitung des Ortes, in dem Clara Lofthus aufgewachsen ist. Wir sollten wohl mal mit ihm reden?«

»Ja«, sagt Erik. »Auch wenn wir nicht ausschließen können, dass er ein totaler Idiot ist.«

Sie gehen die Artikel der Lokalzeitung durch. Es gibt zahlreiche kleinere Notizen. »Clara Lofthus wird Staatssekretärin«, »Clara Lofthus zur Ministerin ernannt«, »Clara Lofthus tritt zurück«, und dann noch zwei weitere: »Clara Lofthus steht vor einer unsicheren Zukunft« und »Clara Lofthus zieht nach Nairobi«. Danach gibt es über lange Zeit keine Treffer, bis dann in Verbindung mit dem Terroranschlag gleich mehrere Artikel folgen. Der vorletzte lautet: »Clara Lofthus zu Gast bei Fernsehpromi Erik Heier«. Er schneidet eine Grimasse, das Wort Fernsehpromi gefällt ihm nicht. Und der letzte: »Lofthus' Comeback«.

»Ganz schön viele Artikel, dabei hat sie der Lokalzeitung kein einziges Mal ein Interview gegeben«, stellt Beumann fest, trommelt mit den Fingern auf die Tischplatte und legt die Stirn in Falten.

»Ich verstehe nicht, *warum* sie das macht? Was bringt sie dazu, Menschen umzubringen? Warte mal …«

Er macht eine Pause, zieht die Augenbrauen zusammen.

»Dann geht es jetzt insgesamt um vier Menschen«, fährt er fort. »Høivoll hat doch gesagt, dass Sabiyas Mörder vermutlich auch für die drei Morde verantwortlich ist, die man Sabiya vorgeworfen hat. Wenn das stimmt und Clara Sabiya wirklich getötet hat, hat sie vier Menschen auf dem Gewissen?«

»Ja«, sagt Erik. Plötzlich dreht sich alles vor seinen Augen.

»Aber *warum*?«, fragt Beumann noch einmal. »Kein gesunder Mensch würde so etwas tun. Halten wir sie für eine Frau, die Spaß am Töten hat?«

Erik schüttelt den Kopf.

»Es gibt viele Erklärungen dafür, warum jemand tötet. Ich tippe darauf, dass Clara Lofthus das Gefühl hatte, gute Gründe für ihre Taten zu haben. Sabiya war die Frau, mit der ihr Mann untreu war. Die drei anderen haben Kinder misshandelt. Der Unterschied zwischen Clara und uns ist, dass ihr die Impulskontrolle fehlt und sie durch nichts gehindert wird. Es kümmert sie nicht, dass es verboten ist, anderen Menschen das Leben zu nehmen. Für sie gibt es da kein moralisches oder ethisches Dilemma. Kurz gesagt: Ihr fehlen die inneren Widerstände. Denk doch nur daran, wie furchtlos sie während dieses Angriffs auf die Schule gehandelt hat.«

»Eine Art extreme Psychopathin?«

»Die wenigsten Psychopathen werden zu Mördern«, sagt Erik. »Ich glaube auch nicht daran, dass alle Serienmörder Psychopathen sind, aber da bewege ich mich auf ziemlich unsicherem Terrain. Ich bin ja kein Psychiater. Wir können sicher einen Rechtspsychologen einladen, um über dieses Thema zu sprechen, vorerst gilt es aber, diese Frau mit aller gebotenen Vorsicht einzukreisen, ohne dass sie es bemerkt.

Sobald wir Vorwürfe gegen die Justizministerin erheben oder auch nur einen Verdacht äußern, sind wir geliefert. Wir müssen erst sichere Beweise haben.«

Beumann nickt ernst.

»Parallel müssen wir aus dem, was wir haben, einen Podcast machen. Wir publizieren noch diese Woche, oder? Wollen wir weitermachen?«

In den nächsten Stunden arbeiten sie mit einer Intensität an den Episoden, für die sie sonst Wochen gebraucht hätten. Sie schreiben Texte für die Erzählerstimme und lesen diese dann ein. Die Musik und die Nachrichtenclips können sie erst am Wochenende einfügen. Sie brauchen noch das nötige technische Equipment und idealerweise auch eine Einführung von einem der NRK-Techniker.

»Dann schneiden wir das zu einem Stück zusammen«, sagt Beumann. »Und der Chor, der die Totenklage singt, sind wir. Sabiyas Chor.«

Erik ist gerührt. Vielleicht ist genau das der Sinn des Ganzen.

54 – *Clara*

Zwei Stunden nach meiner Rückkehr von der Hüttentour stehe ich vor dem Spiegel und schminke mich. Wende ein paar Tricks an, die ich im Fernsehstudio gelernt habe. Es ist klug und richtig, heute Abend im Fernsehen zu sein, aber darauf freuen kann ich mich nicht, erst recht nicht nach diesem Tag.

In der Sauna bin ich noch einen Moment stehen geblieben und habe Stian betrachtet, dann habe ich ihn zum Abschied auf die Stirn geküsst.

»Lebe wohl, mein Freund«, habe ich geflüstert und mich dabei so kalt und klar gefühlt wie im Ullevål-Krankenhaus, als ich den ersten Kindsmörder getötet habe.

Ich habe die Saunaklinke außen und innen gründlich abgewischt, ebenso den Schöpflöffel, mit dem wir Wasser auf den Ofen gespritzt haben. Bestimmt wäre das gar nicht nötig gewesen. Meine DNA ist sicher in der ganzen Sauna verteilt, aber es ist höchst unwahrscheinlich, dass es überhaupt eine Mordermittlung geben wird. Die Obduktion wird einen Herzinfarkt bei einem herzkranken Mann ergeben, der allein in seiner Hütte war und die Sauna genossen hat, vor der die Ärzte ihn gewarnt hatten.

Ebenso tragisch wie traurig, aber weder unnatürlich noch irgendwie verdächtig.

Ich könnte elektronische Spuren hinterlassen haben, ohne

mir dessen bewusst zu sein. Zur Sicherheit bin ich mit dem Bus gefahren, habe mir im Kiosk zwei Einzelfahrscheine gekauft und bin die letzten Kilometer bis zum Parkplatz in der Stadt zu Fuß gegangen. Das Handy hatte ich ohnehin zu Hause gelassen, um nicht getrackt werden zu können.

Ich gehe zurück ins Bad und öffne das Schmuckkästchen. Nehme zwei alte, oxidierte Käfer-Ohrringe heraus und lege sie an.

Axel glaubt, dass ich bei einer Parteiveranstaltung war, bei der die Handys obligatorisch abgegeben werden mussten. Er glaubt alles. Es ist seine starke Seite, dass er so durch und durch gut ist und dies auch von anderen erwartet. Andererseits ist das auch seine Schwäche, schließlich macht ihn das immer wieder zu einem leichten Opfer.

Die Sache mit Maria beunruhigt mich. Stian und sie standen sich allem Anschein nach recht nahe. Was, wenn Stian seiner Schwester erzählt hat, mit wem er auf der Hütte verabredet ist, und sie Verdacht schöpft und weiterhin mit Axel über alles Mögliche redet?

Um 18:00 Uhr steht das Kamerateam vor der Tür.

Ich nehme die Leute lächelnd und ernst zugleich in Empfang. Auf die Frage, was ich gegen die Gewalt- und Mordwelle gegen Frauen zu tun gedenke, gebe ich an, bereits ein Maßnahmenpaket geschnürt zu haben. Die Interviewerin fällt darauf herein. Was genau geplant ist, fragt sie, und ich leiere eine ganze Reihe von Maßnahmen herunter.

»Wie sind Sie auf die Idee gekommen?«, fragt sie.

»Auf so etwas muss man schnellstmöglich reagieren, damit nicht noch mehr Frauen sterben. Erst kürzlich wurde eine Frauenleiche in einer alten Wurstfabrik im Fredensborgveien in Oslo gefunden. Bei der Toten handelt es sich um Sabiya Rana, eine Ärztin aus dem Ullevål-Krankenhaus, die ihr Leben der Rettung von Kindern gewidmet hat.«

Ich halte die Luft an, aber nicht lange, will die Journalistin lieber nicht zu Wort kommen lassen.

»Sabiya Rana war eine Freundin der Familie. Haavard, mein damaliger Mann, kannte sie seit seiner Studienzeit. Leider sind sie mittlerweile beide von uns gegangen.«

Ich schlucke, blinzele, erwäge hinzuzufügen, dass Sabiya für mich wie eine Schwester war, aber das wäre zu viel. Eine solche Aussage wäre nur Futter für all jene, die wissen, dass Sabiya Haavards Geliebte war, und davon scheint es mittlerweile ja mehrere zu geben.

»Sie war eine gute Ärztin und eine liebevolle Mutter«, sage ich stattdessen. »Dass jemand dieser Frau kaltblütig das Leben genommen hat, vermutlich aus Gründen, für die wir das Wort »Ehre« verwenden, lässt mich verzweifeln und versetzt mich in große Trauer.«

Wieder erkenne ich, dass die Interviewerin etwas fragen will, aber ich lasse mich nicht unterbrechen.

»Für mich ist das im höchsten Maße persönlich. Wir können es uns nicht erlauben, dass auch nur ein Leben verloren geht. Nicht *eines*.«

Ich mache eine letzte Kunstpause, ohne dass sie zu Wort kommt.

»Als Justizministerin obliegt es meiner Verantwortung, an Maßnahmen zu denken, dank derer wir in Zukunft Menschenleben retten können. Das geplante Paket werde ich im Gedenken an Sabiya und all die Frauen lancieren, die ihr Leben auf gleiche Weise verloren haben.«

Ich sehe deutlich, dass die Journalistin sich überfahren und hintergangen fühlt, bin aber Profi genug, um mich davon nicht beeinflussen zu lassen.

»Starke Worte von der Justizministerin«, kommentiert sie schließlich zur Kamera gewandt. Dann packt sie zusammen, ohne noch etwas zu sagen. Ich hebe die Hand zum Gruß, als das Team geht.

Kurz darauf setze ich mich auf der kleinen Terrasse in meinen alten Sessel, zünde mir zum ersten Mal seit vielen Jahren einen Joint an und inhaliere tief und gut. Ich habe mir den Stoff aus meinem alten Reservelager oben auf dem Dachboden geholt.

Mein Körper ist angespannt und steif. Kein Wunder bei diesem Job und allem, was noch los ist. Sabiya, Agnes und der Hof, der zerschlagen wird, ohne dass ich etwas dagegen tun kann. Das alles quält mich, genau wie Axels Genörgel und dieser überall herumschleichende Heier. Nicht zu vergessen Stian, der so lebendig war und es jetzt nicht mehr ist.

Ich höre die Terrassentür knirschen, aber da ist niemand. Die Tür ist noch immer geschlossen. Und doch höre ich das Knirschen, gefolgt von seiner Stimme.

»*Hier sitzt du also*«, sagt Stian, und ich bleibe starr und steif sitzen und halte die Luft an.

Das sind Halluzinationen, Clara. Das Marihuana ist dir zu Kopf gestiegen. Das schlechte Gewissen.

»*Du willst also Ministerin sein? Koste es, was es wolle? Aber jetzt bist du zu weit gegangen, Clara. Es hilft dir nicht mehr, mich aus dem Weg zu räumen. Dafür ist es längst zu spät. Was du getan hast, kannst du nicht mehr rückgängig machen.*«

Heier, Haavard, Stian, Sabiya, alles heftet sich zusammen und legt sich wie eine klebrige Decke über mich.

Ich drehe mich um. Stian ist nicht mehr da, doch ich höre Lars und Papa.

»*Dieses Mal verlierst du, Clara*«, flüstern sie. Ich halte mir die Augen zu, aber es nützt nichts.

55 – *Heier*

Trotz der Dusche, des Kaffees und des Morgenlichts ist Erik Heier noch müde, als er am Sonntag, dem 5. Mai, um 8:15 Uhr mit seinem Fahrrad losfährt.

Im Laufe der Nacht hat er entsetzt festgestellt, dass in der Samstagsrevue ein längerer Beitrag mit Clara Lofthus gesendet wurde. »Sie hat wirklich die Gabe der Frechheit, das muss man ihr lassen.«

Sie haben am Vortag bis um halb vier in der Früh gearbeitet, dann ist Beumann nach Hause gefahren. Erst gegen fünf ist Erik eingeschlafen, um dann zwei Stunden später schon wieder aus dem Schlaf aufzuschrecken.

Als Erstes hat er an Lofthus' Leibwächter Stian denken müssen. Es irritierte ihn, dass er keine Antwort auf die Nachricht bekommen hat, die er ihm am Freitagabend geschickt hatte.

Dann waren seine Gedanken zu dem Krankenpfleger, Roger Aarvold, gewandert. Die Beziehung zwischen Sabiya und Haavard, von der dieser ihm erzählt hatte, war vermutlich der Schlüssel zu einem Großteil der Geschehnisse. Dank Roger hat er auch von Victoria erfahren. Er musste ihn noch ein letztes Mal treffen und ihn zu Clara Lofthus befragen. Irgendwie hatte er das Gefühl, zu diesem Thema noch nicht alles erfahren zu haben.

Die Schwierigkeit bei all diesen Gesprächen ist nur, sie so

zu führen, dass niemand auf den Verdacht kommt, Lofthus könnte etwas mit den Morden zu tun haben.

»Wenn Sie mich heute treffen wollen, geht das nur jetzt, meine Schicht fängt in einer Stunde an«, sagte Roger, als er ihn am Telefon hatte. »Am Krankenhaus in einer halben Stunde? Wir können uns an den Kinderskulpturen gleich neben dem Eingang treffen.«

Jetzt sitzen sie auf einer Bank unter den Birken. Alles um sie herum wirkt ein bisschen heruntergekommen. Die Statuen stecken leicht schief im Sand, den Bänken fehlt Farbe, und der Lärm des Kirkeveien dringt zu ihnen.

»Ich sitze gerne hier bei den Kindern«, sagt Roger. »Sie erinnern mich irgendwie immer wieder daran, warum ich jeden Tag zur Arbeit gehe. Und das seit Jahren. Die Menschen nehmen diese Skulpturen kaum noch wahr. Man sieht sie nicht sofort, aber so ist das ja auch bei Kindern. Oft erkennt man nicht auf den ersten Blick, was ihnen passiert. Sabiya hat uns alle in der Abteilung immer wieder daran erinnert. Seid gründlich, hat sie gesagt, seht richtig hin.«

Er seufzt traurig.

»Diese vier Skulpturen standen lange in einer Scheune, über die das Krankenhaus verfügt. Vermutlich waren es sogar mal mehr. Sie wurden für die Weltausstellung 1914 in Oslo entworfen, aber jetzt gibt es nur noch diese vier.«

»Interessant«, sagt Heier ohne Ironie.

Die kleine Vorlesung des Krankenpflegers überrascht und rührt ihn. Jemand muss Roger die Geschichte erzählt haben, und er gibt sein Wissen jetzt weiter. Und was er über Sabiya, die Kinder und die Statuen gesagt hat, kann Heier fast Wort für Wort für den Podcast nutzen.

Roger wirkt gepflegt, seine Haare sind gebleicht, die Haut ist sonnengebräunt. Sitzt man dicht neben ihm im hellen

Frühlingslicht, gibt es trotzdem keinen Zweifel daran, dass er bald sechzig ist.

»Ich möchte gerne wissen, was Sabiya vor ihrem Verschwinden über Haavard Fougner, Clara Lofthus oder deren Familie gesagt hat. Grundsätzlich interessiert mich alles, was Sie mir in Bezug auf Sabiya und Haavard sagen können.«

Roger sieht ihn neugierig an.

»Wollen Sie das nutzen, um diesen Teufel von Ehemann zur Strecke zu bringen?«

»Möglich«, sagt Erik. »Es wäre toll, wenn Sie noch mal über den Teil der Geschichte nachdenken würden, der mit Fougner und Lofthus zu tun hat.«

»Da kann ich nicht mehr sagen als das, was Sie schon wissen«, sagt Roger. »Das heißt …«

Einen Moment lang würde Erik den Mann am liebsten schütteln. Seine langsame, stets reflektierte Art macht Erik noch verrückt. Stattdessen nickt er ihm aufmunternd zu.

»Ein paar Tage vor ihrem Verschwinden hat Sabiya gesagt, dass sie die beiden Söhne von Haavard Fougner treffen will. Mich hat das gewundert. Ich habe auch versucht, sie nach dem Grund zu fragen, aber sie wollte es mir nicht erklären. Ich fand die Idee irgendwie unnatürlich, schließlich kannten sie sich nicht. Wie gesagt, mich hat das sehr überrascht, aber das ist jetzt ja schon lange her.«

Roger zögert.

»Da fällt mir noch etwas ein, das hat allerdings nicht direkt mit Sabiya zu tun. Sie finden das vielleicht ein bisschen merkwürdig …«

»Raus damit«, unterbricht Erik ihn. »Erzählen Sie bitte.«

»Das war an dem Abend, als die ganze Abteilung in Lysebu war. Das Pflegepersonal war damals zum ersten Mal dabei. Unser Chef war stolz darauf …« Er räuspert sich diskret.

»Egal… Nach dem Essen wollte ich schnell ins Schwimmbad, hab mich dann aber umentschieden, als ich gesehen habe, dass Haavard und Sabiya dort waren. Ich wollte mich da nicht einmischen. Der Punkt ist, dass ich auf der Treppe nach unten ein ganz bestimmtes Parfüm erkannt habe. Ich habe ja schon erzählt, dass ich ein besonderes Faible für Parfüm und so habe.«

Er sieht Erik fragend an, der mit einem Nicken reagiert.

»Habe ich ein Parfüm einmal gerochen, erinnere ich mich Ewigkeiten daran. Ich weiß, dass sich das ein bisschen verrückt anhört, aber diesen Geruch hatte ich wirklich nur ein einziges Mal gerochen, und zwar an Haavards Frau, der Justizministerin, als sie bei ihm im Büro war.«

Er macht eine Pause und sieht Erik vielsagend an.

»Ich habe das auch der Polizei gesagt, ich glaube aber, dass die mir nicht zugehört haben. Für eine Weile bin sogar ich unter Verdacht geraten. Danach habe ich den Kontakt mit denen gemieden.«

»Sie wollen damit sagen, dass Clara Lofthus an diesem Abend im Konferenzhotel Lysebu war?«

Roger nickt und fügt hinzu.

»Oder jemand, der ihr Parfüm benutzt.«

Das ist der erste konkrete Hinweis, der Clara Lofthus in die Nähe der drei Morde in jenem Sommer rückt. Bisher hatten sie keinen Ansatzpunkt, um Clara auch damit in Verbindung zu bringen.

Die Beweislage ist dünn und würde vor Gericht keinen Bestand haben. Für den Podcast ist das aber perfektes Material, sollten sie bis dahin weitere Beweise haben. Die Geruchsspur wäre dann ein ebenso feines wie kurioses Indiz, sozusagen das Tüpfelchen auf dem i. Sie müssen jetzt verdammt gut und schnell arbeiten.

»Apropos Paar. Sie wissen, dass Clara Lofthus jetzt mit dem besten Freund von Haavard zusammen ist?«, fragt Roger.

»Axel?«, fragt Erik überrascht. Er hat den Mann nie getroffen. »Er und Fougner waren Freunde?«

»Ja, klar«, sagt Roger überrascht. »Die waren wie Brüder, sind zusammen aufgewachsen. Ich weiß nicht mehr, von wem ich das gehört habe. Es ist ja schön, wenn Menschen zusammenfinden, aber manchmal auch ziemlich speziell, oder? Jetzt muss ich aber rein und mich umziehen. Und dann Kinder retten.«

Er sagt es mit einer Mischung aus Ironie und Zuneigung und wirft einen letzten Blick auf die Skulptur.

Als er durch den Haupteingang im Krankenhaus verschwindet, würde Erik all den Mist am liebsten fallen lassen, um stehenden Fußes zu Clara Lofthus zu fahren und sie direkt und ohne Ausflüchte zu befragen.

Wer bist du in Wirklichkeit? Was hast du getan? Wer sind deine Opfer, und warum?

Natürlich kann er das nicht tun, da er sonst den gesamten Inlandsgeheimdienst auf den Fersen hätte. Ihr Lebensgefährte hingegen kommt als Gesprächspartner durchaus in Frage. Vielleicht kann er so sogar in Clara Lofthus' Haus kommen. Aber zuerst muss er Thorkildsen treffen.

56 – *Clara*

»Stian, dein Leibwächter?«, fragt Axel und sieht mich verwirrt an. Es ist Dienstag, und ich habe ihm gerade von Stians Tod erzählt. »Was ist denn passiert?«

»Ich habe das auch erst heute erfahren. Er ist wohl schon seit dem Wochenende tot.«

Ich erkläre ihm, was ich gehört habe.

»Sie müssen ihn natürlich noch obduzieren, aber es deutet nichts auf Fremdverschulden hin. Vermutlich war es ein Herzinfarkt. Stian hat mir erst neulich von seinem Herzfehler erzählt, tragisch, aber das ist wohl die Erklärung. Er war unvorsichtig.«

Ich lege den Kopf in die Hände, was mir nicht schwerfällt, da ich wirklich traurig bin. Axel bleibt hinter mir stehen, küsst mich auf die Haare.

»Wirklich tragisch«, sagt er. »Arme Maria. Sie muss am Boden zerstört sein. Ich schreib ihr mal.«

Axels selbstverliebter Glaube daran, dass er etwas für andere Menschen tun könnte, nervt unheimlich. Dass es etwas bringen soll, wenn er sich meldet! Ich verstehe das nicht. Wenn Maria am Boden zerstört ist, hilft ihr doch keine mitfühlende Nachricht von Axel per Snap.

Stian ist tot. Seinen Körper gibt es noch, aber der ist kalt und steif, wie Gummi. Er atmet nicht mehr, denkt nicht mehr und kann nicht mehr reden und mich verraten.

Es ist ein schwerer Verlust, und er wird mir fehlen, solange ich lebe. Gleichzeitig ist mit ihm auch ein potenzielles Problem verschwunden. Er war der Einzige, der etwas Belastendes über mich wusste.

Trotzdem kann ich mich nicht wirklich frei fühlen, solange meine Mutter noch lebt.

Was ich Stian erzählt habe, hat mich daran erinnert, wie gut es vor langer Zeit einmal war, und daran, dass meine Mutter mein Leben wieder und wieder zerstört hat.

Dass ich nach Nairobi gezogen bin, hatte sicher auch mit ihr zu tun. Ich wollte weg von ihr, musste dann aber erkennen, dass kein Ort der Welt weit genug entfernt ist, um den Anblick von Lars, still und tot auf dem Boden, loszuwerden. Was ich auch tue und wie lange ich auch lebe, dieses Bild wird mich begleiten. Ich habe es geschehen lassen, ich habe ihn nicht gerettet.

In all den Jahren, die seitdem vergangen sind, hat meine Mutter ihr Leben gelebt. Ein unerträglicher Gedanke, und er ist schlimmer geworden, seit ich wieder zu Hause bin und der Hof so nah ist und doch so fern.

Erst hat sie mir den Bruder genommen, dann den Vater und zu guter Letzt meine Heimat.

Ich nehme das Telefon und google ihren Namen. Finde ein paar neue Treffer. Einer ist von der Webseite eines Chors zu Hause im Dorf. Sein Name ist Bygdaklang. Agnes' Name steht unter einem Foto. »Die treue Sängerschar bei den freitäglichen Proben.«

Ich zoome in das Bild. Da ist sie. Derselbe Joni-Mitchell-Look wie neulich vor dem Schloss. So hat sie immer ausgesehen.

Ich überfliege die Seite. Keine weiteren Hinweise auf Agnes, es wird aber erwähnt, dass sie jeden Freitag von 19:30

bis 21:30 Uhr im Versammlungshaus proben und dass diese Zusammenkünfte immer gut besucht sind.

Eine Gelegenheit, ein Zeitpunkt, zu dem sie vermutlich nicht auf dem Hof ist und ich nach Papieren suchen kann, mit denen ich sie mir vielleicht vom Hals schaffen kann.

Der nächste Treffer stammt aus der Lokalzeitung und lässt mich erstarren.

Der Artikel wird in voller Länge angezeigt, das Abo habe ich nie gekündigt.

Es geht um Agnes und dieses verfluchte Projekt. Das Foto zeigt sie auf der Alm. Die beiden Bauherren stehen direkt vor unserem Stall. Einer zeigt nach oben zum Trollskavlen, der andere hält ein großes Prospekt in den Händen, auf dem noch einmal zu sehen ist, wie das alles werden soll. Meine Mutter lächelt mich direkt an.

Ihre Vereinbarung soll nach einer längeren Überarbeitung am kommenden Samstag zur Unterschrift kommen. Im Text heißt es, nun stünden nur noch ein paar Formalitäten aus. Danach soll das ganze Dorf zu Kaffee und Kuchen eingeladen werden.

Ist das etwa unser Recht? Mitten in der unberührten Natur? Ich überprüfe das Datum des Artikels. Er ist von gestern, Montag. Ich habe also noch Zeit, ein bisschen jedenfalls.

Nach Papas Tod war ich paralysiert, gelähmt. Ich habe tagelang im Bett gelegen, wie Mutter es getan hat, als wir klein waren. Danach bin ich weggefahren und nie wieder zurückgekehrt. Ich habe darauf gewartet, dass der Schmerz vorbeigeht, und mich mit Arbeit betäubt. Erst in Nairobi und jetzt hier. Ich war feige und ausweichend. Damit ist jetzt Schluss! Ich muss handeln, ich muss nach Hause. In den nächsten beiden Tagen muss ich möglichst effektiv arbeiten, damit ich am Freitagnachmittag früh losfahren kann. Ich darf das nicht länger aufschieben. Wenn ich sie aufhalten will, dann jetzt!

Lieber Papa, lieber Lars, ich verspreche, ich komme zu euch und räume endlich auf.

Was auch immer geschehen wird, ich verspreche es.

57 – *Heier*

Die beiden Söhne von Clara Lofthus und Haavard Fougner gehen in die 10. Klasse der Ris-Schule in Vinderen. Der Unterricht endet dort um 14:45 Uhr, und exakt um 14:30 Uhr steht Heier am Dienstag am Tor der Schule und wartet auf sie.

Die Söhne der Justizministerin haben Sabiya Rana kurz vor ihrem Verschwinden getroffen und gehören damit zu den Letzten, die sie lebend gesehen haben. Diese Jungs sind nicht nur die Söhne von Clara Lofthus, sondern auch von Sabiyas verstorbenem Liebhaber. Ethisch ist es sicher nicht in Ordnung, hier aufzumarschieren, aber er muss diese beiden zum Reden bringen. Beumann hat protestiert. Er mag ja jung und hungrig sein, hat aber die Ethikseminare der Hochschule noch zu deutlich in Erinnerung.

»Wir können doch nicht einfach so auftauchen und irgendwelche Kinder zur Rede stellen«, hat er gesagt. »Das bringt uns noch in Schwierigkeiten und kann alles kaputt machen.«

Erik hat verständnisvoll genickt und sich dann allein auf den Weg gemacht, ohne Beumann zu informieren.

Im Netz sind nur wenige Fotos von Nikolai und Andreas Lofthus Fougner zu finden. Die Jungs sehen sich ähnlich, sind jedoch keine eineiigen Zwillinge. Die jüngsten Bilder, vermutlich in Nairobi aufgenommen, zeigen zwei groß gewachsene junge Männer mit ziemlich langen Haaren.

Erik hat Schwierigkeiten, sich zu konzentrieren, ist noch immer schockiert über die Nachricht, die ihn vor zwei Stunden erreicht hat.

Er hat Stian Thorkildsen mehrmals zu erreichen versucht, nachdem dieser nicht zum vereinbarten Treffen am Sonntagabend gekommen war. Erst war er nicht drangegangen, dann war das Handy tot. Schließlich war er zu Thorkildsens Reihenhaus gefahren, hatte aber auch dort niemanden angetroffen. Aus seiner anfänglichen Wut war mehr und mehr Sorge geworden.

Heute gegen zwölf Uhr ist dann plötzlich eine ältere Frau an Stians Handy gegangen. Seine Mutter. Erik war vollkommen perplex und hat es kaum geschafft, sich vorzustellen, dann haben sich seine schlimmsten Befürchtungen bestätigt. »Stian ist tot«, hat die Mutter gemurmelt und noch etwas von Herz und Hütte gesagt, bevor sie aufgelegt hat.

Stian Thorkildsen soll auf natürliche Weise verstorben sein. Trotzdem fühlt sich das irgendwie merkwürdig an. Ist es möglich, dass Stian gestorben ist, weil er mit Erik Kontakt aufgenommen hat? Und kann auch das mit Clara Lofthus zu tun haben? Soll er die Polizei hinzuziehen? Andererseits kann er denen ja kaum etwas sagen.

Plötzlich sieht er einen hoch aufgeschossenen, schmächtigen Jungen in abgetragenen Jeans, dunkelrosa Kapuzenpulli und mit halblangen Haaren. Das muss einer der Söhne von Clara Lofthus sein. Es rührt ihn, macht ihm aber auch Angst, die Züge der erwachsenen Frau in dem unfertigen Teenagergesicht zu erkennen.

»Entschuldigung«, sagt er, als der Junge an ihm vorbeigeht. Er wagt es nicht, ihn am Arm zu berühren. Der Junge bleibt überrascht stehen und sieht ihn offen an.

»Hallo«, sagt Heier. »Mein Name ist Erik Heier.«

»Ich weiß, wer Sie sind«, sagt der Junge und mustert ihn skeptisch. »Sie haben Mama im Fernsehen interviewt, richtig?«

»Das stimmt«, sagt er und lächelt freundlich. »Ich mache einen Podcast über Sabiya Rana und würde gerne mit dir sprechen.«

Diesen Satz hat er den ganzen Tag geübt, trotzdem kommt er ihm nur schwer über die Lippen. Der Junge sieht ihn fragend an.

»Mir ist klar, dass das jetzt sehr überraschend kommt, und das tut mir leid, aber ein Freund und Kollege von Sabiya, ein gewisser Roger, hat mir erzählt, dass du Sabiya kurz vor ihrem Verschwinden getroffen hast. Zusammen mit deinem Bruder. Bist du eigentlich Andreas oder Nikolai?«

»Nikolai«, murmelt der Junge.

Er sagt es etwas resigniert, ist die Frage sicher leid. Ist es ein Vorteil, dass der Junge allein ist? Kann er ihn so leichter zum Reden bringen?

»Andreas musste zum Zahnarzt«, fügt er hinzu.

»Verstehe«, sagt Erik. »Hast du einen Moment Zeit?«

»Ich weiß nicht«, sagt der Junge und sieht sich um.

Beumann hat recht. Was er hier tut, geht zu weit, und er wird das Material niemals nutzen können. Andererseits arbeiten sie nicht an einem normalen Fall, sondern an einem potenziellen nationalen Skandal.

»Stimmt es, dass ihr Sabiya Rana nach dem Tod eures Vaters getroffen habt?«

Der Junge nickt und fingert an seiner Jacke herum. Dann kommen die Worte ganz plötzlich über seine Lippen.

»Wir haben Kontakt mit ihr aufgenommen, als sie aus dem Gefängnis gekommen ist. Und dann haben wir sie einmal getroffen. Wir haben einen Brief gefunden, den Papa geschrieben hatte, ihr aber nicht mehr geben konnte. Die Sache ist schwierig zu erklären. Wir haben ihn vermisst, wir waren einsam und haben versucht, irgendetwas zu tun. Sie glauben doch nicht, dass wir etwas damit zu tun haben?«

Der Junge sieht ihn erschrocken an.

»Nein, nein«, sagt Heier mit Nachdruck. »Ich will nur wissen, worüber ihr gesprochen habt. Gibt es hier in der Nähe einen Ort, an dem wir ungestört reden können?«

Nikolai denkt kurz nach und nickt dann in Richtung eines Tisches unter einem Baum.

»Ich nehme unser Gespräch auf, ich verspreche dir aber, dass ich die Aufnahme nur nutzen werde, um mich an das zu erinnern, was du sagst. Außerdem wird das außer mir niemand hören«, sagt Erik, als sie sich gesetzt haben und er das Handy zwischen ihnen auf die Tischplatte gelegt hat.

Er sagt es voller Autorität, als gäbe es da keinen Raum für Diskussionen, zieht dabei aber irgendwie den Hals ein. Immerhin ist der Mensch, den er da vor sich hat, ja eigentlich noch ein Kind.

Nikolai protestiert nicht, sondern sieht ihn ruhig an.

»Ich erinnere mich nicht an viel«, sagt er.

»Wart ihr wütend auf sie?«, fragt Erik. »Weil sie … mit eurem Vater zusammen war?«

Er erdreistet sich zu der Frage, weil der Junge ja ganz offensichtlich von dem Verhältnis seines Vaters zu Sabiya weiß. Nikolai schüttelt den Kopf.

»Damals waren wir in erster Linie sauer auf Mama.«

»Wie ist das Treffen abgelaufen?«

Der Junge schneidet eine Grimasse.

»Nicht so gut«, sagt er. »Die Frau wirkte ungeheuer traurig, und der Brief hat sie noch trauriger gemacht. Sie hat gesagt, wie sehr es sie belastet, dass sie ihre eigenen Kinder nicht sehen darf. Außerdem sah sie anders aus als früher. Sie hat eigentlich immer wie ein Fernsehstar gewirkt, doch als wir sie getroffen haben, war sie eher wie jemand, der auf der Straße wohnt. Wir haben uns Sorgen um sie gemacht. Danach ist sie verschwunden, und wir haben nie rausgefunden, wohin.«

Nikolai schluckt, fährt sich mit der Hand über die Augen.

»Habt ihr jemals darüber gesprochen? Mit eurer Mutter? Oder Axel?«

Der Junge schüttelt den Kopf.

»Auch nicht, als ihr in den Nachrichten von ihrem Tod erfahren habt?«

»Wir haben darüber nachgedacht«, sagt Nikolai ausweichend. »Aber wir wussten ja nicht, was mit ihr passiert ist. Wir haben lange in Nairobi gelebt. Wie geht das jetzt eigentlich weiter? Sie erzählen Mama doch nichts hiervon, oder? Das würde ihr nämlich gar nicht gefallen.«

»Das habe ich nicht vor, nein.«

Der Junge nickt, ist plötzlich den Tränen nahe. Kurz darauf verabschieden sie sich, und Heier geht zur U-Bahn.

Etwas Revolutionäres hat er nicht erfahren. Es war ein Fehler, zur Schule zu fahren. Er hat sich damit nur bloßgestellt. Was, wenn der Junge seiner Mutter von dem Gespräch erzählt? Clara ist Justizministerin, der eine Großvater ein legendärer Jurist und der andere ein berüchtigter Anwalt. Was hat er sich nur dabei gedacht?

Draußen vor den Fenstern ziehen Nadelbäume, Einfamilienhäuser, Fahnenstangen und Villen vorbei. All diese Leben, von denen er nur Bruchstücke mitbekommt, haben ihn immer fasziniert, insbesondere ihre Geheimnisse.

Er muss nach Westnorwegen fahren, das wird ihm immer bewusster. Dort liegt die Quelle des Phänomens Clara Lofthus. Dort ist ihr Mann im Wasserfall ertrunken, dort hat ihr Vater sich das Leben genommen und dort ist ihr Bruder als Kind gestorben. Clara wurde dort zu der Person, die sie heute ist, ein Stück rohe, brutale Vestlandsnatur.

Er hört schon die Toneffekte, eine im Wind quietschende Schaukel, Kuhglocken, das Knirschen von Fahrradreifen auf Schotterwegen, Wellen, Bachgeplätscher und so weiter.

Er muss mit Claras geheimnisvoller Mutter reden. Und natürlich auch mit diesem Halvor Haugo, der ihnen den Tipp gegeben hat. Der Mann ist in Claras Alter, arbeitet bei der Lokalzeitung und weiß sicher über alles Bescheid, was dort in der Gemeinde vor sich geht. Außerdem ist er Journalist und sozusagen verpflichtet, sich interviewen zu lassen.

Am selben Abend erhält er einen Anruf von William Fougner. Er hat den früheren Justiziar des Höchsten Gerichts schon mehrmals getroffen und auch zu verschiedenen Anlässen interviewt, kennt ihn aber nicht wirklich. Oslo ist ein großes Dorf.

»Sie haben heute meinen Enkel an der Schule abgepasst?«, fragt Fougner ohne weitere Einleitung, seine Stimme zittert vor unterdrücktem Zorn.

»Ja, in Verbindung mit meiner Recherchetätigkeit erschien mir das sinnvoll.«

»Recherche?«, fragt Fougner. »Mit welchem Recht haben Sie das getan?«

Er schließt für eine oder zwei Sekunden die Augen.

»Wir glauben, dass die beiden Jungen möglicherweise als Letzte mit Sabiya Rana gesprochen haben, das ist die Ärztin, über die wir …«

»Ich weiß ganz genau, wer Sabiya Rana war«, unterbricht ihn Fougner.

In seiner Stimme schwingt Autorität mit, basierend auf

altem Geld, einer Kindheit in den weitläufigen Apfelgärten im Westen von Oslo und einer überaus erfolgreichen Karriere voller Ansehen und Achtung.

»Ich kann Sie nicht daran hindern, den Ruf meines Sohnes zu ruinieren und damit auch dieser Sabiya«, sagt Fougner verbissen. »In einer Sache können Sie sich aber verdammt sicher sein. Wenn Sie sich meinem Enkel nur noch ein einziges Mal nähern, egal aus welchem Grund, wird es mir eine Freude sein, Ihr Luftschloss ein für alle Mal zum Einsturz zu bringen. Und dafür brauche ich nicht einmal zu Ihrem Chef zu gehen, der ein enger Freund von mir ist. Haben Sie das verstanden?«

»Ja, das habe ich.«

Er kann nur hoffen, dass weder Nikolai noch der alte Fougner oder Clara Lofthus sich die Mühe machen, dem weiter nachzugehen. Eine öffentliche Anklage können sie jetzt wirklich nicht gebrauchen.

»Gut«, sagt Fougner und legt auf.

58 – *Axel*

Axel klingelt und wartet auf der Treppe des standesgemäßen, weißen Hauses in Jar. Plötzlich kommt er sich mit dem Blumenstrauß im Arm dumm vor. Er hat Maria eigentlich nur einmal richtig getroffen, seit sie beide zurück aus Nairobi sind, und das war bei dem missglückten Lunch, weshalb er sich mit einem Mal nur wie ein entfernter Bekannter und nicht wie ein enger Freund fühlt. Hinzu kommt, dass er keine Ahnung hat, wie er reagieren soll, wenn nicht sie, sondern irgendjemand sonst die Tür aufmacht.

Dann geht die Haustür auf, und Maria steht da. Zuerst erkennt er sie kaum. Sie ist ungeschminkt, ihr Gesicht ist verweint und auch der ausgeleierte Jogginganzug ist ganz unüblich für sie.

»Hallo«, sagt er. »Maria, ich möchte dir mein Beileid bekunden.«

Er streckt die Arme aus, und sie tritt zögernd einen Schritt vor und lässt die Umarmung für einen Moment mit steifem Körper über sich ergehen, ehe sie wieder einen Schritt zurücktritt.

»Die Sache mit Stian ist so unendlich traurig«, sagt er. »Er war so ein netter Mann. Wie geht es dir?«

»Was glaubst du?«, sagt sie feindlich.

Er versteht sie. Die Frage war idiotisch, überhaupt war es ein Fehler, hier aufzukreuzen.

»Ich wollte dir die hier geben«, sagt er und reicht ihr den Strauß bunter Tulpen. Vielleicht wären einfarbige Rosen passender gewesen? Maria starrt verwirrt auf die Blumen, nimmt sie dann aber doch an.

»Ich kann reinkommen, wenn du reden möchtest oder dich über Gesellschaft freuen würdest.«

Sie schüttelt schweigend den Kopf.

»Das ist natürlich auch in Ordnung. Wir können uns an einem anderen Tag treffen.«

»Oder nie mehr«, sagt sie und sieht ihn mit finsterem Blick an.

Ist das Maria? Sie führt sich vollkommen fremd auf.

Er sollte gehen, bleibt aber wie ein Idiot stehen.

»Als wir uns das letzte Mal getroffen haben, wolltest du mir nicht zuhören«, sagt sie. »Jetzt ist es egal. Stian ist tot, und genau davor hatte ich Angst. Deine Frau hat etwas damit zu tun, irgendwie ist sie darin verwickelt, da bin ich mir sicher. Stian war dumm genug, ihr Geheimnis zu schützen, und das ist der Dank. Bitte, geh jetzt.«

Sie schließt die Tür.

Axel erwägt noch einmal zu klingeln und nachzufragen, wie sie das meint, tut es aber nicht. Es fühlt sich an, als würde eine ganze Schar Elstern durch seinen Kopf flattern, sodass er nicht einen klaren Gedanken fassen kann.

59 – *Clara*

Den ganzen Mittwoch arbeite ich wie eine Besessene, unterschreibe diverse Dokumente und beantworte zwischen den Sitzungen irgendwelche Anfragen, telefoniere und delegiere Aufgaben. Um 15:30 Uhr ruft die Ministerpräsidentin an.

»Clara«, sagt sie frisch und voller Energie. »Eine traurige Sache, das mit Ihrem Leibwächter. Ich habe eben Ihre Ministerialrätin getroffen, die mir alles erzählt hat.«

»Danke«, sage ich.

»Ich habe ansonsten nicht vergessen, was ich Ihnen versprochen habe, und ich glaube, die Zeit wäre jetzt ganz passend für Ihren Gesetzesvorschlag. Meine Mitarbeiter bereiten eine Pressekonferenz vor, die bereits am Freitagnachmittag stattfinden soll. Ich weiß, wie ungewöhnlich der Zeitpunkt ist, aber wir haben gute Gründe dafür. Wir wollen wichtige Neuerungen in der Regierung verkünden, und in diesem Zusammenhang werden wir erwähnen, dass wir an einem radikalen, neuen Gesetzesvorschlag arbeiten, der den Schwächsten der Schwachen mehr Sicherheit und Schutz geben soll. Freitag um 18:00 Uhr.«

Freitag um 18:00 Uhr? Das kann doch nicht wahr sein!

Plötzlich ist das Gefühl wieder da, das ich einmal als Jugendliche hatte, als ich allein vom Trollskavlen zur Alm abgestiegen bin und dabei in einer Felsspalte nicht weiterkam.

Ich steckte zwischen den Felsen fest und kam weder hoch noch runter. Die Situation war so komplett aussichtslos, dass ich irgendwann losgelassen und mich fallen gelassen habe. Ich konnte nur auf ein Wunder hoffen.

Dasselbe Gefühl überkam mich später noch einmal, als ich als Sachbearbeiterin gearbeitet habe. Minister Munch hatte mich in sein Büro gerufen und mir auf seine arrogante Art erklärt, dass ich den Gesetzesvorschlag vergessen könne, den er durchzubringen versprochen hatte.

Am selben Abend rief Haavard mich an und erzählte mir von dem Jungen, der eingeliefert worden war, nachdem man ihn fast zu Tode geprügelt hatte. Das Kind war hirntot.

Damals hat alles angefangen. Die Morde, Haavard, Sabiya. Alles, was im Laufe der Jahre passiert ist, hat an jenem Tag seinen Anfang genommen. Ausgelöst von der Absage des Ministers und dem Gefühl, komplett festzustecken.

Vor meinem inneren Auge sehe ich den Wald zu Hause, die Berge, die Aussicht über den Fjord, die Alm, den See und die schmalen Pfade hinauf zum Trollskavlen. Dann tauchen Gondel und Seilrutsche auf. Beton. Stahl, Glas, Lärm und Menschen überall.

Seit ich in dem Artikel gelesen habe, dass Agnes den Vertrag mit den Bauherren unterzeichnen will, weiß ich, dass ich keine Sekunde zu vergeuden habe. Ich muss zu meinem Hof, sofort.

Sage ich ja zu dieser Pressekonferenz, werden sich die Ministerpräsidentin und die Regierung endlich zu diesem Gesetzesvorschlag verpflichten. Trotzdem, ich muss fahren. Ich kann auf kein anderes Wochenende hoffen. Agnes wird diesen Mist jetzt unterschreiben. Ich habe schon viel zu lange gewartet. Außerdem habe ich Papa und Lars versprochen, jetzt zu kommen.

»Das hört sich wunderbar an, aber da kann ich nicht«, sage ich.

»Was?«, erwidert sie in einem Ton, der deutlich zu erkennen gibt, dass sie mit so etwas nicht im Traum gerechnet hat.

»Ich wäre wirklich gerne da«, sage ich. »Aber ich muss nach der Regierungssitzung ins Vestland fahren, wir haben eine Krise in der Familie.«

»Verstehe«, sagt sie kühl, und ich höre, dass sie nichts versteht. »Da werden Sie einen Moment verpassen, der so schnell nicht wiederkommt. Wenn wir das Gesetz jemals umsetzen können, dann jetzt, ob es eine zweite Chance gibt, weiß ich nicht. Sind Sie sich in Ihrer Entscheidung wirklich sicher?«

»Das bin ich«, sage ich.

Als wir aufgelegt haben, schlage ich mit der Faust auf die Tischplatte.

60 – *Axel*

»Verdammt«, denkt Axel, als er Caro an dem großen, schwarzen Volvo lehnen und auf ihn warten sieht. Er hat gehofft, beim Joggen bessere Laune zu bekommen, aber ohne Erfolg, und jetzt steht auch noch seine Ex-Frau hier. Dabei hat er doch schon genug Probleme. Bedeutet ihr Auftauchen womöglich, dass er seine Kinder auch an diesem Freitag nicht sehen wird?

»Ich will gerne mit dir reden«, sagt Caro.

Der aufgetakelte Jägerlook und der Jeep sind neu. Caro stammt aus einer gewöhnlichen Mittelklassefamilie, hat Journalistik studiert und ein paar Jahre bei der VG gearbeitet.

In den letzten Jahren hat sie als Freelancerin glitzernde Porträts für irgendwelche Frauenzeitschriften geschrieben, die meiste Zeit aber mit Ausritten oder Lunchtreffen verbracht oder was man in den Kreisen, in denen sie sich bewegt, so macht.

Caro ist für ihr Alter noch attraktiv, zumindest, wenn man nicht ganz genau hinsieht. Sie ist schlank und fit und hat braune, lockige Haare.

Good looking, ja, aber das Gesicht ist zu straff, irgendjemand muss da seine Finger im Spiel gehabt haben, und dass man das so deutlich sieht, erfüllt ihn mit willkommener Verachtung.

»Schon krass, dass du jetzt hier wohnst«, sagt sie und nickt in Richtung des Hauses, als wollte sie damit etwas Nettes sagen. Dabei weiß er ganz genau, was kommen wird.

»Magst du mit reinkommen?«

Sie schüttelt den Kopf. Caro ist eine humorlose Bitch mit einem Gesicht voller Botox und Füllstoffen. Wenn er irgendetwas nie bereut hat, dann, sich von ihr getrennt zu haben. Wohl aber bereut er, sich überhaupt mit ihr eingelassen zu haben, sodass sie jetzt auf unabsehbare Zeit miteinander verknüpft sind.

»Was Haavard wohl dazu sagen würde?«, sagt sie.

»Wie meinst du das?«, fragt er und bereut seine Worte sofort. Er ist ihr wieder auf den Leim gegangen.

»Dass du jetzt sein Leben lebst.«

Es fühlt sich an, als hätte sie ihn geohrfeigt, wie sie es ein oder zwei Mal bei ihren ersten, richtig üblen Auseinandersetzungen getan hat. Er hat nie mit jemandem darüber gesprochen, nicht einmal mit Haavard. Vermutlich gibt es nichts Beschämenderes, als seine Frau zu schlagen oder eben von ihr geschlagen zu werden.

»Das ist nicht wahr«, sagt er und schnappt nach Luft.

Es ist wie immer, Caro nimmt ihm irgendwie auf ganz üble Weise die Luft.

»Nicht?«, fragt sie. »Es sieht doch so aus, als würdest du in seinem Haus wohnen, seine Frau ficken und den Papa für seine Kinder spielen?«

Sie lächelt, sagt es aber so, als würde sie auf einem ihrer Pferde sitzen, mit denen sie die Peitsche schwingend auf Bygdøy herumreitet. Natürlich hatte auch er diesen Gedanken schon einmal, es ist aber etwas vollkommen anderes, das von jemand anderem zu hören.

»Hör auf, bitte«, sagt er. »Sonst geh ich direkt ins Haus.«

Sie zuckt mit den Achseln.

»Okay, dann lass uns zur Sache kommen. Ich kann ohnehin nicht lange bleiben. Aber Axel, das funktioniert so nicht.«

»Was funktioniert so nicht?«

»Dieses geteilte Sorgerecht, von dem du träumst.«

Er schluckt. Er weiß selbst, dass sie in der Zeit, in der er jetzt wieder hier ist, noch zu keiner Lösung gekommen sind, aber da herrschte wegen der Osterferien und allem anderen ja auch eine Art Ausnahmezustand. Er hat die ganze Zeit gedacht, dass es nur eine Frage der Zeit ist, bis alles wieder ein System hat.

»Die Kinder sind das nicht mehr gewohnt. Sie haben fünf Jahre ohne Vater gelebt. Du hast ihnen Clara vorgezogen und musst jetzt die Konsequenzen tragen. Sollen wir versuchen, eine Regelung zu finden, dass sie jedes zweite Wochenende kommen?«

»Jedes zweite Wochenende? Du willst mich zu so einem Wochenendpapa reduzieren?«, fragt er und spürt Wut in sich aufsteigen.

»Das hast du ganz allein gemacht, Axel«, sagt sie mit einem bitteren Lachen. »Du warst es, der gegangen ist. Und da warst du sogar meilenweit von einem Wochenendpapa entfernt!«

Er weiß nicht, was er sagen soll. In gewisser Weise hat sie ja recht. Er war jahrelang weg, hat auf der anderen Seite der Erde gewohnt. Seine Karten sind schlecht, so schlecht, dass er sich schämt.

»Olav ist jetzt fünfzehn. Er will nach fünf Jahren nicht wieder pendeln, um in Claras Haus zu wohnen und so zu tun, als wären ihre Jungs seine Brüder.«

Er muss die Augen schließen. Es ist so zynisch, so dunkel, die Welt auf diese Weise zu sehen.

»Warum sagst du mir das jetzt?«, fragt er mit einem Seufzen.

»Weil die Kinder mich gebeten haben, dir zu sagen, dass sie es nicht schaffen, heute zu kommen. Sie wollen das Wochenende zu Hause sein. Wir sollten lieber von Mal zu Mal schauen, wann es passt.«

Sie sieht ihn fast mitleidig an. Er spürt den Kloß in seinem Hals, will ihr aber nicht die Freude machen, ihr das zu zeigen. Trotzdem ist ihm voller Grauen bewusst geworden, wie viel in diesen Jahren kaputtgegangen ist. Für was? Es fühlt sich an, als wäre alles zu spät.

»Axel«, sagt sie. »Ich überbringe nur die Nachricht. Ich kann mir gut ein Wochenende ohne Kinder vorstellen, in den Genuss bin ich in den letzten fünf Jahren ja kaum gekommen, aber die Kinder wollen nicht. Verstehst du das?«

Er starrt sie an und weiß nicht, was er sagen soll. Ob es überhaupt noch etwas zu sagen gibt.

»Wenn man von der Sonne spricht«, sagt sie und sieht zum Ende der Straße.

Claras gewaltiges Ministerinnenauto nähert sich fast lautlos und fährt bis zu ihnen vor. Eine Tür wird geöffnet, und Clara steigt aus. Warum kommt sie mitten am Tag zurück?

»Hallo, Caro, lange nicht gesehen«, sagt Clara ruhig.

Er kann sich nicht daran erinnern, wann er die beiden zuletzt zusammen gesehen hat. Früher haben sie sich regelmäßig zu viert getroffen und gemeinsam etwas unternommen, bis dann irgendwann überdeutlich geworden war, wie schlecht die beiden Frauen miteinander auskamen. Haavard und er waren daraufhin stillschweigend zu der Vereinbarung gekommen, sich ohne die beiden zu treffen. Das ist jetzt viele Jahre her.

Er glaubt, dass Caro von dem Moment an eifersüchtig auf

Clara gewesen ist, als Haavard sie ihnen im Justisen als seine neue Freundin vorgestellt hat. Dabei wirkte er irgendwie steif und seltsam, als er mit ihr ankam. Axel selbst hatte es den Boden unter den Füßen weggezogen, als er die blonde Gazelle sah, die nur leider an Haavards und nicht an seinem Arm hing. Caro war daraufhin noch schlechter gelaunt und noch schweigsamer gewesen als vorher schon.

»Hallo«, sagt Caro, ohne Clara anzusehen. Dann geht Clara an ihnen vorbei, ohne stehen zu bleiben oder ein weiteres Wort zu sagen. Er ist froh darüber, wobei es ja eigentlich natürlich gewesen wäre, sich wenigstens für einen Moment dazuzustellen.

61 – *Clara*

Ich gehe ruhig an Axel und Caro vorbei, doch kaum hinter der Tür schlüpfe ich aus den Schuhen, laufe nach oben ins Schlafzimmer und beginne zu packen.

Es ist viele Jahre her, dass ich Caro zuletzt gesehen habe. Der Gedanke, dass Axel und sie gemeinsame Kinder haben, ist befremdlich. Die Frau ist fast schon als dumm zu bezeichnen. Ich verstehe Axels Frustration nur zu gut, aber das hat er sich selbst zu verdanken, schließlich war es seine Entscheidung, Kinder mit ihr zu zeugen.

Ich packe mehr, als ich für ein Wochenende brauche. Trekkingklamotten, Wollpullover, Wanderschuhe und eine zusätzliche Powerbank für meinen privaten Mac. Eigentlich will ich nur zwei Tage weg sein. Mein Plan ist es, am Montag um sieben Uhr morgens zur Departementssitzung zu erscheinen, allerdings weiß ich nicht, was mich da im Westen erwartet und ob ich überhaupt zurückkomme.

Mona Falkum kam heute Morgen in mein Büro gestürzt und hat mich gefragt, was zum Henker mich bewogen hat, die Vorstellung des Gesetzesvorschlags auf der Pressekonferenz der Ministerpräsidentin auszuschlagen. Ich hätte doch immer so auf dieses Gesetz gedrängt?

Ich habe nichts dazu gesagt.

Es gab nichts zu sagen.

Vielleicht gelingt es mir dieses Mal nicht, mit heiler Haut

davonzukommen. Seit dem Angriff in Nairobi bin ich dreister. Mein altes Ich ist wieder zum Vorschein gekommen, wenn auch ohne dieselbe Fähigkeit, das Risiko richtig einzuschätzen. Würde man mir meine Freiheit nehmen und mich einsperren, würde ich das nicht überstehen. Ich habe keine Angst vor dem Tod, wohl aber davor, meine Freiheit zu verlieren. So war es schon immer.

Ich nehme den Pass aus der obersten Schublade, stecke ihn ins Innenfach der Reisetasche und ziehe den alten Reißverschluss zu. Es kann ja nicht schaden, ihn dabeizuhaben. Jetzt muss ich weg hier, raus aus dem Haus und nach Westen. Ich werfe die Tür des Schlafzimmers zu und gehe zu Andreas' Zimmer. Klopfe an.

Zu meiner Überraschung ruft er »Komm rein«, und ich öffne die Tür.

»Ich fahre übers Wochenende ins Vestland«, sage ich.

Er reißt die Augen auf, und ich weiß, warum. All diese Jahre war ich kein einziges Mal da. Das letzte Mal habe ich nach ihm und Nikolai gesucht. Und diese Reise endete mit der Beerdigung von Papa.

»Was willst du da so plötzlich?«

»Ich muss nach dem Hof schauen. Hätte das schon längst tun sollen.«

»Wohnt da jetzt nicht Agnes?«

Ich nicke. Soll ich ihm von der Gondel und der Seilrutsche erzählen? Von all dem Scheiß, den seine Großmutter angeleiert hat? Aber zu welchem Zweck. Das alles würde ihn doch nur beunruhigen.

»Kann ich mitkommen?«

Es sind dieselben Worte und fast derselbe Tonfall wie früher, als er zwei oder drei Jahre alt war und immer mitwollte, wohin ich auch ging. Sogar aufs Klo.

Ich denke einen Moment nach, aber nein, diese Fahrt muss ich allein machen. Ich muss mir im Auto einen Plan zurechtlegen, mich auf das vorbereiten, was mich dort erwartet. Ich kann ihm nicht erzählen, warum ich dorthin muss. Das würde zu nichts Gutem führen.

»Ich würde dich gerne mitnehmen, Andreas, aber dieses Mal geht das nicht.«

Er sagt nichts. Der Blick, den er mir zuwirft, ist auch wie früher, wenn ich ihm etwas ausgeschlagen habe. Wie kannst du mich hier allein lassen?, fragt er damit. Dann dreht er sich zum Bildschirm um und verschließt sich wieder in sich selbst.

»Dann mach's gut«, sage ich, ohne eine Antwort zu bekommen.

Am liebsten würde ich zu ihm gehen und ihn umarmen. Ich tue es aber nicht. Es ist Jahre her, dass ich meine Söhne zuletzt in den Armen gehalten habe, damals sind sie mir manchmal sogar noch um den Hals gefallen. Wann hat das aufgehört? Nach Haavards Tod? In dem üblen Herbst, in dem sie einfach abgehauen sind? Die einzige Zärtlichkeit, die ich in den letzten Jahren von ihnen bekommen habe, war eine vage Umarmung in Nairobi im Krankenhaus.

Ich gehe über den Flur zu Nikolais Zimmer, klopfe an und öffne die Tür. Leer. Das Bett ist gemacht, das Zimmer aufgeräumt. Natürlich, er ist ja nicht da, er ist zu William und Åsa gezogen. In der Hektik habe ich das vergessen. Dann kann ich mich von ihm nicht verabschieden. Ich habe in den letzten Jahren so oft an seinem Bett gesessen, ihn jedoch seit der Ernennung nicht mehr gesehen.

Ich bleibe eine oder zwei Sekunden im Flur stehen und frage mich, ob ich zurück zu Andreas gehen und ihn umarmen soll, aber seine Körpersprache hat nicht gerade signalisiert, dass er das will. Es könnte unangenehm werden, unnatürlich. Außerdem fehlt mir die Zeit. Ich darf jetzt nicht mehr zögern, ich muss los.

62 – *Axel*

»Man kann den Kindern keinen Vorwurf machen… Eine Sache bist du, aber dazu kommen dann noch die seltsamen Jungs von Clara, und Clara selbst …«, sagt Caro und wirft einen vielsagenden Blick zum Haus.

Sie stehen jetzt sicher schon seit einer Viertelstunde hier. So eilig scheint Caro es also doch nicht zu haben. Und jetzt spricht sie auch noch die Aufgabe an, bei der er Olav helfen wollte.

»Das war ein Zeichen«, sagt sie, »dass du dich im Grunde gar nicht kümmerst.«

»Verdammt Caro, Clara lag im Krankenhaus. Ihr Leben hing am seidenen Faden«, sagt er, aber das alles nützt nichts. Er muss der Erwachsene sein, der Verantwortungsvolle, der dem Ganzen ein Ende macht.

»Ich weiß ehrlich gesagt nicht, ob ich nicht auch dagegen bin, dass sie hier in diesem Haus mehr Zeit verbringen. Ob ich das guten Gewissens erlauben kann«, sagt Caro.

»Was meinst du denn damit?«, fragt er mit einem resignierten Seufzen.

»Jetzt komm schon«, sagt sie und sieht ihn herausfordernd an. »Du weißt doch auch, dass diese Frau nicht richtig tickt.«

»Könntest du mit diesen halbgaren Vorwürfen bitte aufhören? Was willst du damit überhaupt andeuten?«

Ein paar Sekunden bleibt es still. Sie neigt den Kopf zur Seite.

»Was weißt du eigentlich über Haavards Tod?«

Sie sagt es langsam und deutlich, mit kristallklarer Aussprache, sodass er ihr am liebsten eine kleben würde.

»Wie meinst du das?«, fragt er. »Warst du etwa dabei?«

»Natürlich nicht«, sagt Caro. »Aber Claras Söhne waren da, und Olav meint, dass sie etwas wissen, das ihnen ziemlich zusetzt. Er findet das total creepy, und ich verstehe ihn gut. Vielleicht solltest du hinter deiner eigenen Haustür aufräumen, bevor du uns bedrängst.«

Wie er es hasst, wenn sie sich und die Kinder auf die eine Seite stellt und ihn auf die andere. Dann werden sein überhitzter Körper und sein brodelndes Hirn plötzlich kalt.

»Ich verstehe noch immer nicht, was du da andeuten willst«, sagt er. »Wie meinst du das?«

»Das musst du selbst herausfinden. Du kannst ja ihre Söhne fragen, mit denen wohnst du ja zusammen. Ich glaube, es gibt Dinge, die du nicht weißt, um es mal so zu sagen.«

»Caro, das ist sogar unter deiner Würde …«

»Red' mit den Kindern. Die wissen Bescheid«, sagt sie.

Dann geht sie mit schnellen Schritten zum Jeep, setzt sich hinein, lässt den Motor an und fährt los. Ein Teil von ihm will sie zurückhalten und mehr wissen.

Haavard war schwimmen, hatte ein Riesenpech und ist ertrunken. Das war eine Tragödie, ein Unfall, aber es stimmt natürlich, dass er gemeinsam mit Clara schwimmen war. Spielt sie darauf an? Oder weiß sie tatsächlich etwas, das er nicht weiß?

Plötzlich ergreift ihn Panik. Was ist das nur für ein Albtraum?

Er sieht zur Veranda im ersten Stock. Clara steht am

Fenster und blickt nach draußen, ohne ihn wahrzunehmen. Dann verschwindet sie im Zimmer. Steht sie da schon lange? Hat sie gehört, was Caro gesagt hat?

Wer ist Clara überhaupt? Wer ist die Frau, die er so über alles geliebt hat, dass er sein Leben geopfert hat, nur um in den letzten Jahren bei ihr zu sein? Hält sie etwas vor ihm geheim? Oder will Caro ihn nur stressen und unter Druck setzen? Andererseits kann er ihre Andeutungen nicht ignorieren. Er muss mit Andreas und Nikolai reden, am besten sofort, um das aus der Welt zu schaffen. *Red' mit den Kindern, die wissen Bescheid.*

In der Küche steht Clara und schmiert sich ein Brot mit Salami.

Er sollte sie endlich zur Rede stellen. Sie mit dem konfrontieren, was Maria und Caro gesagt und angedeutet haben, aber er schafft es nicht. Es war noch nie leicht, irgendetwas mit Clara zu diskutieren, und jetzt, da es um etwas derart Großes, Dunkles, ja möglicherweise Katastrophales geht, fühlt sich das komplett unmöglich an.

»Über was habt ihr da eigentlich verhandelt?«, fragt sie.

»Caro ist die Mutter meiner Kinder.«

»Das weiß ich«, sagt Clara. »Aber was wollte sie?«

»Sie ist gekommen, um mir zu sagen, dass meine Kinder nicht zu mir kommen wollen. Oder zu uns.«

Erst jetzt wird ihm richtig bewusst, dass seine Kinder nicht kommen und noch dazu ihre Mutter schicken, um ihm das zu sagen. Seine leiblichen Kinder wollen nicht mit ihm zusammen sein, sondern ziehen Caro und diesen Tønsberg-Didrik vor. Die Erkenntnis brennt wie Säure in seinem Hals, wobei das im Moment fast unwichtig ist.

»Warum bist du eigentlich um diese Uhrzeit hier? Was ist los?«

»Ich muss ins Vestland. Ich habe gepackt und mir Verpflegung vorbereitet.«

»Was willst du da denn so plötzlich? Soll ich mitkommen, dir helfen?«

Sie schüttelt ablehnend den Kopf.

»Und was ist mit den Jungs? Fahren die mit?«

»Nein«, sagt sie resigniert.

Noch ehe er ein Wort sagen kann, küsst sie ihn zum Abschied auf die Wange, geht in den Flur, wirft sich die Tasche über die Schulter und läuft nach draußen zu ihrem Wagen.

Er bleibt zurück und fühlt sich, als hätte ihn jemand in eine Zentrifuge gesteckt. Schließlich lässt er sich auf einen Stuhl fallen und starrt in die Luft, bis es irgendwann an der Tür klingelt.

Er öffnet und erkennt den gepflegten, mittelalten Mann sofort wieder. Trotzdem braucht er ein paar Sekunden, um sich zu sammeln.

Erik Heier ist vielleicht der letzte echte TV-Promi des Landes, er hat Clara vor laufender Kamera dazu gebracht, sich zu öffnen, und hat dann alle mit seinem Rückzug aus dem Abendprogramm überrascht.

»Hallo«, sagt Heier und ist klug genug, Axels Namen nicht zu nennen, denn damit hätte er die Seifenblase aus Fernsehmagie, die sie umgibt, gleich zum Platzen gebracht. »Darf ich reinkommen?«

Axel nickt. Er ist neugierig, was Heier will. Schlimmer kann es ja nicht mehr werden.

»Clara ist nicht zu Hause«, sagt er, als sie durch den Flur gehen.

»Damit habe ich gerechnet, schließlich ist sie Ministerin«, sagt Heier jovial. »Sie fragen sich bestimmt, warum ich hier bin?«

Er sieht Axel an und erhält ein Nicken als Antwort.

»Ich habe Clara mehrmals interviewt. Neben dem Fernsehauftritt habe ich ein Porträt über sie gemacht, als ich noch bei TV2 war. Da war sie Staatssekretärin und hatte gerade ihren Mann verloren.«

Axel nickt. Er erinnert sich an all das.

»Trotzdem bin ich heute nicht hier, um mit Ihnen über Clara zu reden. Ich weiß, dass Sie ein guter Freund von Haavard Fougner waren, und aktuell arbeite ich an einem Podcast über Sabiya Rana. Sie erinnern sich an sie?«

Darum geht es also. Natürlich. Der Podcast. Er hätte gleich darauf kommen müssen.

»Sabiya war nicht nur eine Kollegin, sondern auch eine Freundin von Haavard, nicht wahr? Wir würden gern herausfinden, warum das alles so tragisch enden musste.«

»Ich habe sie nicht gekannt«, sagt er wahrheitsgemäß.

»Das weiß ich, aber Sie kannten Haavard?«

»Das ist richtig, ja«, sagt er und schluckt.

Sein Hals schnürt sich zu, aber er will vor diesem Fernsehpromi nicht weinen.

»Ich dachte, dass Sie mir vielleicht sagen können, was er über sie erzählt hat? Wir sind noch mitten in der Recherche. Ich würde unser Gespräch gerne aufnehmen, aber was Sie sagen, wird niemand hören. Für den Podcast nutze ich das nur, wenn Sie einverstanden sind. Wir nennen auch Ihren Namen nicht, wenn Sie das nicht wollen.«

Glaubt dieser Mann wirklich, dass er ihm jetzt alle seine Geheimnisse anvertrauen wird?

»Haavard war mein bester Freund. Ich vermisse ihn, aber mehr habe ich dazu nicht zu sagen. Es tut mir leid.«

»Okay«, sagt Heier und meint das auch so. »Ich schicke Ihnen meine Nummer. Rufen Sie mich an, sollte Ihnen etwas einfallen oder sollten Sie doch das Bedürfnis haben, mit jemandem zu reden.«

In der Halle bleibt Heier vor einem großen, gerahmten Bild stehen, das Haavard, Clara und die Jungs zeigt. Sie liegen entspannt auf einer grünen Wiese unweit des Hofes. Die Jungs können nicht älter als zwei sein, Arme und Beine sind noch dicklich und auch die Gesichter noch voller Babyspeck. Leif hat das Foto gemacht. Clara wollte das Bild einmal abnehmen, aber die Kinder haben protestiert, sodass es noch immer an der Wand hängt. Er muss schlucken. Dieses Foto zeigt einen Teil von Claras Leben, an dem er nie teilhaben wird.

»Ist das Haavard?«, fragt Heier und zeigt auf das Bild. Andreas liegt auf dem Schoß seines Vaters, glücklich und entspannt. Axel nickt.

»Sind Sie oft dort? Ich erinnere mich daran, dass Clara mir bei unserem ersten Interview erzählt hat, wie viel ihr der Hof bedeutet.«

»Das sind wir leider nicht«, sagt Axel.

»Haben Sie den Hof inzwischen verkauft?«, fragt Heier und mustert weiter das Foto.

»Das ist eine lange Geschichte«, sagt Axel mit einem Seufzen. »Der Hof gehört jetzt Claras Mutter. Die beiden haben aber keine gute Beziehung, vorsichtig ausgedrückt. Sie sind nie miteinander ausgekommen. Claras Kindheit war nicht gerade einfach.«

»Verstehe«, sagt Heier.

Axel hat den Journalisten schon immer gemocht, er ist ein guter Talkmaster und wirkt real noch empathischer als auf dem Bildschirm. Am liebsten würde er ihm von Maria und Caro und Clara und all diesem Mist erzählen, aber das geht natürlich nicht.

»Clara ist heute übrigens zum ersten Mal seit Jahren wieder in den Westen aufgebrochen.«

Er beißt sich auf die Lippe. Warum hat er das gesagt? Er redet zu viel, andererseits interessiert Heier sich ja nur für Sabiya Rana. Der Mann ist so freundlich und angenehm, dass man leicht vergisst, dass er Journalist ist.

»Wirklich? Wann ist sie denn aufgebrochen?«

Heier ist gut darin, Interesse zu zeigen, dabei ist dieser Trick so alt wie effektiv.

»Unmittelbar bevor Sie gekommen sind«, sagt Axel.

Heier starrt ihn ein paar Sekunden an.

»Nun, ich sollte jetzt auch los«, sagt er. »Danke für das Gespräch. Und denken Sie dran, sich zu melden, wenn Sie über etwas reden wollen.«

Dann fährt er und lässt Axel mit all seinen Gedanken zurück.

Wie, um alles in der Welt, konnte das Leben nur so werden, wie es ist?

63 – *Heier*

Erik entfernt sich mit schnellen Schritten von der prächtigen weißen Villa. Das Haus hatte einmal William Fougner gehört, war dann von seinem Sohn und Clara Lofthus übernommen worden. Jetzt ist es das Zuhause von Clara und diesem Axel. Geräumige Zimmer, Kieferndielen und hohe Decken. Solche Häuser erfüllen ihn immer mit Andacht, irgendwie aber auch mit Verachtung, eine ganz spezielle Mischung, die das Osloer Bürgertum wieder und wieder bei ihm aufruft. Vermutlich liegt es daran, dass er aus einfachen Verhältnissen in Romsås stammt und sich alles selbst erarbeitet hat.

Das Gespräch mit Axel war die reinste Zeitverschwendung, allerdings interessierte ihn das Foto, das bei dem väterlichen Hof aufgenommen worden war. Er hatte den Eindruck, Clara, Haavard und die Söhne in einer anderen Zeit zu sehen. Von Bedeutung ist das aber nicht. Nur Axels letzte Bemerkung ist wichtig.

Auf dem Rückweg wird ihm bewusst, dass er keine Zeit mehr verlieren darf und direkt nach Westnorwegen fahren muss. Clara ist auf dem Weg dorthin. Und wenn sie zum ersten Mal seit Jahren geradezu Hals über Kopf dorthin aufbricht, muss es einen Grund dafür geben. Er will wissen, was sie vorhat, will dort sein, wenn etwas geschieht; und sollte es etwas Ungesetzliches sein, will er sie aufhalten.

Diese Sache ist mittlerweile persönlich. Er muss diese Frau stoppen, und wenn es das Letzte ist, was er tut.

Das beinahe ungesunde Interesse, das er schon immer für sie empfunden hat, ist unverändert da, jetzt aber unter anderen Vorzeichen. Er fühlt sich betrogen und hintergangen und kann sich nur vage vorstellen, was ihr Lebensgefährte spüren wird, wenn er erst herausfindet, wer sie wirklich ist.

Mitunter hört er noch die leise Stimme im Ohr, die ihm zuflüstert, dass sie noch immer keine Beweise gegen Clara haben und das alles auch nur ein großes Missverständnis sein könnte. Vielleicht sind sie ja irgendwelchen alten Konspirationstheorien auf den Leim gegangen?

Aber daran darf er jetzt nicht denken. Er ist einer Sache auf der Spur und darf die Fährte nicht verlieren.

Er packt in aller Eile und findet auf der Webseite der Lokalzeitung eine Übersicht über die Angestellten. Fünfzehn Namen, darunter Halvor Haugo mit Telefonnummer und E-Mail-Adresse. Er nimmt den Hörer ab und will ihn anrufen, zögert dann aber. Dann beginnt er eine SMS, die er gleich wieder löscht. Er muss da persönlich auftauchen, dann kann Haugo ihn nicht so einfach abwimmeln.

Clara ist bereits gefahren, er darf ihr nicht mehr Vorsprung geben als unbedingt nötig.

Er schließt ab, geht zu seinem Wagen, fährt aus der Einfahrt und ruft aus dem Auto Beumann an.

»Ich will dir nur sagen, dass ich auf dem Weg ins Vestland bin.«

»Gibt es irgendetwas Konkretes?«, fragt Beumann.

»Clara Lofthus ist zum ersten Mal seit Jahren auf dem Weg dorthin. Ich will wissen, was sie vorhat.«

»Wäre es nicht besser, wenn wir zusammen fahren?«, fragt Beumann und hört sich etwas beleidigt an.

Der Gedanke ist Erik nicht einmal gekommen. Natürlich wäre das von Vorteil, aber er will allein fahren, keine Rücksicht nehmen, nichts diskutieren und auf niemanden warten.

»Ich bin schon unterwegs«, sagt er. »Ich bin in aller Eile los, außerdem ist es sicher gut, auch jemanden hierzuhaben. Ich halte dich auf dem Laufenden.«

Sie verabschieden sich, und er hört, dass Beumann noch immer verstimmt ist. Aber daran ist jetzt nichts zu ändern.

Heier kennt Westnorwegen. Er war schon mehrmals in Bergen, Stavanger und Ålesund, hat Konferenzen geleitet, war auf einem Seminar in Turtagrø und auf einem Jazzfestival in Voss. Außerdem war er schon zum Wandern dort und um die Obstblüte am Hardanger zu genießen. In Claras Heimatort ist er noch nie gewesen. Der Weg erweist sich als länger als angenommen, aber so kann er wenigstens alles durchdenken, denn geplant war diese Reise ja nicht.

Als die Steigung zur Sollihøgda beginnt, stimmt er in den alten Song ein, der aus dem Autoradio kommt, *California Dreamin'*, obwohl der eigentlich gar nicht seinem Musikgeschmack entspricht. Die Straßen sind trocken und gut zu befahren, der Verkehr ist allerdings dicht. Er fährt an einer Absperrung vorbei, an der gerade die Folgen eines Unfalls bereinigt werden. Bis vor Kurzem muss es hier einen Stau gegeben haben.

Vielleicht ist Clara hier aufgehalten worden, denkt er und sieht auf die Uhr.

Er muss tanken, pinkeln und sollte sich etwas zu essen holen, dabei würde er am liebsten einfach weiterfahren. Noch bevor er sich umentscheiden kann, blinkt er, fährt zu einer Circle-K-Tankstelle und sieht gerade noch einen dunklen Wagen mit Osloer Nummernschild die Tankstelle verlassen.

64 – *Axel*

Seit Haavards Tod sind bald sechs Jahre vergangen. Axel ist der Sache nie nachgegangen, hat nie gefragt, was damals eigentlich wirklich passiert ist. Er hat gedacht, dass er das aushalten und damit leben muss, ohne sich zu Tode zu grübeln. Jetzt ist alles anders. Er muss es wissen, kann keine Sekunde länger warten.

Was stimmt nicht mit Haavards Tod? Was hat Caro gemeint? Was weiß sie, das er nicht weiß, und was haben Nikolai und Andreas Olav erzählt?

Er erinnert sich daran, dass Andreas irgendwann eine Bemerkung über Haavards Tod gemacht hat, als sie Clara gemeinsam im Fernsehen gesehen haben. Er wollte dann aber nicht weiter darauf eingehen.

Axel stürmt die Treppe hoch, klopft an Andreas' Tür und tritt ein, bevor er eine Antwort erhält. Andreas sitzt an seinem Schreibtisch und sieht sich etwas auf dem Computer an. Er schließt die Seite, ehe Axel etwas sehen kann.

»Ich dachte, Mama wäre wieder da …«

»Mama ist auf dem Weg nach Westen«, sagt er. Wenn er mit den Jungs spricht, redet er immer von Mama und nicht von Clara. Genauso macht er es mit Caro und seinen eigenen Kindern. Er hofft, damit eine Art Nähe herstellen zu können oder wenigstens die Distanz zu mindern. Viel Erfolg hat er damit auf jeden Fall nicht gehabt.

»Hat sie gesagt, ja. Ich dachte, sie hätte vielleicht etwas vergessen …«

»Andreas«, beginnt er. »Wir müssen reden.«

»Worüber?«, fragt der Junge ziemlich zurückhaltend.

»Über das, was damals mit deinem Papa passiert ist. Ich weiß, dass du nicht gerne darüber redest …«

Verdammt, das wird nicht leicht. Er hat keine Ahnung, wie er anfangen soll.

»Falsch«, sagt Andreas und sieht demonstrativ aus dem Fenster. »Ich hasse es sogar.«

Seine Ausstrahlung ist klar. Er will, dass Axel aus seinem Zimmer verschwindet, aber dieses Mal gibt er sich nicht so schnell geschlagen.

»Das verstehe ich. Ich tue das auch nicht gerne, aber ich glaube, es ist wichtig. Ich muss wissen, was damals wirklich passiert ist. Was weißt du?«

Andreas steht auf und nimmt die Jacke, die über seinem Stuhl hängt.

»Wohin willst du?«, fragt Axel und spürt, wie die Verzweiflung ihn packt.

Der Junge will einfach gehen. Instinktiv weicht Axel nach hinten zurück und versperrt die Tür.

»Ich will raus, hier hält man es ja nicht aus.«

»Du kannst jetzt nicht einfach gehen«, sagt er.

»Kann ich nicht?«, fragt der Junge, der mittlerweile einen halben Kopf größer und sicher stärker als Axel ist. Seine Augen glänzen. Verdammt, was hat er da nur losgetreten? Aber für Reue ist es jetzt zu spät, und Schwäche darf er auch nicht zeigen.

Der Verdacht, der ihm im Gespräch mit Caro gekommen ist, setzt ihm mehr und mehr zu.

Er hat sich zu erinnern versucht, was er von dem Tag, an

dem Haavard gestorben ist, weiß. Clara und Haavard waren auf der Alm, die Jungs hatten sie unten auf dem Hof bei ihrem Großvater gelassen. Wie konnten sie dann etwas wissen?

»Andreas, ich bin mir ziemlich sicher, dass damals, als Papa gestorben ist, etwas geschehen ist«, sagt er. »Und ich glaube, dass Mama irgendetwas damit zu tun hat. Ich weiß, wie schrecklich das alles ist, aber ich verspreche dir, dir zu glauben, was auch immer du sagst. Vielleicht kann ich helfen …«

»Wie willst du denn helfen?«, schnaubt Andreas. »Es ist doch alles im Arsch. Was willst du tun? Papa wieder lebendig machen?«

»Das kann ich nicht, auch wenn ich mir das mehr als alles andere wünsche. Aber vielleicht kann ich dir helfen, herauszufinden, was du tun kannst. Ich kann dir zuhören, mit Mama reden …«

»Und was willst du ihr sagen?«, fragt Andreas und starrt ihn plötzlich wütend an.

»Dass sie die Verantwortung für das übernehmen muss, was sie getan hat.«

»Das kannst du vergessen. Sie wird alles leugnen, wird sagen, dass …

Andreas verstummt und sieht Axel entsetzt an. Versteht selbst, dass er *damit* eigentlich schon alles gesagt hat.

65 – *Clara*

Ich stelle den Kaffeebecher in die Halterung zwischen den Sitzen, schnalle mich an, setze den Blinker und fahre vom Parkplatz der Tankstelle.

Als ich auf die Hauptstraße einbiege, sehe ich im Rückspiegel einen anderen Wagen mit Osloer Kennzeichen auf exakt den Platz fahren, auf dem ich gestanden habe. Diese Tankstellen sind wirklich gut frequentiert.

Ich war kaum aus Oslo losgefahren, als ich wegen eines Unfalls eine halbe Stunde im Stau stand. Jetzt rinnt mir die Zeit durch die Finger. Meine letzte Fahrt in den Westen ist lange her. Früher konnte ich diese Fahrt genießen, dieses Mal sitze ich komplett angespannt hinter dem Steuer.

Ich denke an all die Jahre, in denen ich nicht zu Hause war. Ich habe den Gedanken nicht ertragen, den Hof ohne Papa zu sehen oder dort auf meine Mutter zu treffen. Noch schlimmer ist die Vorstellung, mit ihr reden zu müssen. Was ich auch sagen würde, ich würde Papa mit jedem Wort verraten.

In der letzten Zeit ist alles in die Brüche gegangen. Das schöne Leben in Nairobi, weit weg von allem, hat an dem Tag sein Ende gefunden, als die Schule angegriffen wurde. In dem Moment habe ich den Überblick verloren, und seither herrscht nur noch Chaos.

Ich hätte niemals nach Oslo zurückkehren dürfen, hätte

mich aus Heiers Fernsehshow fernhalten und den Ministerposten ablehnen müssen. Ich hätte Stian nicht wiedersehen dürfen und ganz sicher hätte ich es nicht zulassen dürfen, dass meine Mutter so lange widerstandslos den Hof besetzt.

Ich muss etwas tun, muss ein Testament oder etwas anderes finden, das belegt, dass Agnes nicht die rechtmäßige Besitzerin des Hofes ist. Und ich muss es schnell finden. Wie realistisch das ist, weiß ich nicht, versuchen muss ich es auf jeden Fall. Finde ich nichts, muss Agnes auf andere Weise verschwinden. Sie darf diesen Vertrag auf keinen Fall unterschreiben.

Mein Zeitfenster ist klein, die Chorprobe, noch dazu gibt es keine Garantie, dass sie heute daran teilnimmt. Vielleicht ist sie krank, vielleicht hat sie keine Lust oder ist mittlerweile ausgetreten. Trotzdem muss ich darauf setzen, dass sie von etwa 18:00 bis 20:00 Uhr bei der Probe und dem anschließenden Kaffeetrinken ist, um in ihrer Abwesenheit den Hof zu durchsuchen.

Aber zuerst will ich auf den Friedhof. Ich muss das schaffen, kann nicht nach Hause auf den Hof, ohne dort gewesen zu sein. Ein einziges Mal will ich an Papas Grab sein. Nicht lang, aber dann habe ich wenigstens das Gefühl, dass Papa und Lars bei mir sind, wenn ich zum Hof fahre.

Eine dünne, milchig weiße Sonne wirft ihren Schleier über alles, als ich an der Kirche parke. Der Himmel ist hellblau mit vereinzelten Wolken, was so ganz und gar nicht zu meiner Gemütslage passt. Ich will keine Sonne, wenn ich zum ersten Mal an Papas Grab stehe. Ich gehe trotzdem vom Wagen zum Friedhofstor, vom Tor zur Treppe und von dort zu Papas Grab.

Ich war so oft an Lars' Grab, habe so oft mit ihm gesprochen, an den Grabstein mit dem kleinen Vogel gelehnt. *Rä-*

che mich, hat er mir wieder und wieder zugeflüstert, und das habe ich getan.

Trotzdem gibt es eine Rache, die ich in all den Jahren versäumt habe zu nehmen. Einen Menschen, der bei allem zugesehen und es hat geschehen lassen. Sie.

Ich habe sie mehr gehasst, als ich Magne gehasst habe, denn sie war Lars' Mutter. Sie hätte über ihn wachen und ihn schützen müssen. Stattdessen hat sie wie eine Vogelmutter zugesehen, wie ihr Junges aus dem Nest gerissen und zum Sterben auf den Boden geworfen wurde.

Ich hoffe, dass ihr Leben unangenehm und traurig war, sodass all diese Jahre eine schlimmere Rache waren, als wenn auch sie damals, vor langer Zeit, gestorben wäre.

66 – *Axel*

»Andreas«, sagt er, und versucht, autoritär zu klingen. »Du musst mir erzählen, was du damals gesehen hast. Lass uns reden. Du fühlst dich besser, wenn du dir das von der Seele redest, das verspreche ich dir.«

In diesem Moment klappt Andreas irgendwie zusammen, er gibt auf, wendet sich ihm zu.

»Entschuldige«, schnieft er. »Entschuldige.«

»Was denn?«

»Dass ich nie etwas gesagt habe. Ich hätte dich warnen müssen, aber wir wollten dich hierhaben, wollten, dass du bleibst. Nikolai war der Meinung, dass wir etwas sagen müssten, aber ich habe mich dagegen gewehrt, hatte Angst vor all dem, das dann geschehen wäre …«

Er schluchzt. Axel streichelt ihm über den Rücken.

»Ich hätte es nicht verkraftet, auch noch Mama zu verlieren. Sie ist keine gute Mutter, wirklich nicht, aber sie ist die einzige, die wir haben …«

Mein Gott. Sein Herz hämmert wie wild. Und er ist sich immer sicherer, dass er das alles eigentlich gar nicht hören will.

»Außerdem weiß ich gar nicht richtig, was ich damals tatsächlich gesehen habe. Es ist so lange her, und ich war noch klein. Vielleicht ist das, was ich zu sehen geglaubt habe, ja gar nicht geschehen? Vielleicht habe ich mir das alles nur eingebildet?«

»Andreas, erzähl mir, was du gesehen hast, ganz gleich, ob deine Erinnerung dir einen Streich spielt.«

Der Junge nickt, fährt sich mit der Hand unter der Nase entlang und beginnt zu sprechen.

»Ich habe unten auf dem Hof geschlafen, bin dann aber nach oben zur Alm gelaufen, weil ich irgendwie das Gefühl hatte, dass etwas Schreckliches passieren würde. Als ich oben ankam, habe ich Papa im Wasser gesehen, er hat wie wild gestrampelt und um Hilfe geschrien, während Mama …«

Er hält inne, schnieft.

Axels Bauch zieht sich schmerzhaft zusammen. Nach dem Gespräch mit Caro hat er so etwas bereits befürchtet. Trotzdem ist es etwas anderes, es direkt zu hören. Aber er muss sich dem jetzt stellen.

»Was hat Mama gemacht?«

»Sie hat dagestanden und zugesehen. Und es geht nicht darum, dass sie ihm nicht geholfen hat, das verstehe ich, denn das wäre vermutlich gar nicht mehr möglich gewesen. Die Strömung hätte sonst auch sie mitgerissen. Nein, es war die Art, wie sie ihn angesehen hat. Verstehst du? Sie sah so aus, als gefiele ihr, was da passiert, ja, als verdiente er das.«

Axel sagt nichts, kämpft dagegen an, nicht selbst zusammenzubrechen.

»Ich glaube, sie hat ihn an einer Stelle ins Wasser gelockt, von der sie wusste, dass die Strömung ihn packen würde. Ich stand ganz still da, konnte mich nicht rühren. Ich habe einfach nur zugesehen, und das war so schrecklich. Ich wünschte mir, ich wäre nach unten gelaufen und hätte irgendwas getan. Papa wurde wild im Kreis gedreht, je näher er an den Wasserfall kam.«

Axel versucht, das Pochen in seiner Brust zu ignorieren, das Flimmern vor seinen Augen.

»Und Mama hat dich nicht gesehen?«

Der Junge schüttelt entschieden den Kopf.

»Irgendwann bin ich dann weggelaufen, erst am Wasserfall entlang und dann am Fluss. Ich war mir sicher, dass er irgendwann auftauchen würde, aber das ist er nicht. Ich hab mich immer gefragt, wo er ist. Ob er irgendwo unter Wasser hängen geblieben ist, vielleicht in einer dieser Gletschermühlen, oder ob der Fluss ihn bis in den Fjord gespült hat.«

Wie blind er gewesen ist und wie deutlich sich mit einem Mal das Bild vor seinen Augen abzeichnet. Diese verdammte Clara. Was hat sie getan, wer ist sie überhaupt, und was will sie mit ihm?

»Entschuldigung«, sagt der Junge noch einmal. »Entschuldigung.«

»Du musst dich nicht entschuldigen«, sagt er, plötzlich übermannt von Verzweiflung.

Red' mit den Kindern, die wissen Bescheid.

»Du hast Nikolai davon erzählt. Und Olav?«

Der Junge schüttelt den Kopf und wischt sich den Schnodder von der Nase.

»Kann Nikolai es ihm erzählt haben? Oder kann Olav gehört haben, wie ihr darüber gesprochen habt?«

»Warum fragst du das? Hat Olav etwa darüber gesprochen?«, fragt Andreas und sieht ihn beunruhigt an. Axel schüttelt den Kopf.

»Olavs Mutter hat etwas gesagt, das ich aber sicher missverstanden habe. Es klang so, als hätte sie irgendetwas davon aufgeschnappt. Mach dir keine Gedanken darüber. Wichtig ist nur, dass du mir das jetzt erzählt hast und wir gemeinsam eine Lösung finden.«

»Ich konnte nichts sagen«, sagt Andreas. »Das musst du verstehen, es ging einfach nicht. Ich hätte alles kaputtgemacht, genau wie jetzt. Was hast du jetzt vor? Wirst du die Polizei anrufen?«

Er schüttelt den Kopf.

»Ich fahre ins Vestland, ich muss Clara finden. Du gehst zu Nikolai, und dann bleibt ihr bei euren Großeltern. Ich rufe sie an und sage Bescheid.«

»Ich muss dabei sein«, sagt Andreas, und sein Tonfall erinnert an den seiner Mutter, wenn sie sich zu etwas entschlossen hat. »Ehrlich, ich kenne mich dort viel besser aus als du. Außerdem ist es besser, wenn wir zu zweit sind. Und du hast mich ja quasi gezwungen, das alles zu erzählen. Du bist mir das schuldig.«

»Okay«, hört er sich selbst sagen.

Haavard ist tot, und das schon eine Ewigkeit, auch wenn sein Körper nie gefunden wurde und auch nie mehr gefunden werden wird. Vermutlich ist er in den Fjord gespült worden, wo er sich langsam aufgelöst hat. Trotzdem fühlt es sich so an, als wäre er erst jetzt, da Andreas ihm die Geschichte erzählt hat, richtig gestorben.

Clara hat Haavard in den Tod gelockt und dann zugesehen, wie er ertrunken ist.

Sein Vater behauptet immer, die Zivilisation sei nur eine dünne Membran über der Barbarei. Diese Worte haben nie wahrhaftiger geklungen als in diesem Moment.

Er könnte Entschuldigungen für sie finden, andere Erklärungsansätze, oder er könnte glauben, dass der Junge das alles missverstanden hat, aber das tut er nicht. Mit einem Mal fallen so viele Puzzleteile an ihre Plätze. Heiers Verdacht, dass Clara etwas mit Sabiyas Tod zu tun haben könnte. Vermutlich war er deshalb gekommen. Marias Worte, dass Clara gefährlich ist. Aber auch ihr wollte er nicht zuhören. Stians Tod und die Tatsache, dass Maria nicht mehr mit ihm reden wollte. Wie die Jungen sich aufgeführt haben. All die kleinen Dinge, die er selbst immer wieder verdrängt hat.

Sie hat ihn getäuscht und ausgenutzt, hat dafür gesorgt, dass er alles für sie opfert, sogar den Kontakt zu den eigenen Kindern, ohne dass er das auch nur ansatzweise verstanden hätte. In ihm kämpfen Scham und Wut um die Vormacht.

Und dann sind da noch die Jungs. Andreas und Nikolai. Ihr Vater ist tot. Clara darf mit allem, was sie getan hat, nicht länger durchkommen. Und wenn sie erst weggesperrt ist, wird er für diese Kinder noch mehr Verantwortung haben als jetzt schon. Er wird der einzige Vater sein, den sie haben.

Diese Kinder darf er nicht verraten. Er muss der eine sein, der sie nicht im Stich lässt.

67 – *Clara*

Papas Grab liegt nah am Parkplatz. Ich erkenne den großen, runden Grabstein. Früher lag dieser Stein auf dem Hof, er hat gerne darauf gesessen. Ich konnte damals wenigstens noch organisieren, dass der Stein abgeholt, zum Gravieren gebracht und dann auf seinem Grab platziert wurde. Leif Lofthus steht darauf, Geburts- und Sterbedatum. Danke.

Agnes hat große Teile seines Lebens zerstört, aber damit muss jetzt Schluss sein, sie darf nicht noch mehr kaputt machen. Der Hof, der Ort, all das hier gehört mir, sollte mir gehören.

Ich hole die Kerze heraus, die ich mitgebracht habe, zünde sie an, obwohl sie im Sonnenlicht ziemlich deplatziert wirkt, und drehe mich dann zu Lars' Grab.

»Hoffentlich passt ihr aufeinander auf«, flüstere ich.

Es hört sich falsch an, und mit einem Mal glaube ich nicht mehr daran, dass sie zusammen sind oder mich hören. Ich glaube nicht, dass sie im Himmel sind, ich glaube nichts.

Meine Brust schnürt sich zusammen. Ich kann nicht atmen. Es fühlt sich an, als wäre ich vergiftet worden.

»Vergib mir«, flüstere ich und ringe nach Atem. »Vergib mir.«

Gleich darauf hocke ich auf den Knien zwischen den Gräbern und sehe mich irgendwie von oben. Genau wie damals vor fünf Jahren, als ich neben der Scheune auf dem Boden hockte, in der Papa gerade gestorben war. Stian ist zu mir gekommen, hat mich hochgehoben und ins Haus getragen. Dieses Mal gibt es niemanden, der das tut, trotzdem darf ich nicht länger hierbleiben. Mir fehlt die Zeit. Ich stehe auf, gehe zum Auto.

Als ich durch das Zentrum fahre, kommt mir ein türkiser Suzuki entgegen. Der Fahrer starrt mich an. Vermutlich erkennt er in mir die Justizministerin des Landes, aber irgendwie kommt auch er mir bekannt vor. Kann das Haugo gewesen sein? Der Journalist? Ich habe lange nicht mehr an ihn gedacht.

Die Wasserfälle führen zu dieser Jahreszeit viel Wasser. Die Schneeschmelze ist in vollem Gange, und ich höre das Donnern des Wassers. Auf den Berggipfeln ist noch Schnee, während unten im Tal alles saftig grün leuchtet. Die Obstbäume blühen weiß, und kleine Lämmer tänzeln auf den Wiesen herum. Dies ist die schönste und gleichzeitig auch brutalste Zeit. Diese endlosen, überwältigend hellen Tage haben etwas Hartes, Scharfes an sich und fordern ihren Tribut, während alle Knospen sich gleichzeitig öffnen.

Versteckt unten an der Weggabelung steht Papas Auto. Agnes hat es also noch nicht entsorgt, wenn sie es denn überhaupt bemerkt hat. Für mich ist das eine Art Trost.

Auf dem Weg hoch zum Hof liegen noch Reste von Eis und Schnee. Meine Reifen finden kaum Halt, und ich muss reichlich Gas geben, um nicht hängen zu bleiben.

68 – *Heier*

Erik stellt den Wagen vor Haugos Haus ab. Es ist braun gestrichen und scheint aus den 70ern oder 80ern zu stammen. Der Garten ist verwildert, die Büsche sind unbeschnitten, und von Gartenmöbeln oder einem Grill fehlt jede Spur. Auch die Gardinen hinter den Fenstern wirken alt. Das ganze Haus scheint irgendwie im letzten Jahrhundert steckengeblieben zu sein.

Er nimmt sein Handy und vergewissert sich, wirklich an der richtigen Adresse zu sein. Alles stimmt. Hier wohnt keine Familie mit kleinen Kindern, da ist er sich sicher. Vermutlich überhaupt keine Familie. Das Haus sieht einsam aus.

Er geht über den kurzen Gartenweg zu der dunkelbraunen Tür mit der Milchglasscheibe und drückt die schwarze Klingel mit dem weißen Knopf. Drinnen bleibt es still. Vielleicht ist niemand zu Hause? Doch dann hört er Schritte und sieht einen Schatten hinter der Scheibe, ehe die Tür aufgeht.

Erik hat sich die wenigen Fotos angesehen, die es im Netz von Haugo gibt. Der Mann, der ihm öffnet, wirkt jedoch älter und ist sichtlich vom Alkohol gezeichnet. Er mag etwas jünger als Erik sein, sieht aber deutlich abgelebter aus, und der heruntergekommene Eindruck wird von den vergilbten, altmodischen Kleidern und der seltsamen Frisur noch unterstrichen. Alles wirkt irgendwie falsch, selbst der Blick des Mannes.

»Erik Heier?«, fragt Haugo überrascht.

Erik hat schon öfter erlebt, dass Menschen ihn erkennen und ansprechen, als wären sie alte Bekannte. Dies scheint auch für Journalistenkollegen zu gelten.

»Ich muss Sie um einen Gefallen bitten«, sagt Erik und fährt sich mit der Hand durch die Haare. Laut seiner Ex-Frau macht er das immer, wenn er nervös ist.

»Mich?«, fragt Haugo und starrt ihn an. Die grauen, ungekämmten Haare wirken fettig. Ist er gerade erst aufgewacht?

»Ich erkläre Ihnen das gerne. Darf ich reinkommen?«

»Das dürfen Sie«, sagt Haugo zögernd. »Es ist aber nicht sonderlich aufgeräumt. Ich bin gerade erst von der Arbeit nach Hause gekommen.«

»Schon in Ordnung«, sagt Erik und folgt ihm durch einen unordentlichen Flur in das Wohnzimmer. Eine Wärmepumpe läuft auf Hochtouren, sodass es mindestens 25 Grad sind. Die Luft riecht abgestanden.

Abgesehen von dem laufenden Fernseher sieht alles nach den 70ern aus. Rote Veloursgardinen, ein altrosa Ledersofa und Kiefernmöbel.

»Wohnen Sie allein hier?«, fragt er und versucht, den Anflug von Klaustrophobie herunterzuschlucken, den die Einrichtung bei ihm auslöst. Haugo nickt.

»Es ist das Haus meiner Mutter, aber sie ist schon vor einiger Zeit an Krebs gestorben.«

»Tut mir leid.«

Das erklärt einiges, denkt Erik.

»Nehmen Sie doch Platz, ich hole einen Kaffee«, sagt Haugo und nickt in Richtung der altrosa Sitzgruppe. Dann zeigt er eine peinlich berührte Miene. Auf dem Tisch stapeln sich leere Bierdosen, Kaffeetassen, Limonadenflaschen und Fernbedienungen.

»Über was wollen Sie reden?«, fragt Haugo, als er zurück ist.

»Es geht um eine Person hier aus dem Dorf. Vermutlich die berühmteste.«

Haugo sieht ihn abwartend an, aus seinen Augen spricht gespannte Erwartung.

»Ich arbeite an einem Podcast über Justizministerin Clara Lofthus.«

Haugo schneidet eine Grimasse.

»Ich dachte, der Podcast wäre über Sabiya Rana?«

»Das haben Sie mitbekommen?«, fragt Erik überrascht.

»Wir haben auch hier bei uns Internet«, sagt Haugo.

Erik ärgert sich über sich selbst. Natürlich haben die Menschen hier denselben Zugang zu Online-Zeitungen und Podcasts wie in Oslo. Dass man in einem Dorf wohnt, heißt ja nicht, dass man weniger intelligent und technikaffin ist. Er muss diese Vorurteile ablegen, auch wenn er in einem Zimmer sitzt, das so alt und abgelebt wirkt wie Haugo selbst. Vermutlich ist Haugo die Einrichtung einfach egal.

»Mir ist aufgefallen, dass Sie uns vor einiger Zeit einen Tipp über Clara Lofthus gegeben haben. Damals habe ich noch für die Freitagsshow gearbeitet und hatte Lofthus zu mir ins Studio eingeladen.«

Haugo sieht ihn etwas zweifelnd an, was durchaus verständlich ist.

»Sie waren ziemlich desinteressiert, was diesen Tipp angeht.«

»Ja, und das war ein Fehler von uns.«

Haugo mustert ihn kühl, aber davon darf er sich jetzt nicht aufhalten lassen.

»Clara und Sie sind wohl etwa im selben Alter? Kennen Sie sie?«, fragt Erik.

Haugo schüttelt den Kopf. »Das wäre zu viel gesagt.«
»Aber Sie haben sie schon mal getroffen?«
Der Journalist nickt, steht auf, geht wieder in die Küche und kommt mit einer Thermoskanne in der einen und zwei Tassen in der anderen Hand zurück.
»Wir können gerne miteinander reden, aber dieses anbiedernde Heldeninterview, das Sie da mit Clara Lofthus geführt haben …«
Er betont jede Silbe ihres Namens, während er eine Dose Snus aus der Tasche holt und sich ein Beutelchen unter die Lippe schiebt.
»Wenn Sie die Frau so sehen, ist es gut möglich, dass Sie gar nicht hören wollen, was ich Ihnen zu sagen habe.«
Etwas Neues, Dunkles hat sich in Haugos Blick geschlichen. Erik schaudert.
»Seit sie Ministerin geworden ist, riskiere ich jedes Mal, wenn ich den Fernseher einschalte, ihr Gesicht zu sehen. Sie schwafelt über Ehrenmorde und Maßnahmenpakete, das Einzige, was ihr dabei noch fehlt, ist ein Kreuz um den Hals. Ich musste den Ton abdrehen, als sie bei Ihnen war, ich habe diese selbstzufriedene Stimme nicht ertragen.«
»Sie scheinen Clara Lofthus nicht zu mögen?«
Haugo schüttelt den Kopf.
»Ich hasse diese Frau. In den Jahren, in denen sie nicht mehr im Rampenlicht war, weit weg in Nairobi, habe ich ein bisschen Frieden finden können. Doch jetzt ist der ganze Mist wieder da. Genau wie vorher. Sind Sie sich sicher, dass Sie hören wollen, was ich zu sagen habe?«
»Legen Sie los«, sagt Heier und versucht, nicht zu neugierig zu wirken.
»Okay, aber dann nehmen Sie das auf, oder?«, fragt Haugo und nickt in Richtung von Eriks Handy.

Dieser Mann überrascht ihn komplett. Im Gegensatz zu den meisten besteht er auf der Aufnahme.

»Natürlich«, sagt Erik, nimmt das Telefon vom Tisch und schaltet die Aufnahme ein.

Haugo nickt zufrieden.

»Gut. Diese Geschichte beginnt vor vielen Jahren, und ich warte schon lange darauf, sie erzählen zu können.«

69 – *Clara*

Es ist der 10. Mai, die Sonne scheint, und die Buschwindröschen blühen. Dabei zeigt das Thermometer nur fünf Grad, und es weht ein kalter Wind.

Nach all den Jahren bin ich endlich hier, aber das Haus, das sonst immer so einladend und warm wirkte, mit erleuchteten Fenstern und Rauch, der in kalten Frühlingstagen aus dem Schornstein quoll, steht dunkel und tot da. Die Farbe blättert ab und wird von Algen und Pilzen zersetzt. Einige Fenster sind sogar zerbrochen.

Das Haus sieht aus, als würde es seit zwanzig Jahren leer stehen. Dabei ist es nur die letzten fünf bis sechs Jahre nicht gepflegt worden. Ich war lange weg. Gleichzeitig fühlt es sich an, als wäre ich erst gestern hier gewesen. Alles ist anders und doch gleich.

Berge von Sachen, die Agnes aussortiert haben muss, liegen einfach in einem Haufen vor der Tür. Darunter Papas Sessel, in dem er abends immer gelesen hat. Er ist von der Sonne verblichen und vom Regen und den Jahreszeiten zerstört. Schnecken sitzen auf dem vermoderten Stoff.

Auch eine antike, offene Kommode, die noch von Großmutter Klara stammt, steht vom Regen aufgequollen auf dem Hof. Daneben Tüten mit leeren Flaschen, Büchern und Zeitschriften. Sie hat das alles einfach nur rausgeschmissen. Wut keimt in mir auf und tut mir physisch weh.

Der Schlüssel hängt wenigstens noch wie immer an einem versteckten Nagel hinter der Tür des Schuppens. Ich schließe die Haustür auf. Obwohl ich direkt aus der Wärme des Autos komme, ist mir beim Anblick des dunklen Hauses eiskalt geworden. Und dieses Gefühl verstärkt sich, kaum dass ich drinnen bin.

Ich behalte die Schuhe an, gehe ein paar Schritte über den Flur und sehe mich um. Neben der Spüle türmt sich dreckiges Geschirr, und auf der anderen Seite des Flurs, im Wohnzimmer, stehen neue, grelle Ledersofas. Mit Papas Sessel ist auch der letzte Rest von ihm verschwunden. Auf dem Esstisch stehen Schüsseln mit Essensresten.

Alles ist verdreckt und unordentlich, aber das Haus steht noch. Es juckt mich in den Fingern, alles zu putzen, zu staubsaugen und hier endlich Ordnung zu schaffen. Die Eimer rauszuschmeißen, in denen sie Wasser aufgefangen hat, und mir den Hof zurückzuerobern.

Eigentlich ist es seltsam, dass Agnes hier wohnen will, schließlich hat sie den Hof nie gemocht. Sie ist immer zur Alm hinauf, so schnell sie konnte, ist auf einen Felsen geklettert und hat in den Himmel geatmet, wie sie es genannt hat. Ich habe den Verdacht, dass sie nur auf dem Hof wohnt, weil sie mich damit so hart trifft. Und das weiß sie ganz genau.

Sei vorsichtig, flüstert Lars. Dann ist er wieder still, nur das Pochen meines Herzens ist zu hören.

Ich haste in mein altes Zimmer, das noch weitestgehend so wie früher ist, sieht man einmal von der dicken Staubschicht ab, und öffne die Kommodenschublade.

Papas Béret aus dem Libanon und der Granatsplitter, aus dem ich einen Anhänger gemacht habe, sind noch da. Meine Schätze haben immer hier gelegen. Ich denke an all die

Stunden mit Papa, nachdem er aus dem Krieg zurück war. An all die Dinge, über die er reden musste und die er mit mir teilen wollte. Ich habe damals versucht, sie zu etwas Positivem zu machen, aus dem ich Kraft schöpfen konnte. Dasselbe versuche ich jetzt, nur dass die beiden Gegenstände sich zum ersten Mal tot und seelenlos anfühlen.

Das Béret liegt mit der Öffnung nach oben.

Darin liegt ein Armreif meiner Mutter.

Eine Nachricht, denke ich. Eine klare Botschaft, dass sie in meinem Zimmer war und sich alles angeschaut hat. Dass sie die Kontrolle über das Haus übernommen hat, das ich noch als das meine ansehe. Ich bin hier, lautet die Botschaft, und ich wusste, dass du kommst.

70 – *Heier*

Haugo dreht die Kaffeetasse hin und her.

»Ich will den Kaffee ja nicht schlechtmachen, aber es ist Freitagabend. Wollen wir nicht lieber ein Bier trinken?«

»Ja, gerne«, sagt Erik, und Haugo verschwindet in die Küche.

Eigentlich fehlt ihm die Ruhe, hier zu sitzen und Haugo zuzuhören. Am liebsten würde er ihn fragen, wo Claras Hof ist, und dort nach ihr suchen, andererseits will er gerne wissen, was dieser Mann zu erzählen hat. Vielleicht löst der Alkohol ja seine Zunge? Und mit einem Bier kann er noch fahren. Schließlich ist er hier auf einem Dorf.

»Es muss für Sie seltsam sein, den Freitagabend mit ganz normalen Menschen zu verbringen«, sagt Haugo, als er mit zwei Carlsberg zurückkommt. »Und nicht als König von Marienlyst.«

Erik fühlt sich nicht wohl. Er weiß nie, was er auf solche Kommentare erwidern soll.

»Die Geschichte, die Sie über Clara Lofthus erzählen wollen, fängt weit in der Vergangenheit an, sagen Sie?«

Haugo nickt.

»Claras Mutter hat sich von ihrem Mann getrennt, als Clara etwa zehn Jahre alt war. Sie ist mit einem Mann namens Magne Lia zusammengezogen. Etwa zeitgleich habe ich herausgefunden, dass dieser Magne mein leiblicher

Vater ist. Ich habe meine Mutter aber nie damit konfrontiert.«

Plötzlich hat Erik das Gefühl, er wäre in seiner Fernsehshow bei einem Gastauftritt irgendwo auf dem Land. Und Leute zum Reden bringen kann er, ob er sie nun kennt oder nicht.

»Haben Sie Ihren Vater kennengelernt?«, fragt er, um Haugo wieder auf die richtige Spur zu bringen. Haugo schüttelt den Kopf, und seine Miene wird hart.

»Ich habe mich mehrfach aufgerafft, um ihn anzusprechen, es dann aber immer wieder aufgeschoben. Entweder hat mir der Mut gefehlt, oder die Situation war irgendwie unpassend …«

Er fährt sich mit der Hand über das Gesicht und trinkt.

»Clara hat meinen Vater getötet«, sagt Halvor Haugo. »Sie hat es als einen Unfall getarnt, den sie selbst überlebt hat, wofür sie sogar noch bewundert wurde. Ich weiß, wie schräg sich das anhört, schließlich war sie damals erst zwölf Jahre alt, aber es stimmt.«

»Reden Sie weiter«, sagt Erik, als Haugo verstummt.

Haugo sieht ihn einen Augenblick überrascht an, als hätte er lautstarke Proteste erwartet, dann trinkt er einen weiteren Schluck und fährt fort.

»Ein paar Tage vor dem Unglück bin ich zu Magnes Hof gegangen, wollte mich endlich zu erkennen geben, aber ich war wieder zu nervös und habe mich versteckt und gewartet. Irgendwann habe ich mich stark genug gefühlt, doch da tauchte Clara Lofthus auf. Wir waren Kinder, sie war wie gesagt zwölf …«

Er macht eine kleine Pause, reibt sich das Gesicht.

»Aus meinem Versteck habe ich dann etwas Unglaubliches beobachtet. Sie hat die Kurbel des Fensterhebers auf der Innenseite der Fahrertür von Magnes Wagen angefeilt. Für mich war das vollkommen verrückt. Mir war klar, dass sie da irgendwas im Schilde führte und ich Magne warnen sollte, doch ich habe mich nicht getraut. Vermutlich hatte ich Angst, dass mir niemand glaubt. Dass ich ihn hätte warnen müssen, ist mir erst ein paar Tage später richtig bewusst geworden, aber da war es zu spät. Magne war tot, und wissen Sie, wie er gestorben ist?«

Er erinnert sich sowohl an Haugos Tipp als auch an die alten Zeitungsartikel über den Unfall. Er will aber, dass Haugo weitererzählt, und sieht zu dem Aufnahmegerät. Nur gut, dass die Aufnahme läuft.

»Nein«, sagt er. »Erzählen Sie.«

71 – *Clara*

Ich gehe zum Keller auf der Rückseite des Hauses, schrecke aber zurück, als ich die Tür öffne. Hier unten war es nie sonderlich aufgeräumt, jetzt türmen sich Pappe und leere Verpackungen in dem niedrigen Raum. Irgendetwas stinkt. Dann fällt mein Blick auf die Mausefallen, zwei, drei, vier, fünf. In jeder steckt eine tote, bereits angefressene Maus.

Die Übelkeit dreht mir den Magen um.

Ich gehe zu der blauen Kiste, die etwas versteckt in einer Ecke steht, klappe den Deckel hoch und rechne fast damit, noch ein Besitzstück von Mutter zu finden. Schließlich war sie im Keller und hat hier ihren Müll entsorgt, ohne allerdings die Fallen zu leeren.

Papa hätte das gehasst, er hat so viel Zeit darauf verwendet, die Stellen zu finden, durch die die Mäuse hereinkommen, und sie abzudichten. Manchmal hat er Stahlwolle genommen, andere Male Bauschaum oder Zement, aber immer hat er die Fallen geleert, sobald eine Maus darin war.

Agnes scheint die blaue Kiste übersehen zu haben. Ganz oben liegen ein paar Magazine, die ich zur Seite lege. Darunter stapeln sich allerlei Dokumente, die mit dem Hof zu tun haben. Ich blättere alles durch, finde aber nichts von Interesse. Anschließend lege ich alles wieder zurück, schließe den Deckel und laufe, ohne auf die Fallen zu achten, aus dem Keller.

Als Nächstes gehe ich zur Scheune. Hebe hinter dem Tor den Blick. Der Gedanke an Papa und wie er gestorben ist, wie er dort gehangen hat, geht mir ebenso wenig aus dem Kopf wie die Bilder von Lars am Boden. Sie werden niemals verschwinden.

Papas Trecker steht noch immer direkt hinter dem Tor. Seit seinem Tod wird ihn niemand gefahren haben, sicher springt er nicht mehr an.

Jahre und Jahrzehnte ziehen an meinem inneren Auge vorbei, als ich weitergehe. Massen von Material für die Waldbewirtschaftung, diverse Gerätschaften, die zu meinen Lebzeiten nie benutzt wurden, Schleifsteine, Mehlsiebe und Fässer für Bier. Alte Matratzen, Kästen mit Dynamit, alte Autoreifen und Fahrräder. Sachen von Papa, Großvater, Urgroßvater und Ururgroßvater. Alte Pferdeschlitten, die sicher Hunderte von Jahren auf dem Buckel haben.

Trotzdem fehlt hier etwas. Die Scheune ist tot und still, kein Blöken von Schafen, weder drinnen noch draußen. Stattdessen überwältigende Stille. Ich kann mit Schafen anfangen und den Stall mit neuem Leben füllen. Ich werde das hinkriegen. Vermutlich verdiene ich damit kein Geld, aber der Hof wäre dann wieder voller Leben und hätte eine Daseinsberechtigung.

Vielleicht kann ich auch ein paar Kühe halten, wenn ich hier einziehe. Die Boxen gibt es noch, ebenso den Wasseranschluss und die Jauchegrube.

Ich gehe zum Archivschrank ganz hinten in einer dunklen Ecke und ziehe eine Schublade heraus. Leer.

Die Lade darunter enthält Gebrauchsanweisungen und alte Quittungen. In der nächsten ist nur irgendwelcher Schrott. Ich drücke sie zu. Stöhne.

Dann gibt es nur noch einen möglichen Ort.

Das Backhaus ist innen vom Ruß der Generationen ganz schwarz. Ich schaffe mir Platz, strecke den Arm neben den Ofen und ziehe den Safe zu mir. Im Grunde ist dies der Ort, mit dem ich die meisten Hoffnungen verknüpfe. Aber wie lautet der Code? Ich meine mich daran zu erinnern, dass es kein Geburtstag war, versuche es aber trotzdem. Papas Tag, mein Tag, Lars' Tag, die Geburtstage der Jungs, ja sogar Agnes' Ehrentag. Nichts davon ist richtig.

Zuletzt versuche ich es mit 1766, dem Jahr, in dem unsere Vorfahren den Hof übernommen haben. Der Safe springt auf.

Dann kommt die Enttäuschung. Er ist leer.

Meine Frustration ist so stark, dass es mich richtig schüttelt und mir ein kalter Schauer über den Rücken läuft.

Im gleichen Moment weiß ich, dass es keinen Sinn macht, weiter nach einem Testament zu suchen. Ich glaube nicht, dass ich etwas finden werde, außerdem wäre so ein Testament gar nicht typisch für Papa.

Und sollte ich eins finden, wäre nicht gesagt, dass es einen Unterschied macht.

Ich bin Juristin und weiß, dass ein Testament problematisch und manchmal sogar ungültig sein kann. Agnes kann dagegen klagen, es anzweifeln, zu einem Anwalt gehen und einen Haufen Probleme machen. In der Zwischenzeit kann sie trotzdem die Ausbaupläne unterschreiben.

Und selbst wenn es mir gelingen sollte, sie zu stoppen und hier irgendwie zu vertreiben, kann sie mich oder die Jungs noch immer auf andere Weise quälen.

Nichts wird gut werden, solange sie am Leben ist.

Ich hätte Agnes schon töten müssen, als Lars bei ihr wohnen sollte. Erst recht nach seinem Tod. Magne ist damals gestorben, sie nicht.

Agnes ist im Heim gelandet, und damals dachte ich: für immer. In meinen Augen war es eine passende Strafe, den Rest ihres Lebens in einem Pflegeheim verbringen zu müssen, doch spätestens, als sie nach dreißig Jahren entlassen wurde, hätte ich dafür sorgen müssen, dass sie nie in die Nähe der Jungs kommt oder Papa so manipulieren kann, dass er sich das Leben nimmt. Ich habe es nicht getan. Ich habe versagt, habe alle hintergangen. Ist das passiert, weil ich trotz allem ja auch ihr Blut in mir habe? Bin ich sie?

Ich gehe zurück, laufe durch die Scheune und durch das Tor nach draußen, ohne die Augen zu schließen. Dann schließe ich die Scheune und gehe über die Rampe zum Haus.

Inmitten der Unordnung fällt mein Blick auf ein Blumenbeet. Es ist ungepflegt und verwildert, aber trotzdem blühen dort weiße und violette Krokusse. Und die Triebe der Tulpen sind auch schon zu sehen. Ich habe Geld genug, um hier alles wieder auf Vordermann zu bringen und Papa zu ehren. Ich kann diesen Hof zu einem guten Zuhause für mich und die Jungs machen und vielleicht auch für Axel. Zum Gedenken an Papa und Lars.

Es reicht, ich will nicht mehr an das Testament denken. Agnes hat nun wirklich lang genug auf dieser Erde geweilt.

Die einzige sichere Art und Weise, den Vertrag mit den Bauherren zu stoppen, ist, dafür zu sorgen, dass es niemanden gibt, der ihn unterschreiben kann.

Die Zeit ist reif. Sie rinnt mir durch die Finger. Der heutige Abend muss der letzte Abend meiner Mutter sein.

72 – *Axel*

Nach einem einstündigen Flug setzen Axel und Andreas sich in den gemieteten, weißen Renault Mégane. Axel steht noch immer unter Schock, kann nicht glauben, was er gehört hat, aber in seine Wut mischt sich auch Erleichterung darüber, dass sie jetzt auf dem Weg sind und er seine Apathie endlich hinter sich gelassen hat. Es rührt ihn, dass Andreas mitkommen wollte, dass sie das gemeinsam durchstehen.

Als sie das Haus in Oslo verlassen haben, dominierte noch ein Gefühl von Handlungskraft, jetzt überwiegt die Unruhe. Was hat Clara hier im Westen vor? Wie kann er sie finden, sollte sie nicht auf dem Hof sein? Soll er jemanden anrufen? Die Polizei informieren? Aber das wagt er nicht. Clara ist Ministerin. Sie werden sicher glauben, dass er verrückt geworden und eine Gefahr für sie ist, und kommen möglicherweise noch auf die Idee, ihn zu verhaften.

In erster Linie geht es ihm darum, sie zur Rede zu stellen. Der Hass, den er dabei spürt, ist stärker, als er es jemals für möglich gehalten hat. Aber sagt man nicht, dass Hass die Kehrseite der Liebe ist?

Der Wagen hat den typischen Geruch eines Neuwagens. Er ist auch so eng, wie es viele neue Modelle sind. Andreas mit seinen 1,90 hat die Beine gespreizt, um Platz für die Knie zu haben. Aber sie sind unterwegs. Zum ersten und vielleicht letzten Mal sind sie gemeinsam auf einem Roadtrip. Nur sie zwei. Axel sucht nach den richtigen Worten, will etwas Passendes sagen, aber er schafft es nicht. Seine Gedanken donnern wie Güterzüge durch seinen Kopf. Ist das ein Traum? Ein Albtraum?

»Ich habe mitbekommen, dass Erik Heier bei uns zu Hause war«, sagt Andreas.

Er selbst hat Heier im Kielwasser von Andreas' Geschichte fast vergessen.

»Er war neulich in der Schule, hast du das mitgekriegt?«, fährt Andreas fort. »Nikolai hat mit ihm geredet.«

Axel zuckt zusammen.

»Heier und Nikolai haben miteinander geredet? Warum das denn?«

»Kapierst du das denn nicht?«, fragt Andreas. »Der kommt erst in unsere Schule und taucht dann bei uns zu Hause auf. Der ist sicher auch auf der Jagd nach Mama.«

»Glaubst du?«, fragt er verwirrt. »Ich dachte, der sucht nach Sabiyas Mörder?«

Kaum dass er die Worte ausgesprochen hat, trifft es ihn wie ein Schlag. Heier sucht bei ihnen nach Sabiyas Mörder.

Könnte Clara noch andere als Haavard auf dem Gewissen haben? Trägt sie auch die Schuld an Sabiyas Tod in diesem Keller? Was ist das eigentlich für eine Scheiße? Kann das wirklich so ein krankes Eifersuchtsding sein? Dabei hat er immer gedacht, dass Clara sich liberal zu dieser Sabiya-Geschichte verhalten habe.

Das Adrenalin pulst durch seine Adern, und er muss hart abbremsen, um nicht in einen Lastwagen zu fahren, der überraschend vor ihnen angehalten hat.

»Jeez, pass doch auf«, sagt Andreas und sieht ihn skeptisch an.

»Ich dachte, Heier wollte mit mir sprechen, weil ich Papas Freund war. Das hat er jedenfalls gesagt.«

Andreas seufzt.

»Manchmal bist du so naiv. Er war da, um Mama einzukreisen.«

Der Junge ist in vielerlei Hinsicht erwachsener und klarer als er selbst.

»Nur deshalb ist der ständig in unserer Nähe, redet mit dir und uns. Der macht doch so einen Podcast über Sabiya, oder?«

»Mein Gott, ich weigere mich, zu glauben, dass Clara auch etwas mit Sabiyas Tod zu tun hat.«

»Du hast Mama nie verstanden«, sagt Andreas mit einem Seufzen. »Sie hat ihre ganz eigene Moral und Logik. Ich versuche das schon seit vielen Jahren zu verstehen. Sie muss der Meinung gewesen sein, dass Papa, und ja, auch Sabiya, es verdient hatten zu sterben, weil sie zusammen waren. Und jetzt ist sie sicher überzeugt davon, dass Agnes den Tod verdient, und das stimmt ja auch.«

Axel sieht den Jungen bestürzt an.

»Wie meinst du das denn?«

Andreas schnaubt.

»Agnes ist böse«, sagt er. »Sie gibt sich immer Mühe, nett zu wirken, aber sie ist komplett verrückt, das kann ich dir sagen. Vergiss nicht, dass wir ein paar Tage mit ihr zusammen waren.«

Axels Gedanken sind noch bei Heier. Er ist ein intelligenter Mann, ein kluger Kopf, der Clara ziemlich gut kennt. Vielleicht kann er ihnen folgen und sie unterstützen? Vielleicht ist das Wunschdenken, aber fragen kann er ihn ja, auch wenn er das Risiko eingeht, selbst ein Teil dieses Podcasts zu werden. Darüber müssten sie dann später verhandeln. Er will sich dem allen nicht allein mit Andreas stellen.

»Vielleicht sollte ich Heier anrufen?«, sagt er. »Vielleicht kann er uns helfen?«

»Findest du es klug, noch mehr Menschen in diese Sache hineinzuziehen?«, fragt Andreas und sieht ihn skeptisch an.

»Ja«, sagt er. »Das finde ich.«

Er ruft Heier an, der sich mit einem kurzen »Hallo?« meldet.

»Wie ich höre, waren Sie bei Nikolai in der Schule?«, fragt Axel, nachdem er sich vorgestellt hat, weil er plötzlich nicht mehr weiß, was er sagen soll.

»Ja, und das tut mir leid«, sagt Heier und hört sich beschämt an.

Es klingt so, als wolle er noch etwas sagen, aber Axel kommt ihm zuvor.

»Vergessen Sie's«, sagt er. »Das ist im Moment nicht wichtig. Nachdem Sie gefahren sind, hatte ich ein ernstes Gespräch mit Andreas, meinem Stiefsohn. Jetzt sind er und ich in Westnorwegen. Wir fahren gerade vom Flughafen zu Claras Heimatort.«

Er will sagen, dass Andreas über den Lautsprecher alles mithört, doch jetzt ist es Heier, der ihm zuvorkommt.

»Sie sind hier?«, fragt er. »Ich bin auch hier.«

Für einen Moment wird es still.

»Warum? Was machen Sie hier?«, fragt Axel schließlich.

Heier zögert mit der Antwort.

»Ich glaube, Beweise dafür zu haben, dass Clara für Sabiya Ranas Tod verantwortlich ist. Ich habe die Polizei noch nicht informiert, aber das muss ich jetzt tun. Und Sie, warum sind Sie hier?«

Lange bringt Axel kein Wort über die Lippen.

»Andreas hat mir etwas über den Tod seines Vaters erzählt«, sagt er schließlich. »Ich muss mit Clara reden. Sie ist mit Sicherheit zum Hof gefahren. Wir sind jetzt auf dem Weg dorthin.«

»Wir fahren zusammen«, sagt Heier. »Ich bin zu Hause bei einem Journalisten aus dem Ort, Halvor Haugo. Kommen Sie her, dann schließen wir uns zusammen. Wir können aufbrechen, sobald Sie da sind.«

Heier gibt ihm Haugos Adresse, und sie legen auf.

Axel versucht, seine Worte abzuwägen. Für den Jungen muss das wahnsinnig schwer sein.

»Was passiert, wenn Heier sie anzeigt?«, fragt Andreas. »Wird sie dann festgenommen?«

»Ja, davon gehe ich aus.«

»Und kommt lebenslänglich ins Gefängnis?«

»Andreas, das weiß ich nicht. Das alles ist vollkommen unglaublich. Aber ja, möglich ist das.«

»Ich glaube, das würde sie über alles hassen.«

»Mit Sicherheit«, sagt er. »Aber können wir nicht der Reihe nach vorgehen? Bitte. Lass uns erst mal diesen Heier treffen und dann Clara finden. Und dann sehen wir weiter.«

Der Junge nickt und schweigt dann.

73 – *Heier*

»Clara und Magne sind in einer Kurve von der Straße abgekommen und in den Fjord gestürzt. Clara hat es aus dem Wagen geschafft, Magne nicht. Der Polizei soll sie gesagt haben, dass er total paralysiert und panisch war. Ich hätte ihr das auch geglaubt, hätte ich nicht gesehen, wie sie wenige Tage vorher die Fensterkurbel angefeilt hat. Verstehen Sie?«

Haugo sieht ihn vielsagend und selbstzufrieden an. Dieser Kerl ist wirklich schwer zu mögen.

»Eine ziemlich wilde Geschichte«, sagt Heier.

»Ist ja auch eine ziemlich wilde Frau. Und sie ist unglaublich dreist. Das ist echt zum Verrücktwerden.«

»Haben Sie das mal gemeldet?«

Haugo schüttelt den Kopf.

»Ich war mir sicher, dass niemand mir glauben würde. Die Geschichte hört sich ja so bescheuert an, dass ich selbst manchmal daran gezweifelt habe.«

Heier greift zu seinem Bier, das er vollkommen vergessen hatte. Es ist noch kalt und schmeckt besser als all die Biere der letzten Jahre.

»Was ist mit dem Auto passiert?«, fragt er.

»Das ist erst viele Jahre später gehoben worden. Zufälligerweise exakt an dem Tag, an dem Clara Lofthus zum ersten Mal als Ministerin vereidigt wurde. Ein paar Taucher haben es damals entdeckt und irgendjemand hat dann entschieden, dass es gehoben wird. Der Wagen wurde in eine Werkstatt gebracht. Ich bin hingefahren und habe es mit eigenen Augen gesehen. Wollte sichergehen, dass ich mir das nicht eingebildet habe. Aber nein, die Kurbel ist abgefeilt worden.«

Was für eine Goldgrube das hier ist. Heier hört schon die Geräusche, ein Hämmern aus der Werkstatt, begleitet von anderen Lauten. Ein Tor, das ins Allerheiligste führt. Ein Radio, aus dem leise Achtzigerjahremusik säuselt. Die laute Stimme des Mechanikers im breiten Vestlandsdialekt. Wellenschlag an den Ufersteinen. Doch, das wird gut werden. Diese Geschichte ist aus polizeilicher Sicht möglicherweise verjährt, in einem Podcast aber das reinste Dynamit.

Er hat sie, kann sie mit dem, was er jetzt gehört hat, zur Strecke bringen.

Es wird einer der größten politischen Skandale der modernen Zeit werden, und er hat ihn aufgedeckt. Nein, diese Freitagsshow vermisst er wirklich nicht.

»Ich habe versucht, mir Clara Lofthus aus dem Kopf zu schlagen. Ich habe viel zu viel an sie gedacht, war ganz besessen von ihr.«

»Und, ist Ihnen das gelungen?«, fragt er.

Haugo zuckt mit den Achseln und starrt ihn finster an.

»Nicht wirklich. Erst recht nicht, nachdem ihr Bild nach dem Terroranschlag in allen Zeitungen war. Und es hat auch nicht geholfen, dass sie bei Ihnen in der Sendung war. Das war echt zum Kotzen, der Gipfel war aber, dass sie zum zweiten Mal die Justizministerin des Landes geworden ist. Das ist doch komplett unglaublich.«

Er schweigt, weiß zum ersten Mal seit Minuten nicht, was er sagen soll.

»Clara Lofthus ist eine Lügnerin, eine Betrügerin und eine Mörderin, und das war sie schon als Kind. Sie ist übrigens auch hier, ich habe sie in einem Wagen am Bunnpris gesehen.«

»Was?«, fragt Heier, plötzlich zurück in die Gegenwart gerissen. »Was haben Sie gesagt?«

»Sie ist von der Kirche zur Schule gefahren. Ich bin mir sicher, dass sie das war«, sagt Haugo triumphierend. »Ich habe daraufhin ihre Mutter angerufen und sie gewarnt. Das war ja wohl das Mindeste.«

»Sie haben Agnes Lofthus angerufen und ihr gesagt, dass Clara im Dorf ist?«

»Ja, klar. Im Gegensatz zu Ihnen da im Fernsehen wissen normale Menschen nützliche Tipps durchaus zu schätzen. Ich glaube, die alte Frau war wirklich froh, das zu erfahren.«

74 – *Clara*

Agnes weiß nicht, dass ich hier bin, und das ist gut so. Ich muss nur die richtige Vorgehensweise finden. Bislang habe ich immer nur an das Testament gedacht, statt mir einen richtigen Plan zurechtzulegen. Jetzt muss ich, so gut es geht, improvisieren.

Das Einfachste wäre, sie zu überrumpeln, wenn sie nach Hause kommt und nichts Böses ahnend ins Wohnzimmer geht. Ich könnte hinter der Tür stehen, sie mit dem Schürhaken niederschlagen oder mit einem Draht erdrosseln, wie ich es bei Makenas Vater getan habe. Aber da ich hier im Dorf bin, würde der Verdacht gleich auf mich fallen.

Auch ein Unfall würde Verdacht wecken. Es gibt zu viele davon entlang meines Wegs, aber trotzdem wäre das noch besser als ein Überfall im Haus.

Ich laufe in der Scheune herum, suche nach Möglichkeiten. Agnes muss hierherkommen, um Holz zu holen, draußen ist es kalt und windig. Vom oberen Stock der Scheune, wo das Holz liegt, geht es auf der einen Seite mehrere Meter in die Tiefe. Für gewöhnlich lag dort unten Heu, aber jetzt ist da nur noch der harte Boden. Kann sie oben ins Stolpern geraten und in den Tod stürzen? Ich könnte sie stoßen, dann würde sie stürzen, schließlich gibt es kein Geländer. Deshalb durften die Jungs, als sie noch klein waren, auch nie da hoch. Papa hat immer davon geredet, die obere Ebene zu sichern, hat es aber nie getan. Ich muss eine Möglichkeit finden, sie in die Scheune zu locken. Kein sonderlich raffiniertes Vorgehen, doch etwas Besseres fällt mir nicht ein. Sie wird gefunden werden, wenn man sie sucht, weil sie nicht zur Vertragsunterzeichnung gekommen ist, aber ältere Menschen sterben ja immer wieder auf die seltsamsten Weisen. Vielleicht akzeptiert man es als einen Unfall, wie bei Magne, Haavard und Stian. Vielleicht denkt man auch, dass sie ihrem miserablen Leben auf diese Weise selbst ein Ende gesetzt hat.

Ich muss ihr irgendwie auf glaubhafte Art eine Nachricht zukommen lassen, dass ich mit ihr von Frau zu Frau reden will. Vielleicht kann ich ihr sagen, dass ich auf der Flucht vor der Welt bin, was ja nah an der Wahrheit ist.

Ich war immer allein, nie aber so allein wie jetzt.

Ich sehe auf die Uhr. Gleich wird sie kommen. Es setzt mir zu, dass ich keinen besseren Plan habe, als sie in der Scheune in den Tod zu stoßen. Das ist unter meinem Niveau, zu simpel, nicht raffiniert genug für den großen Moment.

Dann plötzlich weiß ich es. Und die Lösung hat mit den Kühen und Schafen zu tun, von denen ich eben noch geträumt habe. Agnes' Abgang wird deutlich spektakulärer und besser arrangiert sein als bisher gedacht.

Ich trete in den Flur, ziehe mir Joggingschuhe an und gehe vom unteren Teil der Scheune in den Stall, wo ich die Stirnlampe einschalte.

Dort ist es dunkel, jahraus, jahrein. Die Fenster sind von innen mit Pappe verklebt, sodass man sie nicht öffnen kann.

Aber ich schaffe es, die Luke in der Mitte des Stalls aufzustemmen.

Ich suche etwas Schweres und finde einen alten Kompressor.

Ich kann ihn anheben, und wenn mir das gelingt, werde ich ihn auch ein paar Meter werfen können.

Der tote, stille Mittelgang des Stalls steht voller alter Farbeimer, Dünger, Spritzmittel. Trotzdem höre ich in Gedanken all die großen, warmen Tiere, die hier einmal standen. Es ist mindestens 35 Jahre her, dass Kühe in diesem Teil des Stalls waren, doch trotzdem ist noch alles wie an dem Tag, als Papa seine letzte Kuh verkauft hat.

Fünf Minuten später schlüpfe ich zurück über den Hofplatz und ins Haus. Wenn Agnes von ihrer Chorprobe zurückkommt, wird alles bereit sein. Ich muss sie in den Stall locken, ohne Spuren zu hinterlassen. Das ist die größte Herausforderung,

Agnes probt jetzt noch, wird aber gleich ihre Sachen zusammenpacken, über den Riksveg fahren und dann in die Schotterstraße zum Hof einbiegen.

Im Haus ist es kalt. Ich habe Lust, anzufeuern, aber damit würde ich mich zu erkennen geben, sobald sie auf den Hofplatz fährt.

Im gleichen Moment höre ich ein Knirschen von oben, dann ihre Schritte, und mir wird klar, dass ich mit meinen Berechnungen falschliege. Ich habe mich selbst betrogen und bin direkt in die Falle gegangen.

Agnes ist hier. Wie lange schon?

Sie kann zurückgekommen sein, als ich drüben in Scheune und Stall war, aber das glaube ich nicht. Eher denke ich, dass sie die ganze Zeit dort oben war und mich auf dem Hof beobachtet hat. Warum hat sie sich nicht gezeigt? Hat es ihr eine solche Freude bereitet, mich hinters Licht zu führen und hin und her laufen zu sehen?

In diesem Moment taucht sie in der Türöffnung auf. In den Händen das alte Jagdgewehr von Papa. Sie zielt auf mich.

75 – *Axel*

Axel sieht zu Andreas. Der Junge sitzt blass und schweigend neben ihm. Erst jetzt wird ihm richtig bewusst, welch schicksalhaftes Drama das Ganze für den Jungen ist. Er dachte, er würde ihm etwas Gutes tun, wenn er ihn mitnimmt, aber ist das überhaupt zu verantworten? Ist es nicht viel zu viel für Andreas? Der Junge musste schon seinen Vater sterben sehen, und was wird jetzt geschehen? Was wird mit Clara passieren?

Sie fahren in Richtung Dorf. Halvor Haugos Haus ist laut Navi noch fünf Minuten entfernt. Vor dem Bunnpris im Dorfzentrum hält er an.

»Ich brauche was zu trinken und eine Paracetamol oder so was. Kommst du mit rein?«, fragt er.

Die Kopfschmerzen sind im Laufe der Fahrt schlimmer geworden und lähmen ihn fast.

Andreas schüttelt den Kopf. Der Junge war zu Beginn der Reise noch ganz aufgeräumt, ja fast fröhlich, als hätte es ihm richtig gutgetan, sich einem Erwachsenen anzuvertrauen, der nun die Verantwortung übernehmen kann. Mittlerweile ist er sehr viel stiller, erst recht nach dem Gespräch mit Heier. Kein Wunder, dass es unangenehm für ihn ist, wieder hierherzukommen. Hier ist Haavard gestorben, und die Erinnerungen an die traurige Geschichte hat er gerade erst wieder geweckt. Außerdem hat er bei seinem letzten Besuch im Dorf auch noch seinen Opa verloren.

Im Laden kauft Axel zwei Halbliterflaschen Cola, ein paar Bananen, ein Päckchen Kekse und etwas Schokolade. Später können sie richtig einkaufen. Es ist gut, dass er Andreas bei sich hat und auf ihn aufpassen muss, das lenkt ihn wenigstens ein bisschen von den Wellen aus Scham und Wut ab, die ihn immer wieder zu überspülen drohen.

Er war so blind. Jetzt sieht er klar. Clara hat Haavard sterben lassen, wenn sie ihn nicht sogar umgebracht hat. Haavard ist auf jeden Fall wegen ihr gestorben. Und er selbst war in all den Jahren eine Figur in ihrem Spiel. Es ist so beschämend, so erniedrigend.

»Ich habe ein paar unterschiedliche Sachen für uns …« sagt er, als er sich wieder ins Auto setzt, und hält mitten im Satz inne. Der Platz neben ihm ist leer.

76 – *Clara*

Die Frau, die mir damals im Pflegeheim gegenüberstand, war mit Medikamenten ruhiggestellt, sprachlos und handlungsunfähig. Diese hier ist wach, kann reden und sich bewegen, ist aber noch immer genauso verrückt.

»Kannst du bitte das Gewehr weglegen«, sage ich und versuche, die Galle zu schlucken, die in meinen Mund gestiegen ist. »Wir müssen doch miteinander reden …«

Meine Stimme erstirbt. Es ist erniedrigend, diese Worte zu sagen.

»Und das sagst *du*? Wenn hier jemand versucht hat, den Kontakt zu halten, dann doch wohl ich.«

Wie ich diese mitleidige, krächzende Stimme hasse.

»Du hast nie geantwortet, nicht ein einziges Mal!«

»Ich weiß. Und das tut mir leid«, sage ich.

Es ist meine einzige Chance, zu lügen und sie irgendwie davon zu überzeugen, dass ich es nicht auf sie abgesehen habe.

»Oh nein, tut es nicht«, sagt sie und dann kommt ihr ekelerregendes Lächeln.

»Tut mir leid, Mama«, sage ich. Es ist wohl an der Zeit, sie so zu nennen. »Ich habe es nicht geschafft, den Kontakt zu halten. Lars' und Papas Tod haben mir zu sehr zugesetzt.« Ich kann ihr nicht einfach nach dem Mund reden, das würde sie durchschauen. »Alles kann anders werden. Was meinst du, sollen wir einen Spaziergang machen?«, frage ich. »Ich würde dir gerne etwas im Stall zeigen. Papa und ich hatten da einen geheimen Ort, wir haben dort Dinge versteckt, die nur uns etwas angehen. Ein kleiner Safe mit geheimen Sachen und der Jahreszahl 1766 als Code. Du wirst nicht glauben, was ich darin gefunden habe.«

Ich versuche, mir vorzustellen, dass der Safe wirklich in der Jauchegrube ist und ich ihn ihr dort zeigen muss. Ich muss mir den Schatz vorstellen und selber daran glauben, nur so kann ich sie dazu bringen, mir zu folgen.

»Stell das Gewehr weg, bitte. Ich mag es nicht, wenn man mit einer Waffe auf mich zielt.«

Sie schüttelt den Kopf.

»Das nehme ich mit. Sicherheitshalber«, sagt sie.

Ich lächle, tue so, als wäre mir das egal. Dann gehen wir über den Hof in den Stall, wo früher die Kühe waren.

»Ich kenne dich«, sagt sie. »Ich habe dich immer durchschaut, auch wenn du das nicht glaubst. Ich weiß, dass du Leif um den Finger gewickelt und ihm den Kopf verdreht hast, sodass er nichts mehr mit mir zu tun haben wollte. Du wolltest ihn und Lars einfach für dich haben. Für mich gab es da keinen Platz mehr. Magne war nett. Ein sicherer Hafen für uns.«

»Nett?«, frage ich. »Mein Gott, kapierst du nicht, dass dieser Mann Lars getötet hat?«

Agnes seufzt melodramatisch.

»Du hast uns vertrieben, da war kein Platz mehr für Lars oder mich. Ohne dich wären wir niemals bei Magne gelandet, und dann hast du Lars' Tod nicht verkraftet und dir deine eigene Geschichte ersponnen. Magne hatte viele gute Seiten. Manchmal war er vielleicht ein bisschen hart. Er hat versucht, Lars in die Schranken zu weisen, aber getötet hat er ihn nicht. Es war ein Unfall, das habe ich dir ja schon x-mal klarzumachen versucht. Dein Bruder hat dich vermisst. Er hat jeden Abend weinend im Bett gelegen, wusstest du das?«

Ich beiße die Zähne zusammen. Muss die Kontrolle behalten.

»Er hat immerzu darauf gewartet, dass du kommst und bei ihm bleibst, aber du wolltest ja nicht. Clara, Clara, Clara …« sagt sie und äfft seine rufende Stimme nach.

Meine eigene Mutter hasst mich nicht minder stark als ich sie.

Vor meinen Augen beginnt es zu flimmern, aber es macht keinen Sinn, ihr zu antworten, ich muss ihre Worte einfach ignorieren. In meiner Tasche vibriert es plötzlich. Eine SMS. Ich habe das Gefühl, dass sie wichtig ist, nehme das Telefon heraus und lese sie, ohne Mama und das Gewehr aus den Augen zu lassen. Die Nachricht ist von Andreas.

»Mama, Heier und Axel suchen nach dir, sie sind auf dem Weg zum Hof. Sie wissen das mit Papa und Sabiya. Du musst verschwinden! Schnell!«

77 – *Axel*

Vielleicht ist der Junge in den Laden oder aufs Klo gegangen? Axel läuft zurück in den Bunnpris, dann wieder heraus und umkreist das Gebäude, aber Andreas ist nicht da. Kann Clara vorbeigekommen sein, ihn gesehen und mitgenommen haben? Er versucht, ihn anzurufen, aber Andreas meldet sich nicht. Irritiert setzt er sich in den Wagen. Er muss zum Hof fahren.

»Verdammter Mist!«, ruft er, als er den Startknopf drücken will, dann aber feststellt, dass der Schlüssel fehlt. Er hämmert mit der Stirn auf das Lenkrad. Es tut weh, alles tut weh.

Es ist unwahrscheinlich, dass Clara ihren Sohn aufgelesen hat. Andreas muss ihn getäuscht haben. Vermutlich versucht er, nach oben zum Hof zu kommen. Vielleicht kennt er sogar eine Abkürzung, von der Axel keine Ahnung hat.

Hat der Junge ihn die ganze Zeit hinters Licht geführt oder unterwegs kalte Füße bekommen? Clara ist immerhin seine Mutter. Stimmt das alte Klischee, dass Blut dicker als Wasser ist, womöglich doch?

Es war dumm, Andreas das Gespräch mit Heier mitanhören zu lassen, aber er hatte so wütend gewirkt, so gierig auf Rache, schien bereit zu sein, Clara zu stoppen. Aber egal. Er muss versuchen, nach oben zum Hof zu kommen, und verhindern, dass noch etwas geschieht. Clara ist gefährlich, vielleicht sogar für ihren eigenen Sohn. Er ruft noch einmal Heier an.

»Ich stehe auf dem Parkplatz des Bunnpris' im Dorfzentrum«, sagt er. »Ich habe ein Auto, aber keinen Schlüssel. Und Andreas ist weg.«

Am anderen Ende bleibt es eine Weile still. Axel zieht den Hals ein. Nicht einmal das hat er hinbekommen.

»Können Sie mich hier abholen, damit wir gemeinsam nach oben zum Hof fahren? Clara ist sicher da, und Andreas jetzt vermutlich auch. Ich habe Angst, dass da oben etwas passiert …«

»Wir kommen, geben Sie uns fünf Minuten«, sagt Heier und legt auf.

Axel schließt die Augen für einen Moment und spürt die Panik kommen.

78 – *Clara*

Für einen Augenblick überkommt mich ein Gefühl der Freude, dass Andreas mir helfen will, auch wenn er ganz offensichtlich weiß, was damals mit Haavard geschehen ist. Wie ist das möglich? Es war doch niemand da?

Ich höre seine Stimme in meinem Kopf. *Du musst verschwinden! Schnell!*

Und plötzlich ist auch Lars' Stimme wieder da. *Beeil dich, Clara, beeil dich!*

Agnes hat wieder ihren abwesenden Blick. Für mich sind das gute Nachrichten.

»Komm, Mama«, sage ich. »Ich muss dir etwas zeigen. Etwas Wichtiges. Wir können hier auf dem Hof noch so einiges erreichen. Da gibt es Riesenmöglichkeiten, warte erst, bis du das Geheimnis kennst.«

Ich rede mit leiser Stimme, versuche, sie hinter mir herzulocken, öffne die Tür des Stalls.

Die zweite Tür am hinteren Ende des Stalls habe ich abgeschlossen. Es gibt für uns nur diesen einen Weg. Wenn Mutter die Vergangenheit für einen Moment ruhen lassen könnte, würde sie vielleicht misstrauisch werden und mein Geheimnis anzweifeln. Aber es sieht nicht danach aus.

Der Plan ist ebenso genial wie dreist und riskant.

In der Mitte des Stalls ist eine Luke, die ich vorhin geöffnet habe.

Darunter ist die Jauchegrube, eine Bombe, die nur darauf wartet, explodieren zu dürfen. Eine 35 Jahre alte Suppe aus Urin und Kuhmist, auf der sich mittlerweile eine Kruste gebildet hat. Wird diese Kruste durchbrochen, explodiert die Bombe und ein Inferno aus Gasen strömt heraus, das jeden tötet, der sich im Stall befindet.

Agnes hat sich nie für Landwirtschaft interessiert, war nie in diesem Stall, nicht einmal, als Papa im Libanon war. Damals musste ich mich um alles kümmern. Sie hat keine Ahnung von Hydrogensulfid und anderen Gasen, die aus der Jauche aufsteigen, dabei hat Papa so oft darüber geredet. Man musste ihm nur zuhören.

Jetzt gilt es nur noch, eine Sache zu tun. Ich muss den Kompressor in die Suppe werfen, um die Kruste aufzubrechen. Danach folgen ein paar kritische Sekunden. Ich muss mich verflucht beeilen, muss die Tür von außen zuhalten und Agnes einsperren, sodass die Gase ihr das Leben nehmen. Wenn man sie findet, wird ihr Tod wie der von Stian wie ein Unfall aussehen. Das ist der Plan.

Eigentlich spielt es keine Rolle mehr, was irgendjemand denkt, wenn man sie findet. So gesehen kann ich sie auch selbst in das Loch stoßen und sie in der Jauche ersaufen lassen, wie sie es verdient hätte. Es kommt nur noch darauf an, sie aufzuhalten, sie für immer loszuwerden und die Familie von ihr zu befreien.

Klar geworden ist mir das, als ich Andreas' Nachricht gelesen habe. Ich werde dieses Mal nicht davonkommen, was auch geschieht. Ich kann nichts rückgängig machen, und aufhalten kann ich das alles jetzt auch nicht mehr. Zu viele Menschen wissen Bescheid. Ich sitze in der Falle.

Von Nairobi über Oslo bis hierher ins Dorf. Meine Kreise sind immer enger geworden, alles zieht sich zusammen.

Jetzt kann ich nur noch die Welt von diesem Abschaum von Mensch befreien, ihr den Hof entreißen, wie man ein Kind aus den Händen eines Entführers nimmt. Andreas und Nikolai sind bald erwachsen, und sie verstehen, wie viel dieser Hof wert ist. Ich werde ihnen das entrissene Kind in die Arme legen, damit sie das Erbe weiterführen.

Ich hebe den Kompressor an, er ist überraschend schwer, und werfe ihn ins Loch. Er durchbricht die Kruste, verschwindet, und eine braune, stinkende Suppe spritzt uns entgegen.

Ein Inferno, wie sie es verdient. Die Bombe tickt, jetzt muss ich hier raus.

»Das wollte ich dir zeigen, Agnes«, sage ich.

Sie starrt mich an. Ich trete zwei Schritte nach hinten. Ich muss jetzt raus, muss sie einsperren. Sie wird vermutlich erst verstehen, was hier vor sich geht, wenn es zu spät ist.

Ich kann nicht zurück nach Oslo, zur Arbeit, zu Axel, den Jungs, dem Haus. Es gibt aber eine Alternative zur Festnahme.

Dann höre ich ihre Stimme, die einzige in der ganzen Welt, die die Kraft hat, mich zu lähmen.

»Ich habe dich auf die Welt gebracht, Clara. Ich habe dich erschaffen. Dann habe ich auch das Recht, die Welt von dir zu erlösen.«

Ich verstehe, dass ich falsch kalkuliert und sie unterschätzt habe. Ich habe geglaubt, sie überlistet zu haben, dabei ist es genau umgekehrt.

Mein Blut ist von ihrem Blut, meine Knochen von ihren Knochen, ich hätte sie fürchten sollen.

Dann höre ich jemanden von der Tür aus rufen, eine andere Stimme, ein anderes Glied derselben Sippe.

»Mama!«, ruft Andreas. »Mama!«

Es ist ein Schrei wie von einem verwundeten Tier, mein Sohn ruft mich, es rührt mich und bricht mir das Herz.

Gleich darauf spüre ich einen überraschend harten Stoß und falle nach hinten.

Epilog

»Mein Name ist Erik Heier. Ich danke Ihnen für Ihre Aufmerksamkeit. Den größten Teil dieser spektakulären und erschütternden Geschichte haben Sie jetzt gehört. Nur der Schluss steht noch aus. Als wir mit unserer Arbeit begonnen haben, dachten wir, dass das Rätsel um Sabiyas Tod spannend genug ist. Denn wie war es möglich, dass eine tüchtige, perfekt integrierte junge Kinderärztin und Mutter dreier Kinder plötzlich unter dem Verdacht des Serienmordes festgenommen wurde? Warum ist sie verschwunden, und wer hat sie ermordet? Die Geschichte hat viele Facetten, es zeigte sich aber schnell, dass da noch deutlich mehr war und wir im Grunde nicht an dem Rätsel Sabiya, sondern an dem Mysterium Clara Lofthus arbeiteten. Sabiya Rana war keine Serienmörderin. Wohl aber die Justizministerin unseres Landes, die Heldin aus Nairobi. Clara Lofthus wurde von vielen, so auch von mir, eine große politische Zukunft prophezeit, vielleicht sogar als nächste Ministerpräsidentin. Doch dazu wird es nicht kommen.«

Er holt tief Luft. Dies ist die letzte Episode. Die Hörerzahl war von Anfang an hoch und ist kontinuierlich gestiegen. Andere Medien haben den Podcast zitiert und als Quelle genutzt.

»Erinnern Sie sich, wie perfekt diese Frau war, auf allen Ebenen? Sie hat das Studium mit Auszeichnung abgeschlossen, war eine gefragte Sachbearbeiterin und hat als Politikerin eine Blitzkarriere hingelegt. Sie hat geheiratet, zwei Kinder großgezogen, war bildhübsch, elegant und hat im besten Viertel im Osloer Westen gewohnt. Dann hat sie eine Schule in Nairobi gegründet und ihren Aufenthalt dort mit einer Heldentat beendet, für die sie mit einem Orden ausgezeichnet wurde. Ich selbst habe zu den vielen Menschen gehört, die sie bewundert haben.«

Es quält ihn noch immer, dass er sie hofiert und ihr den Weg geebnet hat, dass er sich so in ihr geirrt hat und so unglaublich naiv war. Und es tröstet ihn dabei nicht, dass sie auch die Ministerpräsidentin und den Rest des Landes getäuscht hat.

Er ist selbst bereit, einiges zu tun, um seine Ziele zu erreichen. Konnte er sich deshalb so gut mit Clara Lofthus identifizieren?

»Wir können mit hoher Wahrscheinlichkeit davon ausgehen, dass diese Frau schon im Alter von zwölf Jahren ihren Stiefvater getötet hat. Viele Jahre später ermordete sie Mukhtar Ahmad, Melika Omid Carter und Susanne Stenersen, bevor sie schließlich auch ihren Mann und dessen Geliebte getötet hat.«

Ganz bewusst erwähnt er ihren Leibwächter Stian Thorkildsen nicht, wie auch in keiner der anderen Episoden. Es ist eine der noch immer ungeklärten Fragen, inwieweit Clara auch mit seinem Herzinfarkt zu tun hat.

Diese Frage wird vermutlich ebenso unbeantwortet bleiben wie die nach weiteren Opfern, von denen niemand weiß. Aber der Fall ist auch so schon gigantisch.

»Liebe Hörer, nehmen Sie sich einen Augenblick Zeit, damit sich das alles setzen kann. Sechs Menschen sind mit höchster Wahrscheinlichkeit Opfer von Clara Lofthus geworden, die zweimal Justizministerin unseres Landes war. Wie war das möglich? Auch auf diese Frage werden wir vermutlich nie eine Antwort erhalten, aber vergessen Sie nicht, dass Clara Lofthus ein brillanter Kopf war. Sie hat ihre Spuren gut verwischt und hatte unterwegs eine Menge Glück. Clara Lofthus ist wie Ikarus in die Sonne geflogen, sie war voller Hybris und überzeugt davon, unverwundbar zu sein, doch zu guter Letzt gab es zu viele Geheimnisse, sodass sie sich die Flügel verbrannt hat.«

Er liebt dieses Bild. Der Flug in die Sonne ist für ihn der Inbegriff von Clara Lofthus.

An dieser Stelle hätte er gerne gesagt, dass sie auf die Erde zurückgestürzt ist, aber das kann er nicht tun.

Der Podcast ist ein Riesenerfolg. Seine Chefs flehen ihn förmlich an, weiterzumachen. Beumann und er sind einverstanden, dabei wissen sie genau, dass alles, was hierauf folgt, nur enttäuschend sein kann. Aber trotzdem, Clara Lofthus und ihr Fall haben ihn ironischerweise wieder zum bekanntesten investigativen Journalisten des Landes gemacht. Ein Riesenskandal, ein Eintrag in den Geschichtsbüchern des Landes, den er aufgedeckt und geschrieben hat.

»In den zwei Wochen nach Clara Lofthus' erneuter Ernennung zur Justizministerin ist viel passiert. Am 26. April haben wir mit der Arbeit an diesem Podcast begonnen, am 10. Mai ist Clara Lofthus verschwunden. In diesen Tagen ist alles sehr schnell gegangen. Danach haben wir uns reichlich Zeit genommen, um alles zu bearbeiten, zu analysieren und durch möglichst viele Quellen zu verifizieren. Wir haben uns gefragt, was der Auslöser für das alles gewesen sein kann. Was hat Clara Lofthus zu dieser Person gemacht? Eigentlich gibt es niemanden mehr, den wir fragen können. Agnes Lofthus ist an jenem Tag in der Jauchegrube gestorben. Leif

Lofthus ist seit bald sechs Jahren tot, und der kleine Lars Lofthus seit mehreren Jahrzehnten. Niemand in der Gemeinde kannte die Familie sonderlich gut, sodass uns auch niemand sagen konnte, was zu welchem Zeitpunkt schiefgelaufen ist. Der Journalist Halvor Haugo kann uns im Grunde nur seine Version der Dinge vermitteln. Das Mysterium Clara Lofthus wird in Teilen wohl immer ein Mysterium bleiben. Wir wissen, dass sie eine Person mit großen Ressourcen und hoher Intelligenz war, kombiniert mit Furchtlosigkeit und einem fehlenden moralischen Kompass.«

Er macht eine genau abgemessene Pause, ehe er weiterredet.

»Wir glauben, dass ein Großteil der Erklärung in ihrer Kindheit zu suchen ist. Irgendwann ging da bei Clara Lofthus etwas gründlich schief. Als sie bei mir in der Freitagsabendsendung war, hat sie erzählt, wie sehr der Tod ihres Bruders sie geprägt hat. Es scheint, als hätte sie sich ein Leben lang Vorwürfe gemacht, als seien viele ihrer Taten dem Versuch entsprungen, seinen Tod zu rächen oder zu verhindern, dass etwas Ähnliches noch einmal geschieht.«

Erneute Pause. In diese kurzen Unterbrechungen werden sie noch Musik einspielen, damit die Hörer für einen Moment richtig durchatmen können.

»Clara Lofthus stand unter dem Einfluss der psychischen Probleme ihrer Mutter und dem, was mit ihrem Vater im Libanon passiert ist, der mit PTBS aus dem Krieg zurückgekommen ist. Erbsünde ist ein großes Wort, es passt in diesem Fall aber. Eltern und Kinder, Geschichten, die wir ein Leben lang mit uns herumtragen.«

Er räuspert sich, muss zur Landung ansetzen.

»Die Regierung kämpft jetzt noch mehr als vor Clara Lofthus' Ernennung zur Ministerin mit schlechten Umfragewerten. Dabei sollte Clara Lofthus der rettende Engel sein.«

Er hat sich entschlossen, nicht zu erwähnen, dass Halvor Haugo einen Job und eine Wohnung in Oslo gefunden hat und Marion Høivoll in ihrem Dorf in Südfrankreich weilt.

Jetzt kommt das Schwierigste. Er räuspert sich erneut.

»Nikolai Fougner Lofthus wohnt teilweise bei seinen Großeltern in Oslo, teilweise bei seinem Stiefvater. Die Situation rund um den Hof ist nach wie vor kompliziert. Und wie die meisten von Ihnen aus den Schlagzeilen wissen, sucht die Polizei noch immer nach Clara Lofthus und ihrem Sohn Andreas. Niemand versteht, wie sie über so lange Zeit spurlos verschwinden konnten. Vieles ist unklar. Was wir wissen, ist, dass die beiden mit dem Auto von Leif Lofthus das Dorf verlassen haben. Ein Freund des Vaters hatte den Wagen über längere Zeit geliehen und ihn erst neulich am Rand des Hofes abgestellt. Clara wusste davon. Ihr eigenes Auto hat sie stehen lassen. Diese Tatsache hat uns getäuscht, als wir auf dem Hof ankamen. Wir haben angenommen, dass Clara gemeinsam mit ihrer Mutter in der Jauchegrube lag. Gewundert hat uns auch, dass wir in all dem Chaos auf dem Hof keine Spur von Andreas finden konnten. Einen Moment lang haben wir befürchtet, dass er ebenfalls in die Jauchegrube gefallen sein könnte.«

Er atmet tief durch.

»Wir glauben, dass Clara Lofthus schon seit langer Zeit eine Art Fluchtplan hatte und sowohl für sich als auch für ihre Söhne falsche Papiere besorgt hat. Die Polizei fahndet natürlich international nach Clara und Andreas, aber bis jetzt ohne Erfolg. Sollte es Neuigkeiten geben, werden wir Sie selbstverständlich informieren. Jetzt müssen wir diese Geschichte aber beenden, so schwer uns das fällt.«

Erik liegt nachts oft wach und denkt an Clara und Andreas. Er fragt sich, wo sie sein könnten, was sie jetzt für ein Leben führen und ob Andreas seine Entscheidung bereut. Denn er muss doch freiwillig mitgegangen sein? Oder nicht?

Erik ist sich seltsam sicher, dass die beiden nie gefunden werden.

Er schließt die Augen für eine Sekunde, atmet tief durch, erfüllt von Andacht. »Danke, dass Sie uns Ihre Zeit und Aufmerksamkeit geschenkt haben. Mein Name ist Erik Heier, und Sie hörten: *Das Mysterium Clara Lofthus*. Eine Geschichte über eine Serienmörderin und einen politischen Skandal, wie es ihn noch nie gegeben hat.«